U0518288

〔英〕珍妮特·温特森 著

涂艾米 译

christmas Days

十二个
圣诞故事

12 stories and
12 Feasts for 12 Days

北京联合出版公司
Beijing United Publishing Co.,Ltd.

新经典文化股份有限公司
www.readinglife.com
出　品

献给我挚爱的、厨艺高超的亲人和好友：

我的妻子苏西·奥巴赫，

我的朋友比班·基德龙和奈杰拉·劳森。

你无法拒绝圣诞节。

⋯⋯⋯⋯

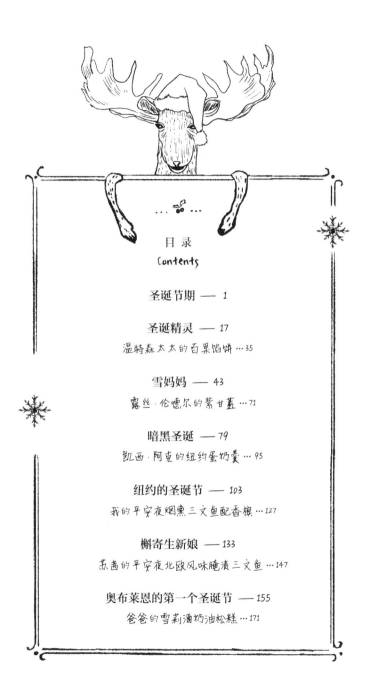

目 录
Contents

圣诞节期

　　贤士跟随星星的指引徒步穿越沙漠①。野地里的牧羊人在夜间看守着羊群。一个天使，身手同思绪一般敏捷，通体如希望一般明亮，将永恒化为时间。

　　快！一个婴儿即将诞生。

　　信徒和非信徒都知道这个故事。

　　有谁不知道这个故事？

　　客栈。马厩。毛驴。马利亚。约瑟。黄金。乳香。没药。

　　而这个故事的核心是母亲和孩子。

　　在十六世纪欧洲的宗教改革运动之前，圣母与圣婴一直都是人们日常生活中随处可见的基督教形象，出现在彩绘玻璃、

---

①参见《马太福音》2:1-12，耶稣诞生时，三位贤士（又称三王）在东方看见伯利恒方向的天空上有一颗大星，便跟着它来到了耶稣基督的出生地。（本书注释均为译注。）

雕塑、油画、雕刻，以及人们自制的简朴神龛上。

想象一下：大多数人不会读书写字，但他们的头脑中充满了生动的故事和图像；图像的意义远不止是故事的插画——图像就是故事本身。

当你我走进一座意大利、法国或西班牙的古老教堂，我们已无法读懂穹顶上、湿壁画或挂画中的无数场景，但是我们的祖先可以。我们站在那里，翻查旅行指南寻找提示；而我们的祖先只消一抬头，就洞悉了世界的奥秘。

我热爱书面语言——我现在所写、所读之物——但是在大多数人不会读写却文化活跃的社会中，图像和口头语言意味着一切。思维以一种不同的方式活跃着。

宗教改革之后，曾被尊为神的第四位格的圣母马利亚失去了原有的地位。宗教改革对女性不利，接下来马上就发生了席卷整个欧洲的焚烧女巫运动，当然，还有于一六二〇年到达普利茅斯岩的移民先辈，他们是清教徒中信念最为坚定的一批人，一手导演了十七世纪九十年代萨勒姆审判女巫案件。

新英格兰的清教徒在一六五九年禁止了圣诞节庆祝活动，一六八一年才撤销这道禁令。而在克伦威尔治下的英格兰，圣诞节在一六四七年被明令禁止，禁令持续到一六六〇年。

为什么？正如我们之后会说到的，圣诞节起源的异教色彩过于强烈，太多狂欢宴饮，太让人快乐（可以痛苦的话，你为什么要快乐呢？^①），更何况，让马利亚离开厨房，恢复昔日的主角光环也太危险了。

然而，在与天主教决裂这件事情上，大众最怀念的就是对圣母马利亚的崇拜。

在过去和现在的欧洲天主教国家，以及现在的拉丁美洲天主教国家，对圣母马利亚的崇拜，包括神秘的童贞女生子，以及圣母与圣子的组合仍然拥有强烈的影响力和说服力。每每女人分娩时，她就在那一刻成了这最神圣事件的展示者。日常生活和宗教生活在这一画面中合而为一。

而这一画面比基督教更源远流长。

回顾希腊和罗马的历史，我们会发现神和伟人常常由一个天神和一个凡人所生。希腊神话中的大力神赫拉克勒斯的父亲是宙斯。宙斯也是特洛伊的海伦之父。海伦被视为红颜祸水，但带有些许神性的美丽女人永远是祸水。

罗马城的奠基人罗慕路斯与雷穆斯宣称，战神马尔斯是他们的父亲。

耶稣诞生于罗马帝国。《新约》用希腊语书写。福音书的作者们希望他们的救世主沿袭之前的超级英雄传统，拥有一位天神父亲。

但为什么马利亚必须是童贞女？

_____

①本书作者的自传书名采用了同样的句式："可以正常的话，你为什么要快乐呢？"（*Why Be Happy When You Could Be Normal?*），简体中文版为《我要快乐，不必正常》。

耶稣是犹太人。犹太人的血统随母系而非父系传承，因此，在犹太教里，要想确保血统出身，强调女性的纯洁和禁欲就是一种不难想见的办法。

如果马利亚是童贞女，那么无人能置疑耶稣的天神血统。

这些都说得通，但还有其他一些未道明的东西。隐匿在这个故事背后的是伟大女神自身的神力。

远古时代的女神崇拜并不将贞洁视为一项美德。即便是护火贞女[①]，一旦不再侍奉女神，也可以结婚。庙妓是正常现象，女神是丰育和繁衍的象征——至关重要的是，她从不属于任何男人。

所以，圣母马利亚的神话故事巧妙整合了两股对立的力量：一方是新兴的宗教基督教，另一方则在讲述神降临凡间的天神诞生故事。像其他英雄传奇一样，马利亚是特别的，是独一无二的个例。她的怀孕绝非一起普通的家庭内部安排，神曾经到访过她。

与此同时，她的纯洁和恭顺使得这个新宗教摆脱了犹太人痛恨的那些异教放纵的性崇拜和繁衍仪式。

自创立之初，基督教就熟稔地将其他信仰和崇拜的核心内容挪移过来——舍弃一切糟粕，再重新阐述旧有的故事。基督教之所以能风靡全球，这一经验功不可没。

---

① 又称维斯塔贞女，古罗马司炉灶与家庭的女神维斯塔的女祭司，主要任务是守护维斯塔神庙的圣火。

而其中最让人拍案叫绝的是圣诞节。

只有马太和路加的福音书中写到了耶稣的诞生，两个版本有所不同。马可与约翰则完全没有提及这个诞生故事。圣经全书也没有出现十二月二十五日这个日子。

那么这一切是如何发生的？

可以从古罗马的农神节①说起。这是一个典型的仲冬节日，庆祝太阳的变化（一年中白昼最短的一天是十二月二十一日，冬至日）。异教皇帝奥勒良钦定十二月二十五日为"无敌索尔诞生日②"。节日的庆祝活动包括互赠礼物，参加聚会，头戴滑稽的帽子，宴饮醉酒，点燃象征太阳的蜡烛和熊熊大火，并用常青植物装饰公共场所。这个节日之后紧接着就是古罗马的新年——我们现在的"年历"这一单词③就出自于此。罗马人总是热衷于欢宴。

凯尔特人的冬日庆典萨温节④从我们现在过的万圣夜（纪念亡灵的节日）开始，跟日耳曼和斯堪的纳维亚人一样，凯尔特人用篝火和欢闹庆祝冬至。我们现在的单词"耶诞节期"（Yuletide）和"欢乐"（jolly）便来源于这段欢闹的节日⑤。冬

---

①古罗马祭祀农神萨图尔努斯（Saturnus）的大型节日，一般在每年的 12 月 17 日至 12 月 24 日间举行。

②原文为拉丁语 Natalis Solis Invicti，意为所向无敌的太阳的诞生。

③英语中的"年历"（calander）与古罗马的"新年"（Kalands）同源。

④ Samhain，古凯尔特人的信仰里，新的一年于 11 月 1 日开始。

⑤ Yule（及古挪威语的 jól），最早指基督教之前的一连十二天的异教冬季节日。后来 Yule 即指圣诞节，本书中译作"耶诞节"。

青和常青藤等常青植物作为永生的象征，既是装饰也是圣物。

在日耳曼部落里，白胡子的奥丁①在耶诞节期里四处游荡，人们必须在晚上留下小礼物才能换来他的平静。

教会的做法颇为明智，既然无法击破他们，不如将其吸纳，把人们舍不得放弃的所有内容都融进了圣诞节——歌唱、欢庆、常青植物、礼物赠送，当然，还包括节日的具体时间。

十二月二十五日是基督诞生的绝佳日子，因为这意味着上帝是在教会年历的三月二十五日，也就是报喜节（圣母领报节）使马利亚受孕的，这样，教会庆祝三月二十一日的春分也不至于显得太有异教色彩。同时，基督的诞生和受难（复活节②）构成了完美对称。

圣诞老人也属于圣诞节相关的合成物之一。

尼古拉是土耳其米拉城的一位主教，生于基督死后约二百五十年。他很富有，时常赠送钱财给需要的人。关于他最经典的一个故事是，一天晚上，他想把一袋金子从窗户扔进屋里去，却发现窗户关上了，因而不得不爬上屋顶把麻袋顺着烟囱扔下去。

谁知道呢？一如通常的情节发展，人们开始崇拜他，而其中就包括了水手们，自然，水手经常出海，当这种崇拜向北传开以后，这位长满络腮胡子的土耳其大善人便和同样蓄着络腮

① Odin，北欧神话中的战神。
②基督教的重要节日，每年春分月圆之后第一个星期日。

胡的天神奥丁合并了，而后者的长处是驾着一匹有八条腿的飞马飞行。

圣尼古拉在荷兰语中写作 Sinta Klaus，正是荷兰人将圣诞老人带入了美洲[①]。

新阿姆斯特丹，也就是如今的纽约，曾经是荷兰人的定居点。一八〇〇年，尽管新英格兰清教徒的后代们竭力阻止，圣诞老人仍出现在了华盛顿·欧文的《纽约外史》中，他驾着马车呼啸着越过树梢。

一八二二年，另一位美国人克莱门特·摩尔在他的诗歌《圣尼古拉来访》中为经典的圣诞老人形象一锤定音。开篇的诗句可谓家喻户晓："那是圣诞节的前夜，整座房子一片宁静，没有一丝声响，连老鼠也不例外。"

从这一刻开始，圣尼古拉拥有了他的驯鹿。

但此时的他仍身穿绿色——这是基督教文明之前某个丰饶之神的专属色。

接着，可口可乐出场了。

一九三一年，可口可乐公司委托瑞典裔艺术家海顿·珊布为圣诞老人做形象设计。形象必须是红色，得益于可口可乐强势的广告宣发，从此以后，圣诞老人的袍子就都是红色了。

圣诞树是万物凋敝的寒冬中艰难生存、蓬勃生长的生命力

[①]在美国，圣诞老人被称作 Santa Claus。

量的古老象征。当我们的祖先拖着疲惫的步伐穿过漆黑荒芜的树林，看到一株常青植物时，他们会想到什么？

一八四八年，维多利亚女王与阿尔伯特亲王在温莎堡的圣诞树前留下了著名的首张现代名流照片。

实际上，那只是刊登在《伦敦新闻画报》上的一幅绘画，但自那时起，人人都渴望拥有一棵圣诞树。

阿尔伯特亲王是德国人，而最早将冬季树木移入室内庆祝冬至的记载就出现在巴伐利亚的黑森林地区。

领导宗教改革的马丁·路德是德国人，传说他用蜡烛装点自己的圣诞树以象征闪耀于上帝天空中的繁星。

树木本身就拥有神性。比如伊甸园中的苹果树，北欧神话中备受崇拜的世界之树尤克特拉希尔，以及日耳曼神话中的德鲁伊橡树。在詹姆斯·卡梅隆的电影《阿凡达》中，圣树有举足轻重的作用，而在托尔金的奇幻小说中，能说会走的树人被神圣森林的敌人萨鲁曼和半兽人残忍地砍倒。

如同其他舍己为人的神一样，基督死于树上。

可以说，树木在不同时期不同文化中都具有象征意义，而常青树则意味着生生不息。

马萨诸塞州的清教徒厌恶一切带异教色彩的东西，但他们无力阻止一八五一年的到来，那一年，两个满载树木的雪橇从卡茨基尔跋涉抵达纽约，这些树成为美国最早售卖的圣诞树。

十九世纪，圣诞节成了我们现在所庆祝的圣诞节的样子：圣诞树、圣诞卡、知更鸟、道问候、送礼物、吃大餐、做慈善、下大雪，以及时常现身的某些超自然的力量——鬼魂、幻象，或神秘的星宿。

正是在十九世纪，诞生了我们传唱最广的那些圣诞颂歌。

正是在十九世纪，发明了圣诞贺卡。在伦敦邮局工作的亨利·科尔发现一八四〇年开始的便士邮递①特别适合用来寄简单的祝福贺卡，于是在一八四三年，他请朋友画了一些贺卡，几乎是眨眼之间，圣诞贺卡就风靡开来。

还要再过三十多年，圣诞贺卡才在美国流行起来。这得怪清教徒。我反正是这么想的。

贺卡、颂歌，以及最富维多利亚时代特色的圣诞鬼故事。

自语言诞生起，人类就开始围坐在火堆旁讲故事了。因为在夜晚和冬季才会生火，冬季节日无疑是讲故事的天然时机。

但鬼故事蔚为大观是十九世纪的独特现象。有这样一个解释，那么多人看见鬼魂和幻影，是因为那时使用的煤气灯会引起轻微的一氧化碳中毒（这导致思维模糊、困倦和幻觉）。再加上浓浓的雾霭和大量的杜松子酒，这似乎说得通。

但还有心理方面的原因。十九世纪为它自己的幽灵所困。新兴工业革命似乎把地狱的极端力量释放了出来。到访过曼彻

---

① Penny Post，不论路程远近，均收 1 便士作标准邮资的邮政制度。

斯特的人将其称为"地狱"。英国作家盖斯凯尔夫人在描述她参观的棉纺厂时写道:"我看见了地狱,它是白色的……"

而新产生的穷苦人民——工厂的奴隶,地下室的蜗居者,戴着手铐脚链在高温、污秽和屈辱中干活的苦力——他们看上去就像是鬼魂,瘦弱不堪,肤色蜡黄,衣衫褴褛,半人半鬼。

也是在这个世纪,出现了组织化的慈善和救助,这并非纯属巧合。无须惊讶,在这个世纪,圣诞节最具感召力,也最富煽情色彩。圣诞节成了一个魔法圆环,那些从同胞们机械的痛苦中获利最多的人,可以在这个时候做出弥补,同时抚慰他们自己的灵魂。

这也是为什么查尔斯·狄更斯的《圣诞颂歌》开篇便是守财奴史克鲁吉拒绝施舍钱财帮助穷人的原因:"难道没有劳动救济所吗?"

史克鲁吉完全是圣诞老人的反面,从不给予也不愿给予,结果撞见了三个圣诞精灵和他已故的合伙人雅各布·马里的鬼魂。

这个故事讲的是铁石心肠和改过自新,讲的是圣诞节的失序(常规翻转、规则颠倒),时钟时间被特定时间打破(一生的事件在一晚发生),还讲了烤鹅、布丁、炉火、蜡烛、骇人的热鸡尾酒(吸烟主教[①])、令城市陷入沉睡的皑皑白雪,以及"祝我们大家圣诞快乐……愿上帝保佑我们每一个人!"

这个故事的感染力极强,在后来的布偶戏中也大受欢迎。

---

① Smoking Bishop,在维多利亚时代的英国十分流行的圣诞热酒。

在美国，直到一八七〇年，圣诞节才成为联邦假日（美国南北战争之后，作为北方和南方的共有传统，帮助巩固南北统一）。

然而，即便清教徒费力阻挠，即便圣诞节全然不是犹太人需要庆祝的节日，美国人和在美的犹太人对圣诞民俗做出的贡献仍堪比星星、牧羊人、圣诞老人和天使。

《风云人物》《三十四街的奇迹》《相逢圣路易》《极地特快》《圣诞怪杰》《颠倒乾坤》《孤寒财主》《小鬼当家》《银色圣诞》……圣诞节电影名单只会越列越长。

而当你跟唱耳熟能详的《白色圣诞》《红鼻子驯鹿鲁道夫》《圣诞宝贝》《冬季仙境》《下雪吧！下雪吧！下雪吧！》，或是在炉火旁一边烤着栗子一边轻轻哼起这些歌，请为那些犹太裔的作曲家举杯吧，他们为自己的旋律找到了绝佳的传唱机会，也为我们留下了人人喜爱的经典。

圣诞节曾经遭到英国和美国的清教徒禁止，因为这个节日是一个如此花哨的大杂烩，它东拼西凑地吸收了异教徒、古罗马人、北欧人、凯尔特人、土耳其人的种种内容，也因为它喜庆的自由精神、慷慨的礼物赠送、颠三倒四的秩序，使它站在了权威和劳作的对立面。它是一个节日——神圣的日子①——最棒的那种，奉献也充满愉悦。

①"节日"（holiday）是"神圣"（holy）和"日"（day）的组合。

生活应当是愉悦的。

我知道圣诞节已经变成了令人质疑的捆绑式销售，但这应该由我们所有人——包括个人和集体——一起抵制。在世界各地，拥有不同宗教信仰或没有信仰的人都会庆祝圣诞节。这是连接彼此、搁置分歧的机会。在异教和古罗马时期，这个日子是为了庆祝光之力量和人类生活中与大自然的协作。

钱财不是这个节日关注的重点。

事实上，圣诞节故事以对钱财的需求开篇：

当那些日子，恺撒·奥古斯都有旨意下来，叫天下人民都报名上册。（《路加福音》2:1）

而以一个礼物结尾——"因有一婴孩为我们而生"。

紧随新生之礼的是东方三贤士的礼物——黄金、乳香和没药。

在为数众多的圣诞颂歌中，最受欢迎的一首出自诗人克里斯蒂娜·罗塞蒂，她在诗中提出了一个问题，我们所能给予的到底是什么，答案并不是钱财、权力、成功或天赋：

我能给予他什么呢，如此清贫的我？

如果我是牧羊人，我将带给他一只羔羊；

如果我是智者，我将为他尽上我的那份力；

然而我能给予他什么：只能是我的心。①

　　我们给予的是我们自己。我们将自己给予他人。我们将自己给予自己。我们给予。

　　无论我们把圣诞节变成什么样，圣诞节应该是我们自己的，而不是从货架上买来的。

　　对我来说，和朋友们享用大餐是圣诞节期间尤其美好的一部分，所以我在这里记录了一些和我的私人经历相关联的食谱。我对称量完全没有概念，做饭全靠眼睛、食物的质地和味觉。面团太干，就加点水或鸡蛋。面团太湿，就加点面粉——这差不多就是我的方法。

　　计量单位应该用公制还是英制呢？为此，我和我的编辑发生了激烈的争论——"连奈杰拉②都用公制。"她争辩说。

　　于是我去问奈杰拉，她说："两个都用。"

　　然后，当我提到"圆白菜"之类的东西时，问题又来了："要多大尺寸的圆白菜？"

　　每天有太多事要做——考虑圆白菜的大小不该是其中之一。

　　这些食谱看起来可能有点乱，我也许会说："完了，我忘了放蘑菇。"然后我们就将错就错不放蘑菇了。所以，别太焦虑。

①出自《萧瑟仲冬》（In the Bleak Midwinter）。
② Nigella Lawson（1960－），英国美食作家、记者和电视节目主持人。

做饭挺像骑自行车的。以前人们跳上自行车骑着就走——现在大家都得穿上莱卡运动服、戴上护目镜，还要打破自己的时速和行程纪录，不然都不好意思骑车。在家做饭不是奥林匹克竞赛。做饭是一个日常而普通的奇迹。

我爱做饭但我更爱写作。

故事就是我的生活——它们对我来说是真实立体的世界。小时候，因为犯了各种错被关在煤窖里时，我有两个选择：要么数煤球——一项十分有限的活动，要么给自己讲个故事——一个蕴含无数遐想的无限世界。

我写作是为了快乐。在键盘前坐下，游戏开始。而圣诞节有一种特别的快乐——仿佛节日季在为你加油鼓劲。圣诞节是讲故事的时间，由失序之王①主持。因为他要效忠于古老的圣诞节十二天节期，他必须充当想象力的守护神。

奇怪的是，我在一个并不快乐的家庭中长大，但在我的成长过程中，圣诞节是我的快乐时光。我们从没有丢掉那种联结；过往一直陪伴着我们，并且我们可以幸运地重新创造它，这就是我认为应该在圣诞节做的事。一切都可以当作故事来讲。

圣诞节的故事可以围坐在炉火旁讲述，也可以在冬季的户外呼吸着霜冻的空气边走边说，要带点魔法和神秘才符合这个氛围。

---

① Lord of Misrule，古代英国圣诞节期间由众人选出的主持狂欢宴饮活动的负责人，通常是一位农民或助祭。

写作本身也是一种领悟，有时会揭示一些出乎意料的事情。如此熟悉甚至有些老套的圣诞节，赞颂的却总是那些意料之外的事物。

这里是我这些年写的小故事，十二篇故事写给圣诞节日季的十二天。其中有鬼故事，有魔法力量，有看似平凡却毫不平凡的遭遇，有小小的奇迹，以及对即将到来的光明的致敬。

阅读愉快。

圣诞精灵

圣诞节前夜，整栋房子没有一丝动静，就连老鼠都已经筋疲力尽了。

房子里堆满了礼物：方形的系着蝴蝶结，长条形的绑着丝带，鼓鼓囊囊的裹着圣诞老人包装纸。至于又细又长的那些，究竟是诱人的钻石项链，还是只是令人失望透顶的筷子呢？

食物储备多得像是一个战备警告；炸弹大小的布丁在货架上呼之欲出，子弹般的大枣一发一发地叠放在硬纸盒里，一排松鸡像玩具战机一样挂在后门上，栗子已在待命，随时准备加热开火，而那只散养的有机火鸡——再好的兽医也救不活了——蜷缩在铝箔纸堆成的小山旁边。

"好消息是，主显节①要吃的猪还在肯特郡的某个小花园里

① The Twelfth Night，严格来说指 1 月 5 日晚间，为圣诞节期的第 12 天，也是最后一天。

啃着被风吹落的苹果呢。"你边说边试着从厨房的桌旁挤过来。

圣诞蛋糕压得我步履蹒跚——这分量放在中世纪是会被石匠拿去做大教堂的奠基石的。你从我手上接过去放进车里。所有东西都得放进车里,因为我们今晚要去郊外。东西越装越多,感觉只能让那只火鸡来开车了。车上已经没有你的位置了,而我和一只藤编驯鹿挤在一个座位上。

"毛毛。"你说。

哦,天哪。我们把猫咪给忘了。

"毛毛不过圣诞节。"我说。

"去把这个彩带缠在它的篮子上,把它带上来吧。"

"我们是现在就开始圣诞节的争吵,还是等会儿上路后发现你把葡萄酒给忘了的时候再开始?"

"葡萄酒在饼干盒下面。"

"那可不是葡萄酒,是火鸡。它太新鲜了,我得用胶带捆住它,免得它像爱伦·坡的惊悚故事里写的那样费劲爬出来。"

"别恶心人了。这只火鸡度过了快乐的一生。"

"你也过得很快乐,但我可没想过要吃你。"

我跑过去咬你的脖子。我喜欢你的脖子。你玩闹似的把我推开,但最近我似乎也曾想象过你真的把我推开的画面?

你微微一笑,又去继续收拾行李。

刚过午夜。带着猫咪、彩带、装着彩灯的树、驯鹿、礼物、食物，还有我因为没地方放而伸在窗外的一只胳膊，你我驱车前往我们为了庆祝圣诞而租下的郊外小屋。

我们开车经过了一群节日醉汉，他们举着条幅合唱《红鼻子驯鹿鲁道夫》。你说这么晚了直接从镇中心穿过去会更快。你开着车慢慢驶离交通指示灯，我觉得我看见了什么东西在动。

"停车！"我说，"你能往后倒吗？"

街道现在完全空了，你载着我们后退，不堪重负的发动机发出吭哧吭哧的声响，直到我们开到"美联宝贝"门前。这家世界上最大的百货商店，终于不情不愿地从平安夜午夜起歇业整整二十四小时（依然可以网购，网站不歇业）。

我下了车。"美联宝贝"的正面橱窗已经布置成了耶稣诞生的场景，马利亚和约瑟穿着滑雪服，动物们则披着花格呢料宠物狗服御寒。但没有黄金、乳香和没药——因为三王的礼物是在"美联宝贝"买的。耶稣得到了一只 Xbox 游戏机、一辆自行车，以及一套公寓楼适用的架子鼓。

他的母亲马利亚得到了一个蒸汽熨斗。

此外，还有一个身影在耶稣诞生场景前轻快地移动，鼻子贴在玻璃窗上，是个小女孩。

"你在里面做什么？"我问。

"困住了。"小孩回答。

我回到车前，轻轻敲了敲你的车窗。

"有个小孩被留在商场里了——我们得把她弄出来。"

你走过来看了一眼。小孩招了招手。你看起来心存疑虑。"她可能是保安的孩子。"你说。

"她说她被困住了！报警吧！"

你拿出手机的时候，那个小孩笑着摇了摇头。她的微笑带着某种意味，但我不太确定。

"你是谁？"我问道。

"我是圣诞精灵。"

我听得一清二楚。她说得一清二楚。

"我手机没信号，"你对我说，"试试你的。"

我试了试我的手机，没电了。我们仔细打量着这条奇怪的空无一人的街道，我开始慌了。我把商场的大门又推又拉。门锁着。没有清洁工。没有看门人。这是平安夜。

那个声音又出现了。"我是圣诞精灵。"

"哦，得了，"你说，"这是宣传搞的噱头。"

但我没听你的，我盯着橱窗里的面孔，这张面孔看起来瞬息万变，似乎光线在这张脸上做游戏，把脸上的表情隐藏又展示。那双眼睛不是孩子的眼睛。

"她是我们的责任。"我悄声说道，但并非对你说。

"她不是，"你说，"走吧，我会在开车的时候报警。"

"让我出去！"当你转身向车边走去时，那个小孩说。

"我们会找人过来，我保证。我们会去找个电话——"

小孩打断了你。"你们得把我弄出去。你们能不能把你们的礼物和食物留一些放在门口，就在那儿。"

你转过身来。"这简直是疯了。"

但这个小孩把我催眠了。

"好。"我恍惚着答应了，走到车边，翻开后备箱，开始把包装好的各种形状的礼物和一包包食物拖向百货商场门口。我每放下一件东西，你就捡起来再放回车上。

"你疯了，"你说，"这是个圣诞噱头——我们被拍下来了，我知道。这是电视真人秀。"

"不，不是电视真人秀，这是真人真事，"我说，我的声音听起来很遥远，"这不是我们知道的事情，而是我们所不知道的——但这是真的。我告诉你，这是真的。"

"好吧，"你说，"如果这是让我们重新上路的代价——把这些都拿去。够了吗？这个还有这个。"你把它们猛摔在门口。你因为疲惫和恼怒涨红了脸。我懂那个表情。

你向后退，双手攥拳，甚至都没想那个孩子。

突然间，商场橱窗里的灯全都熄灭了。而那个小孩出现在了街上，就站在我们俩中间。

你的表情变了。你把手放在光滑的玻璃上，它就像梦境一样清晰，一样触手可及。

"我们在做梦吗？"你对我说，"她是怎么做到的？"

"我和你们一块儿走，"小孩说，"你们去哪儿？"

就这样，凌晨一点多，我们重新上路，现在我的胳膊在车里了，那个小孩在后面挨着毛毛坐，毛毛从它的篮子里爬了出来，发出满足的呼噜声。我们离开时，我看了看后视镜，发现我们的食物和礼物被一些黑影一个个地搬走了。

"他们住在门口，"小孩像是读到了我的想法，"他们什么也没有。"

"我们会被逮捕的，"你说，"盗窃商店内的陈列品。在公共道路上丢弃物品。绑架。也祝你圣诞快乐，警察先生。"

"我们做了正确的事。"我说。

"我们到底都做了什么，"你说，"除了丢掉一半我们需要的东西，还捡了一个走丢的小孩？"

"这事每年都会发生，"小孩说，"在不同的地点，以不同的方式。如果我在圣诞节早晨还没有被放出来，世界就会变得更沉重一点。这个世界比你想象的要沉重。"

我们开着车沉默地继续行驶。天空漆黑，繁星点点。我想象着自己在这条路的高空，回望我们的星球地球，漆黑中的蓝，带着白色镶边，极地扣着帽子。这是生命和家园。

在我还是小孩时，父亲给了我一个布满星星的地球雪景玻璃球。我常躺在床上，把它翻过来翻过去，然后慢慢睡着，满眼都是闪烁着的星星，感到温暖、光亮、安全。

那个世界是失重的，悬在空中，没有支撑，是重力学无法解释的谜，太阳使之温暖，大气使之冷却。我们的礼物。

我曾经竭尽全力克服睡意,眯着一只睡眼,看着这个静默的、转动着的世界。

我长大了。父亲去世了。雪景球在他的房子里,在我以前的卧室。打扫的时候,我把它掉到了地上,小球摔落在地,流尽沉甸甸的、闪着星光的液体。那时我哭了。我不知道为什么。

车继续在夜路上平稳地行驶,我把手伸出座位握住你的手。

"怎么了?"你轻柔地说。

"我想起我父亲了。"

"奇怪。我想起了我母亲。"

"想到什么了?"

你捏了捏我的手。我看到你戴着戒指的无名指在昏暗的绿色仪表照明灯下闪闪发亮。我记得那枚戒指以及我给你戴上它的那个时刻。我对它习以为常,但今天我注意到了它。

你说:"我希望我可以为她做得更多,对她说得更多,但现在已经来不及了。"

"你们总是不能好好相处。"

"为什么会这样?为什么那么多的家长和孩子总是不能好好相处?"

"这就是你不想要小孩的原因吗?"

"不!不。工作……我们一直说会考虑一下……但是……好吧,也许……为什么要有个孩子然后让孩子恨我呢?难道这个世界上的仇恨还不够多吗?"

你从来没说过这样的话。瞥了一眼你在诡异绿光下的侧脸，我可以看到你的下颌发紧。我爱你的脸。我正准备说出来，但你开口了："别在意。大概是因为到了每年的这个时间吧。阖家团聚的时间，我猜。"

"是啊。我们把它搞得一团乱。"

"把什么搞得一团乱？我们的家庭，还是圣诞节？"

"两个都是。两个都不是。怪不得每个人都要去买买买。移情活动。"你笑了笑，想要使气氛轻松起来。

我说："我以为你喜欢树下的礼物？"

"我喜欢，但我们其实需要多少呢？"

我正准备提醒你，不到一个小时前你还在冲我大喊大叫，这时一个声音从后座传来："如果这个世界可以少掉哪怕一点分量就好了。"

我们同时环顾四周。我意识到车里的绿光并非来自仪表盘。是她。她在发光。

"你有没有觉得她浑身发着光，就像是……"你说。

"就像是什么？"

"就像是……嗯，像，好吧，我不知道，就像是……"

"也许她就是她所说的那个谁呢？"

"她没说过她是谁。"

"不，她说过，她是……"

"我是圣诞精灵。"小孩说道。

我说："也许今晚我们遇上了特别的事情。"

"一个不知道哪儿来的小孩在路上追野鹅①？"

"至少这很应景。"

"什么？"

"野鹅。"

这时你捏了捏我的手，我看见你下颌的肌肉微微松弛了些。

我想对你诉说爱情，说我爱你多深，说我爱你如同太阳会每天升起，说爱你让我的生活变得更加美好快乐。我知道这会让你觉得尴尬，所以我什么都没有说。

你打开了收音机。"听啊！天使高声唱。②"

你跟着唱起来。"地上平安人蒙恩……"

我看见你通过后视镜观察着那个小孩。

"如果一切真有安排，"你说，"我们现在应该要看到圣诞老人和一支驯鹿队伍了。你说呢，圣诞精灵？"

从后座上传来声音："请在这里右转！"

你照做了。你犹豫，但你还是照做了，因为她就是那种孩子。

你在黑暗中转弯，向前加速，然后停住了车。

有什么东西降落在一幢漂亮的佐治亚风格的房子前，房子的蓝色前门上挂着冬青花环，停在门前的是一架由六头长着角的驯鹿拉着的雪橇。

---

① A wild-goose chase，英文俚语，意为徒劳无益地追逐某事。

② 出自圣诞颂歌《天使报信》（*Hark! The Herald Angels Sing*）。

圣诞老人朝我们笑了笑，并挥挥手。那个小孩也向他挥手，然后爬出车外。锁似乎对她不起任何作用。毛毛跳出去跟着她。

圣诞老人拍了拍手。整幢房子都处于黑暗中，但是一楼的一扇垂直推拉窗被屋内某只看不见的手向上推开了。三个鼓鼓囊囊的大口袋砰的一声被扔到地上。圣诞老人轻松地把它们扛在肩上然后装到雪橇上。

"他在抢劫！"你说着，打开车门下了车，"嘿，你！"

那个红色身影快活地走过来，跺着脚，搓着手。

"我们一年只提供一次这样的服务。"他告诉你。

"哪门子服务？"

圣诞老人趁这个机会装满了他的烟斗。他吹出星星形状的烟圈，蓝色的烟圈飘入白色的空气中。

"从前我们总是留下礼物，因为人们拥有的不多。如今每个人都拥有太多，他们写信过来让我们把东西拿走。你无法想象在圣诞节早晨，一觉醒来发现所有东西都不见了的感觉有多美好。"

圣诞老人在其中一个袋子里翻找着。"看，卷发棒，够用一年的浴盐，谁也穿不完的袜子，橄榄油浸的烤大蒜，一个埃菲尔铁塔形状的刺绣工具箱，两只小瓷猪。"

"那现在怎么着？"你说，半是恼怒半是困扰，"办个新年汽车跳蚤市场吗？"

"好吧，如果你感兴趣的话就过来看看，"圣诞老人说，"跟我走。"

他把烟斗塞进兜里向雪橇走去。圣诞精灵跟着他过去了，还有毛毛。

"嘿，那是我们的猫！"你在雪橇下面嚷嚷着，因为现在雪橇已经飞到空中了。

圣诞精灵看起来挺心满意足。

我们跳上车尽力跟上雪橇，就算雪橇直线前行穿过了田地。

"那是某种喷气式气垫飞船，"你说，"我们是怎么搅和进来的？"

现在我们偏离了小路，冲到了一条简直要毁了轿车减震器的小路上。你双手紧紧握着方向盘。

雪橇降落在地面上。几分钟后，我们赶上了。

我们来到了一个黑黢黢的、破败的小屋外面。屋顶的瓦片滑落了，屋檐挂着冰柱，就像人们买来做装饰品用的电冰柱，只不过这些冰柱既不用电更不是装饰品。绕着房子的栅栏桩子用电线捆成一排，而大门则用一块石头顶着勉强关上了。一条老狗睡在一辆废弃的活动房车敞开的门口。

那条狗正要抬头吠叫，圣诞老人从空中扔过去一根闪闪发亮的骨头。老狗满足地接住了。

当驯鹿们吃着饲料袋里的苔藓时，圣诞老人和圣诞精灵向房子走去并打开了前门。

"这是个陷阱吗？就像《威尼斯疑魂》？我们要被杀了吗？"你害怕了。我不害怕，因为我相信这些。

圣诞老人从小屋里走出来，一个虫蛀过的布袋压弯了他的腰。他拿着一块馅饼和一杯威士忌。

"近年来没有太多人会留东西了，"他说着，把威士忌一饮而尽，"但是我认识这家而且他们也认识我。痛苦和匮乏必须在今晚消失。一年一次，这是我所拥有的全部权力。"

"什么权力？"你说，"那小孩去哪儿了？你把我的猫怎么了？"

圣诞老人向后指了指小屋，小屋的窗户被小孩身上奇异的绿光照亮了。虽然隔得有点远，但我们可以清晰地看见，桌上铺着干净的桌布，那小孩正在摆放火腿、馅饼、奶酪，而我们的猫，毛毛，发出了满足的呼噜声，尾巴向上竖起。

圣诞老人笑着，把口袋倒在雪橇上。倒出来的东西散发着霉味，老旧不堪，支离破碎。他捡起一个盘子的碎片、一件撕破了的夹克、一个没有头的娃娃。现在口袋空了。

他没有说话，而是把空口袋递给你并朝车指了指。我觉得，他想让你填满它。请照着做吧，做吧。

但我不敢把这话大声说出来。这是为了你。关于你。

你犹豫着，然后打开全部车门，把礼物和食物往口袋里装。那只是个小口袋，但无论你放进去多少东西都装不满。我看见你望着剩下的东西。

"全给他。"我说。

你俯下身子向前钻，开始从后座上拿东西了。车上现在几乎全空了，除了藤编的驯鹿，看起来把它送给谁都会显得滑稽。

你把沉甸甸的口袋递给那红色身影，他正专注地看着你。

"你没有全给我。"他说。

"如果你指那只藤编的驯鹿……"

圣诞精灵现在走出了房子，手上抱着毛毛。它也发出绿光。我从来没见过绿色的猫。

小孩对你说："把你害怕的交给他。"

那一刻时间静止了，完全静止。我移开视线，就像我向你求婚时那样，不知道你会说出什么。

"好的，"你说，"好的。"

一个巨大的声响，那口袋重重地摔到了地上。圣诞老人点了点头，有点吃力地拎起口袋把它扔上了雪橇。

"现在该走了。"圣诞精灵说。

我们回到车上沿着车辙往回走。

霜冻照亮了地面，也让星星的轮廓变得清晰。干砌石墙的另一面，羊群挤在田野里。一对猎马沿着栅栏奔跑。它们的鼻息像巨龙一样冒着热气。

过了一会儿，你停下来走下车。我跟着你。我用双臂搂住你。我可以听见你的心跳。

"所有东西都给出去了，我们现在该怎么办呢？"你说。

"我们难道没剩点什么？"

"前座后面有一袋吃的，还有这个……"你摸了摸衣兜，拿出一个用铝箔纸包的巧克力雪人。

我们都笑出了声。这太傻了。你掰下一块巧克力要给车后座上的小孩，但她睡着了。

"我完全想不明白，"你说，"你呢？"

"我也是。还有巧克力吗？"

我们一起吃了剩下的几块巧克力，我对你说："你还记不记得我们第一次见面的时候？那时我们什么都没有——我们都要还助学贷款，我打着两份工，我们在圣诞节那天吃香肠和火鸡填馅，但是没有火鸡①，因为哪怕一只我们都买不起。你给我织了一件套头毛衣。"

"还一只袖子长一只袖子短。"

"我还用市政府砍倒的那棵白蜡树给你做了一只小板凳。他们扔了一半树干在街上。你还记得吗？"

"天哪，对啊，那时候冻死了，因为你住在那个可怕的船屋里，又不愿来我家和我一起，因为你讨厌我母亲。"

"我不讨厌你母亲！是你讨厌你母亲。"

"是的……"你缓缓地说，"憎恶这种情绪真是浪费生命。"

你把我的身子转过来面向你。你安静又严肃。

"你还爱我吗？"

"爱。"

"我爱你，但我说得不够多，是不是？"

---

①西方节日吃的火鸡通常是将火鸡内脏掏空后在火鸡肚子内填上馅料烘烤的。

"我知道你能感觉到。但有的时候……我……"

"什么?"

"我感觉你不想要我。我不想强迫你,但我想念你的身体。我们的亲吻和亲密,当然,还有其他那些。"

你很安静。然后你说:"当他,圣诞老人,随他是什么吧,让我把我所害怕的交给他,我想到,如果东西全都在车上,而你不见了,会怎么样呢?如果我们的房子、我的工作、我的生活,所有我拥有的东西都原封不动,而你不见了,会怎么样呢?于是我想——那就是我害怕的。我害怕到甚至都不敢去想一下,但它就在那儿,一直都在,就像一场正在逼近的战争。"

"是什么?"

"我在一点一点地把你推开。"

"你想把我推开吗?"

你吻了我——就像我们曾经亲吻彼此那样——我能够感觉到我的眼泪,然后我发现那是你的。

我们回到车上慢慢向前行驶,走完到达村庄前的最后几英里路,在逐渐隐去的月亮下方,可以看到参差不齐的屋顶。马上要天亮了。

路边有个戴着大衣帽子的身影。你把车靠边停下,摇下车窗。"请问你需要搭车吗?"你说。

那个身影转向我们,是个怀抱婴儿的女人。女人推了推帽子。她的面孔美丽又坚强,没有一丝皱纹并且轮廓清晰。她微笑着,婴儿也微笑着。那是一个婴儿，但他的眼睛并不是婴儿的眼睛。

凭着直觉我转过头朝后座看。猫蜷缩在篮子里，但小孩不见了。

在我们头顶的天空有一颗下坠的星星，东方有一道逐渐变强的光束。

"天就要亮了。"我说。

你现在已经把车开到了路边。你把手肘撑在方向盘上，手扶着脑袋。"我不知道发生了什么，你呢？"

"她不见了。圣诞精灵。"

"我们是在做梦吗？我们是不是还在家睡着，等着醒过来？"

"拜托。"我说，"如果我们睡着了，那就一起梦游到那个小屋吧。我们没有什么需要带的东西了。"

那个女人和小孩现在在我们前面了，走着，走着，继续往前。

我们下了车。你牵住我的手。

我们一眼便看尽了一切——结了果实的常春藤上积的露水，深色枝条的橡树上的槲寄生，瓦片上停着一只猫头鹰的谷仓，像信号一样盘旋上升的林间烟雾，时间苍老久远，而我们身处其中。

既然每天的时光就是我们拥有的全部，为什么我们反倒学会了将其匆匆打发？

那女人仍在走着，怀抱未来，手握奇迹，那奇迹使世界重生，也给予我们第二次机会。

为什么真实的、重要的事物，如此轻易地被那些无足轻重的事物随意掩盖了？

"我来生火。"我说。

"晚点吧，"你说，"我想先和你梦游回床上。"

你害羞了。你一贯强硬，但我记得这种羞怯。嗯。是的。熟睡或是醒来。嗯，是的。

透过屋外大雾弥漫的田野，我听见了圣诞节的钟声响起。

温特森太太的百果馅饼

温特森太太从未抛弃过她的"战备橱柜"。一九三九年到一九四五年期间，她通过腌鸡蛋和洋葱、自制水果罐头、晒干或用盐腌渍豆类、交易黑市上一罐罐的粗盐腌牛肉，为胜利出了一份力。她喜欢可以储藏起来的东西，在等待二十世纪五六十年代的核战争，或随时可能到来的世界末日时，她仍照常按压着牛肉并用水果干制作食物。

我们的单坡顶厨房中的两样核心物品都带手柄：一台轧布机，用于在洗衣日里将衣物拧干，以及一台斯邦牌[①]食物搅碎机。这是市场上可以买到的最大的斯邦牌食物搅碎机，而它被紧紧地夹在我们的福米加塑料贴面餐桌的边缘处。它的众多用途之一是制作百果馅饼的百果肉馅。温特森太太在秋天做百果肉馅，

---

① Spong，一家生产经济实惠的家居用品和厨房用品的公司。

因为我们有足够多的被风吹落的苹果。

对于那些圣诞节传统中没有百果馅饼的人来说，很难弄清楚为什么馅料不用肉而是用水果。

答案是，百果馅饼可以追溯到伊丽莎白一世统治时期（一五五八至一六〇三年），那时的迷你百果馅饼的确是用肉馅、水果和果皮蜜饯做的。

为什么？

水果和香料是为了掩盖肉类在没有冷藏保存技术时不可避免的变质味道。这极有可能是直到二十世纪六十年代英格兰烹饪中都一直十分流行使用水果的原因。这里不是美国，电冰箱在那时还很贵。我们家直到七十年代我上中学时才有了一台。还是我爸爸有一次抽奖抽中的。小小的台下式冰箱，大多数时候都是空的。我们不知道该拿它做什么。送奶工每天送牛奶过来，蔬菜从租种的田地上摘或者每两周从市场上买一次，我们自己养母鸡下蛋，而且因为生活拮据，我们每周只买一大块肉——没有别的了。剩菜经过斯邦的处理，然后以馅饼和肉酱的形式重新出现。如果食物没有被我们吃掉，那么它就在烹饪中，如果不在烹饪中，那么它就是新鲜的。要冰箱做什么呢？

不过，如果你想要自制无肉版本的百果肉馅，有没有斯邦都行——下面给出了食谱。是的，你可以使用电动搅拌机，但带手柄的机械装置可以带来一种更令人满足的粗朴质地。如果你不想自制，那就买一些高品质的半成品（记得阅读成分表——不要太多糖，不要有该死的棕榈油之类的），然后，在使用之前，把罐子里装的东西倒进一只大碗，加入更多的白兰地并搅拌。市售的百果肉馅总是太干了。

制作百果肉馅你需要

1磅（450克）烹饪用苹果[1]，去核去皮——然后擦细丝

1磅（450克）细切的板油（是的，板油……想办法弄到）

无核金橡小葡萄干、醋栗干、提子干和金黄砂糖[2]各1磅（450克）。如果你喜欢果皮蜜饯，可以加一些，不过我不喜欢。

6盎司（170克）大杏仁，去掉棕色外皮，用研钵和杵捣碎

2个柠檬的柠檬皮屑和柠檬汁（要用没有上蜡的有机柠檬，毕竟这柠檬最后也会进到你的肚子）

1小勺[3]磨碎的肉豆蔻籽

1小勺肉桂粉

1小勺食盐

1/4品脱[4]白兰地——如果你喜欢也可以用朗姆酒

---

①与之相对的是可以直接食用的甜点用苹果，通常来说，烹饪用苹果口味更酸，个头更大，质地更硬。

② Demerara，德梅拉拉蔗糖。

③厨房计量单位，1小勺合5毫升，又作1茶匙。

④英制1品脱合0.568升。

先把水果干用斯邦食物搅碎机过一遍，再把水果和其他所有原料扔进一只大碗。全部混合均匀。如果你对黏稠程度不满意，就多加一些白兰地或朗姆酒。不能太湿，但也不要干得跟石板一样。装入罐子压实，在凉爽的橱柜背阴处放置至少一个月。

我会在篝火之夜①——十一月五日——做百果肉馅。你当然可以选择在万圣夜制作，毕竟这也是同样无意义的混乱的欢庆夜晚，当你去敲邻居门要糖果，或是点燃篝火再喝得烂醉的时候，为什么不做一些有用的事情呢？

然后你就可以准备在接下来的十二月翻滚②起来了。

制作百果馅饼你需要

百果肉馅——自制的或商店买的

1磅（450克）中筋面粉——我使用有机的，温特森太太使用家豪③牌。

1小勺泡打粉

1/2磅（225克）无盐黄油——我用有机的，她用猪油。

---

① Bonfire Night，亦称盖伊·福克斯之夜。1605年，一批天主教教徒不满信奉新教的英国王室统治，暗中策划火药阴谋，企图在11月5日国会开幕典礼时炸死国王詹姆斯一世并炸毁国会大楼。但在前一天晚上，负责点燃火药的盖伊·福克斯在国会大楼附近一处地下室被抓，火药被发现，阴谋败露。遂形成每年11月5日晚的传统，英国民众点燃篝火，庆祝阴谋失败。
② 温特森在这里用了双关，英语roll既可指翻滚，也有擀开面团的意思。
③ Homepride，一家英国食品公司。

1 大勺①过筛的砂糖或细砂糖

冷水（提前备好，否则你会让水龙头沾上面团糊）

1 枚鸡蛋，在杯子里充分打散搅匀备用

你还需要一个有若干独立浅底馅饼凹槽的烤盘。用黄油包装纸上残留的黄油擦拭这些凹槽。如果你想梦回二十世纪六十年代，也可以使用猪油包装纸上的猪油。

制作方法

系好围裙。这份食谱非常凌乱。温特森太太把她的围裙叫作佩妮②——女士带护胸围裙的简称——因为我们家的二十世纪六十年代就和十九世纪六十年代一样。

播放一些圣诞颂歌，宾·克罗斯比③、朱迪·嘉兰④或亨德尔⑤的《弥撒亚》（这本来是为复活节所作，但很快就成了和百果馅饼一样的圣诞节固定内容）。

把百果肉馅、水和鸡蛋以外的所有材料都扔进一只大碗，并用双手揉。温特森太太在我大约七岁时教我做这个，她递给

---

①厨房计量单位，1 大勺合 15 毫升，又作 1 汤匙。

②英国英语中"围裙"（pinafore）被温特森太太取了昵称"佩妮"（Pinny）。

③ Bing Crosby（1903－1977），美国著名流行歌手、演员。

④ Judy Garland（1922－1969），童星出身的美国著名女演员及歌唱家。

⑤ George Frideric Handel（1685－1759），英籍德国作曲家，1741 年创作的《弥撒亚》可以说是流传最广的清唱剧。

我一只碗，让我揉匀碗里的混合物，但是我完全无法领会怎么把双膝跪[1]到碗里去。

当混合物看起来像是面包屑时，倒入足够的冷水把它和成面团。

现在往台面或擀面板上撒些面粉，取出混合好的面团，用擀面杖擀开——这对你的三头肌有好处——稍微拍打面团，如果你像温特森太太一样的话，就想想你的敌人，直到你对面团的质地满意为止；要达到可以把它丢到某人（你的敌人）身上并造成伤害的程度。把这个圣诞节导弹放回碗里，用一块带着知更鸟图案的茶巾盖好（知更鸟是可替换选项），把它放进冰箱里冷藏一个小时，如果天气够冷或者在下雪或者和这节令相符合，也可以直接放到窗台上，但不能是下雨。

温特森太太用不着这么做，因为过去我们没有中央供暖，只有一处用煤生的火，而我们的房子永远很冻人。现代家居环境太暖和了，反而不好做糕点。人们曾说冷手做得好糕点。如果你想要全套的二十世纪六十年代体验，譬如猪油等等，还要在前一天晚上关掉暖气，在你的佩妮围裙下面穿上两件套头毛衣。

拿出百果肉馅——自制的或是商店买的。倒进一只大碗，看看是否需要加些白兰地或朗姆酒。混合物会不会偏干？这很重要。

现在——这是我的小小习惯不是她的——给自己倒杯红酒，

①英语中"跪"（knee）与"揉"（knead）发音相近。

去写圣诞贺卡或包装几个礼物，做些节日里该做的趣事。不要熨衣服。

把烤箱预热到200°C，或把燃气烤箱调到6档。你了解自己的烤箱，所以在面团静置的这个小时里提前预热烤箱。我用的是一个雅佳①炉所以我对烤箱一窍不通——而温特森太太用的是一个温度骇人的燃气烤箱。它就像一个被阉割的暴脾气大火炉，咆哮着以彰显自己的男子气概。矮胖。四方。短腿。铸铁。打开燃气阀门。嘶嘶作响。把火柴丢进去。靠后站。轰隆隆。咆哮。滋出的蓝色火苗渐渐稳定成一行被压制住的橙色。烤箱内部就像是一个拥挤的球场，里面有会自己反弹发射的火焰。现在开烤。

但愿你拥有这个野生喷火箱的驯化家养版。

回到冰箱。

差不多一个小时左右，拿出面团，把它切分成两半，在已经撒上面粉的台面上擀开其中的一半。不要太厚。用一个杯子或一个切模在面团上切出好看的圆形，再把这些圆饼用力按压到已经涂过油的烤盘里。

现在给每个格子都填上百果肉馅，用量要慷慨，但别太过头了。

现在你要做个选择。

传统做法是，擀开另外一半面团，给馅饼做顶盖，用打散

---

① Aga，英国高档炊具。

的鸡蛋液将边缘粘好，并在顶盖刷满蛋液。用一个插肉的扦子在顶盖上戳出小洞让蒸汽可以逸出来。

或者——对于那些想用更少面团做出更多馅饼的人，可以只在百果肉馅上摆上两条交叉的面片。我不这么做。

这样会熟得更快，所以别把它们烤煳了。

有顶盖的馅饼烘烤 20 分钟，没有顶盖的 15 分钟。用雅佳炉大约是这样。用温特森太太的地狱熔炉就是 20 分钟，再久就只能吃焦黑的了。

存放在你用不着又舍不得扔的旧饼干盒里。

小贴士：做双倍分量的面团，面团可以包在铝箔纸里放入冰箱保存五天。然后你就可以多快好省地做更多百果馅饼了。

雪妈妈

它正在下雪[1]。在英语中，我们并不知道在下雪的"它"究竟是谁。可能是上帝。也可能不是。

不管怎么说。它。正在。下雪。

哪种雪呢？

有许多种雪。你知道吗？

山雪。极地雪。滑雪场雪。厚厚的雪。像小飞蛾振翅般的雪，像飞蛾匆忙赶路般的雪，像是谁（是它吗？）拿来擦拭天空的薄片般的雪。

尖利的雪如同昆虫叮咬，柔软的雪如同泡沫，湿答答的雪无法成团而干燥的雪可以，然后将世界包裹，就为了让你在夜

[1] 英语中"下雪了"为"It is snowing"，字对字翻译为"它正在下雪"。

里醒来时万籁俱静，为了让你在夜里在床上睡得更沉，为了让你在夜里梦见雪花，睡得同雪一样深。

然后
现在就打开窗帘！雪！
哇！

雪落在雪落在雪落在雪落在雪上。
深到足以让小狗遁形，耳朵像对小翅膀一样浮出雪面。车辆已成小丘。声音则来自兴奋的孩子。

咱们堆个雪人吧！
妮奇和杰丽开始把雪球滚得越来越大越来越圆。很快她们就做出了一个比她们俩都要大的身子。
你不觉得她太胖了吗？妮奇说。
你怎么知道她是一个她①？
好吧，在我们给她穿上衣服之前我不知道。
但你一直把她叫作她。
因为她胖。
怎么可能堆出一个瘦雪人？

----

①英语中"她"（she）与"他"（he）读音不同，故可以从发音判断男女。

她们试过了。她们用雪滚出一根细杆并把它立起来，但一把脑袋放上去，杆子就倒下了。

妮奇不以为然。她做了鬼脸。她说——

我们可以做成金字塔那样——给她安个脖子什么的。胖胖的脖子可不好看。

杰丽不想做金字塔雪人。

她说，雪人都是胖胖的——为了保暖他们就得这样。

妮奇认为这很傻——如果他们暖和了他们就融化了。

里面暖和，傻瓜！快点，妮奇，帮我堆她的脑袋。

妮奇的妈妈端着两大杯热巧克力出来了。

嘿！他很棒！

她是女的。我们有她穿的衣服吗？

当然！去看看捐赠箱里有什么？

妮奇跑进屋去，留下她的巧克力在那儿冒热气。

妮奇的妈妈很有魅力。她身材苗条，头发呈三种不同的金色。她对着杰丽微笑，齿如齐贝。

你的妈妈怎么样，杰丽，她还好吗？

杰丽点点头。她的妈妈得辛苦工作，而且得在酒店上夜班。有时她喝很多酒喝到晕过去。杰丽的爸爸去年离开了她们，就在圣诞节之前，再也没回来。

妮奇的妈妈把身体重心从一只脚换到另一只脚，她很轻盈。

为什么今晚不在这里过夜呢？妮奇会很高兴的。

我问问，杰丽说。

你可以打电话，妮奇的妈妈说。但杰丽没法打电话，因为她妈妈的电话已经停机了。但她不想说，她说的是，我一会儿直接过去问。

妮奇抱着满怀的衣服回来了。她们试了一件毛衣、一件带帽上衣、一件系扣连衣裙，但都不合适。

这就像是《灰姑娘》里的情节，杰丽说。

你的意思是她是那个丑陋的姐姐？妮奇说。

她是微服乔装的公主。来，试试这个。

这顶绒球帽正好。

她可以去参加舞会了！

戴着一顶绒球帽？

是的。

哎，她没法去，因为她没有腿。眼睛怎么办？她需要眼睛。但不能是纽扣做的。

不，不要纽扣。把你的手链给我，那些绿色的宝石。它们可以用来做眼睛。快点！

你在干什么？那是我的手链！

但是杰丽不听她的——她弄断了手链，给雪女士安上了漂亮的绿眼睛，炯炯有神。

她现在看起来很真了！妮奇说。

她需要一个雪鼻子，杰丽说，或一副口鼻。

杰丽把妮奇抛在脑后。她用松果为雪女士做了一个鼻子，又做了一张大大的微笑着的红色嘴巴。那其实是小狗玩的投掷环的半边，但看上去就是大大的红色微笑。

妮奇正在玩 iPad 游戏。现在下午很短而且天很冷。马上天就要黑了。妮奇的妈妈从厨房门里向外喊——杰丽！现在去找你母亲，如果你待会儿还过来的话！

杰丽跑开了，向雪女士保证她马上就回来。但是当杰丽到家以后，她的母亲并不在家。房子里黑着灯。有时会断电，断电的时候，杰丽就不能用进门电话进去——她得从后面翻墙找放在垃圾桶后面的钥匙。她这么做了——但钥匙不在那儿，而且房子的后面和前面一样黑。

你在找你妈吗？商先生问，他开着一家商店叫做"商先生的商店"。

杰丽点点头。她没说话。商先生说，你妈不在这儿——出去了，没回来；有什么新鲜事吗？

商先生很可怕。他有可怕的脸和可怕的目光和一条总是穿在身上的可怕的工装裤。有时候，杰丽的母亲想向他赊牛奶或面包，第二天再付账。他一律说不。现在他把他那双可怕的手插在可怕的工装裤的棕色口袋里走进屋去了。

杰丽决定等一会儿，她蜷着身子坐在前门的台阶上，在这儿她稍微感觉不那么冷。

她想到了她的雪女士——她至少有八英尺①高，比谁都高大。杰丽希望长大以后她能有八英尺高。她要给他们看看。

她要给他们看看她是谁。

夜晚降临。为什么我们会这么说？就好像夜晚并不打算到这儿来，而是经过月亮的时候被绊倒②了。月亮很亮。现在所有人都回家去了，白天结束了，而夜晚生出寒意。临街的窗户一个接一个亮起了灯。杰丽站起来暖暖四肢，沿着街道走来走去，向她可以看到里面的窗户张望。人们坐下来吃饭。人们看电视。人们从一个房间走到另一个房间，说着什么——她听不见说的是什么，他们的嘴像金鱼一样一张一合。

那儿有一只鸟在笼子里，一条德国牧羊犬在前门跟前趴着，希望门可以打开。

所有房子都亮起了灯，除了她家。

也许母亲以为她在妮奇家。也许她现在应该回那儿去。

杰丽起身出发，去妮奇家有半小时路程。天看起来比实际要晚——安静的街道，没有车。一只黑猫在白墙上踱步。

妮奇家到了——亮着灯。杰丽跑向大门，但当她跑到门口时，

---

① 1 英尺合 30.48 厘米。
② 英语 fall 既可指降临，也有摔倒之意。

所有的灯都灭了，就那样，整个房子和她家一样黑了。

现在几点了？旅行车在路上跑着。杰丽把窗户上的雪擦掉看里面的钟。十一点半？现在不可能是晚上十一点半。

杰丽突然间又怕又累，不知所措。不知道时间，也不知道该做什么。也许她可以睡在工具棚里。杰丽转身背对黑着灯的房子看向花园，积雪让花园亮闪闪的，泛着白，半透着光，有些奇异。

雪妈妈正用两只明亮的绿宝石眼睛注视着她。

我希望你是活的，杰丽说。

一个活的什么？雪妈妈说。一只活猫？还是一个现场①马戏表演？

你刚刚是说话了吗？杰丽疑惑地说。

说了，雪妈妈说。

你的嘴没有动……

那是你做的，雪妈妈说。但你可以听到我说话，是不是？

是的，杰丽说。我听得见你说话。你真的是活的吗？

看这个！雪妈妈说，然后向旁边跳了一小步。没有腿也不算坏。这也是你做的。

----

①英语 live 既可指"活着的"，也可指"现场直播"。雪妈妈把杰丽说的 alive（"活着"）理解为 a live（"一个活的"，或"一个现场的"）。

我很抱歉，杰丽说，我不知道怎么做腿。

不要因为你无法改变的事情自责。你尽力了！不管怎么说，我可以滑行。快来！咱们去滑一趟！

雪妈妈出发了，没有腿、轮子，更没有引擎，这速度算是出奇的快。杰丽跑着追上她。

我想说抓住我的手，雪妈妈说，只是你没给我安手……

等等！杰丽说。你觉得两把中等尺寸的园艺叉怎么样？

那太好了，雪妈妈说。

于是杰丽从工具棚拿了两把园艺叉（中等尺寸）过来，把它们结结实实地插进雪妈妈的两侧。雪妈妈稍微扭了扭肩膀，让它们更合身，然后，全神贯注集中意念，她可以伸缩叉子上的尖齿了。

嘿！嘿！嘿！

你怎么做到的？杰丽问。

这是一个谜，雪妈妈说。你说得清你是怎么做成一件事情的吗？谁可以吗？我只是做到了。现在咱们走吧。

我们要去哪里？

去找其他人！

杰丽和雪妈妈离开了花园，沿着道路前进。雪妈妈的速度比杰丽快得多，杰丽不停地摔倒。

如鱼得水，说的就是我，雪妈妈说。我对这个很在行。爬上来！跳起来，把脚搭在我的尖齿上。

她们俩沿着街道快速前进。杰丽用脚钩住尖齿的凹槽就好像那是两个马镫，双手抓住雪妈妈的围巾两端就好像那是缰绳。她们一路前行，经过学校和邮局，或者说马上就要经过邮局了，这时一个小小的声音传来，**等等我**。

雪妈妈往前冲了一段才停住。

她说，**谁在那儿?**

在一个信箱上，一些小孩儿放了一个小小的头戴一顶纸帽子的雪小哥。**这里太无聊了**，雪小哥说——**带上我吧!**

为什么你要用黑体字说话？雪妈妈说。你不知道用黑体字说话不礼貌吗?

我没有家人，雪小哥说，而且我从来没有上过学。原谅我吧。

好吧，过来，雪妈妈说，从正面抱住我，因为我背上已经有人了，让我们看看能遇到些什么。

很高兴遇见你，小姐! 雪小哥对杰丽喊道，然后他想到这不礼貌，于是竭力压低嗓音小小声说——很高兴遇见你，小姐!

他们继续向前走，经过了停车场和工厂，在晶钻闪烁的天空下的无声夜晚中穿行。

他们来到了市政公园。

孩子们堆雪人堆了一整天，现在已经回了家，而雪人们还在那儿。

他们穿着被亮白色的月亮照亮的亮白色的服装，看起来很怪异。

然后杰丽看到一些雪人正向湖边缓缓移动——有两个雪人正在那儿钓鱼。

一定是哪个小孩儿堆出了这两个钓鱼的雪人，他们各有一根用削了皮的树枝做的杆和一条麻绳做的线。

和杰丽一样，雪妈妈和雪小哥来到了靠近湖的地方，一个雪渔人转过来举起他那用猪肉馅饼纸盒做的帽子致意。

欢迎！这个湖里全是雪鱼儿！雪姑娘们正在生火，希望你们能够参加我们的户外烧烤。完美的天气！

正说着，他的线弯了，颤动着，大约有一分钟，他来回牵引着水下某个看不见的有力的东西，然后，随着鱼线一记熟练的抽动，一条雪鱼儿飞出湖面，足有一英尺长，而鳞片是雪花做的。

你只能在每年的这个时候钓到它们，雪渔人解释道。太早的话它们冻得太实，太晚的话它们又都化了，跟从没出现过似的。

我以前从来没有见过雪鱼儿，杰丽说。

意料之中，雪渔人说。我们大多只能看见我们自己所知道的世界。

哦天哪哦天哪哦天哪哦天哪哦天哪！雪小哥叫喊着。他太兴奋了，用头倒立着，所以他的话都反了：**哪天哦哪天哦哪天哦哪天哦哪天哦哪天哦！**

他能消停会儿吗？雪渔人说。他会把雪鱼儿吓跑的。

雪妈妈抓住雪小哥的双脚，把他拽起来带到一群雪姐妹那里，她们正在用结霜的白色树枝堆一个圆顶棚屋。她们都戴着用红色浆果做的耳环。

你们都会留下来烧烤吗？其中个子最高的一位说道。她是人类，对吗？

是的，雪妈妈说，她的名字叫作杰丽。

那**我**呢？雪小哥大喊道。不要忘记**我**！

我可以把他留在你们这儿吗？雪妈妈说。他需要学点规矩。他可以捡树枝生火。

当然可以！快过来，你这不中用的小雪家伙，干活去。我们会教他点东西。

我是个孤儿！雪小哥叫喊着。我需要特殊照顾。

当太阳出来把你融化的时候，你当然会被特殊照顾的，一位雪姐妹说道。现在快点！动起来！

你就和我兜一圈吧，雪妈妈对杰丽说。看得出来，这一切对你来说都很新奇。

难道对你来说不新奇吗？杰丽问道。我的意思是，我今天早上才把你做好。

那是历史之谜的一部分，雪妈妈说。我以前不是。我现在是。我以后不是。我将是。

这对杰丽来说太深了，同样深的还有雪。她跟着滑行的雪妈妈跑起来，摔倒在一个大雪堆上，雪堆没过了她的下巴。

雪诺利！借我根线，好吗？雪妈妈向其中一个雪渔人打着手势。他过来了，放出他的线拉起杰丽，就好像她是冰下的鲤鱼。

谢谢，雪诺利，雪妈妈说。今年对我们来说是个好年景，是不是？

当然是，雪妈妈，雪诺利说。如果这样的天气持续下去，我们可以在这儿待上一周再出发。

出发？杰丽说。

就是我说过的，历史之谜。我来告诉你我们是如何诞生的吧。

雪妈妈在一条积雪的长凳上挨着一个雪人坐下，邀请杰丽坐到中间来。她在她白色的大腿上合上尖齿做的手，然后开始讲述……

每一年都会下雪而孩子们会堆起雪人。他们给我们连指手套、帽子、领带、围巾，还有漂亮的眼睛，就像你给我用绿色玻璃做的那对一样。

大人们以为雪族人仅仅是雪，但关于雪，孩子们懂得更多。他们对我们说悄悄话、讲小秘密。他们难过的时候，会坐到地上弯起膝盖，把后背靠在我们身上。他们爱我们，所以我们就活了。

看看这个公园。你能看到多少雪族人？每一年我们都会重聚，因为只要我们活过一次，我们就会永远活着。你看见我们融化了，我们的确融化了，但那是我们继续出发，到下一个下雪的地方去。而当小孩子滚雪球的时候，我们就又回来了。

杰丽思考着这些……但如果你融化了……

雪妈妈抬起手截住话……

你不能融化我们的雪魂。每个雪族人都有一个雪魂，而雪魂可以穿过时间空间冰雪霜冻。你会发现我们和北极熊、驼鹿、驯鹿在一起。你也会发现我们在白云中等着重新开始。开始下雪的时候，我们就离得不远了。

杰丽看着那个一动不动地坐在长凳上挨着她的雪人。那这一个是怎么回事？为什么他一句话也不说？

雪妈妈摇摇头。他永远都不会说话。他不是雪族人，他只是雪。一个大人把他堆了出来，但并不相信他，也不爱他。所以他没有活过来。

杰丽说，我的朋友妮奇不爱你，她觉得你太胖了。

我正正好，雪妈妈说，而且你爱我，所以我在花园里等着你。

如果我没有回来呢？杰丽说。

我知道你会回来的，雪妈妈说。爱永远会回来。

一只戴着宝石项圈的雪猫咪潜行经过。这话简直说得正中红心！雪猫咪说。为幸运的爱击掌！然后它伸出它的爪子。

他们已经生好火了！杰丽说。我看到了！但火焰不是橘色也不是红色，它们是白色的！

冷火，雪妈妈说。那不是平常的火。快来！咱们赶紧去加入他们。

火烧得很高，每道火光、每束火苗都像在向上喷射雪花，但奇怪的是，结了霜的白色树枝看起来并不像会烧完的样子。冷火透过它们燃烧出闪闪发光的透明火浪。

雪族人正围着营火或站或坐给手脚取冷。

快来冷却一下！雪妈妈说。

我已经很冷了，杰丽说。她正冻得发抖。

好吧，看看是谁来了，其中一位雪姐妹说。

借过，借过!

那是雪小哥，手里抓着根杆子，杆子上挂着条湖里的雪鱼儿。那鱼看着像是用水晶做的，有珍珠一样的眼睛。

雪诺利正抓着杆子的另一头；他试着指挥雪小哥……现在咱们把杆子悬到火上去，就像……

但雪小哥太激动了，他直接从火里穿过去到了另一边。

哇，杰丽说，他这就变大了！

雪小哥的确是变大了——大了很多。

在冷火里就会发生这样的事,雪妈妈解释说。在平常的火里,东西会燃烧,于是它们会变小,然后就消失了。而冷火会让所有碰到它的东西变大——看那鱼!

鱼正在烹制之中,雪鳞片里面发出嘶嘶的声音,但现在它们都变成原来的两倍大了。

每人拿条鱼吃,大伙儿,雪渔人说道。

趁冷吃光它们。

我能要三条吗?**大大的(就是之前那个小小的)雪小哥**叫喊着。

那个笨蛋雪人脑子进水了,咱们把他弄回原来的大小吧……嘿,兄弟,吞下这个!

一位雪姐妹向正在迅速长大、现在已经变得巨大的雪小哥扔了一枚看起来像是松果的东西。

谢谢!谢谢!谢谢!大雪小哥说,他的雪脑袋已经伸到树枝里面去了。

他会好起来吗?杰丽问。

他当然会好起来,雪妈妈回答道。最坏的结果也不过是,他会融化。

你会融化吗?杰丽说。

嗯,我会。

我不想要你融化。

你知道我在想什么吗?雪妈妈说。我在想应该把你送回家了，我可不想让你变得像《冰雪女王》里的凯一样，长着蓝色的手脚和冰冷的心。

但她是个坏人，杰丽说，那个冰雪女王。

对，她是个坏人，但就算是出于好心也会有意外发生。归根结底，你只是个人类。

所以雪妈妈拉起杰丽，离开了正围着营火唱冬季歌曲的雪族人，他们在唱《下雪吧！下雪吧！下雪吧！》《冬季仙境》《没有雪人像我这般爱你》《现在我们风雪无阻》。

快出市政公园了，歌声渐渐淡去，杰丽只能听见风吹过树梢和雪妈妈在小路上滑行的声音。雪妈妈用低沉美丽的嗓音轻轻地哼唱。

那是什么歌？杰丽说。

莎士比亚的《不再惧怕烈日炙烧》。这是一首哀悼之歌。我们融化的时候就会唱这歌。

你知道莎士比亚？

这是一个谜，雪妈妈说。

很快她们就到了杰丽住的街上，站在杰丽的家门口。灯依然黑着。

来，雪妈妈说，让我来对付这门。我会把锁冻开。

房子里冷冰冰空荡荡。水池里、台面上堆满了盘子。地板脏兮兮的。角落里有一棵圣诞树但还没有装饰。

再过几天就是圣诞节了，雪妈妈说。

我爸爸去年圣诞节离开了，杰丽说。我觉得我妈妈很难过。

现在没有人再来杰丽家了。不来玩也不来串门。她已经习惯这幅景象了。脏乱，灰尘，悲伤。现在她从雪妈妈的眼睛里看见了这些。

咱们一起来把这地方打扫干净，雪妈妈说。你先洗盘子，我来刷地板。

雪妈妈拖地的方法独一无二。她把自己的雪裙子融化掉一点点，把水弄到房间四处，脏了就直接清出门外。很快，盘子洗好擦干了，地板也变得锃亮。

好了！雪妈妈说。现在把所有的脏衣服、床单、床上用品拿过来，我们要去自助洗衣店。

洗衣店关门了！杰丽说。而且我们一分钱也没有。

相信我，我是个雪人。

在自助洗衣店，雪妈妈把锁撬开然后走了进去。操作机器非常简单。雪妈妈用她的钢制手指把洗衣币发放机的金属面板撬开了。

这里有很多，她说，小心翼翼地把门重新装好。

衣物不停搅啊搅，杰丽觉得暖和了起来，并且有了困意。她梦见她经历了一场洗衣粉雪暴，而天空是床单做的。

一个醉汉从洗衣店走过，兜里还揣着他的第二瓶伏特加，他看见或宣称看见了一个雪人在洗衣服——

我跟你说，她有八英尺高，白白的像个方块，她有诡异的绿眼睛，还有干草叉做的双手，而且那儿还有个小姑娘，在椅子上睡熟了。

你确定不是圣诞老人和她在一起吗？哈哈哈哈哈……

杰丽醒的时候，所有的衣物都清洗完毕，并且烘干、叠好了，于是她和雪妈妈往家走去。

你铺一下床，雪妈妈说，我马上就回来。

杰丽给自己和母亲新铺好了床。这么久以来第一次，床看起来像个好去处，舒心、温暖、干净、诱人。她开始打哈欠。钟表显示将近凌晨四点了。

就在那时，雪妈妈推着一个堆满食物的购物车回来了，里面有：水果、咖啡、蛋糕、蔬菜、培根、鸡蛋、牛奶、黄油、面包、一只火鸡和一个水果干布丁。雪妈妈那张用红色投掷环做的嘴比先前咧得更大，笑得更开了。

我闯进了商先生商店！

这是盗窃！

对，盗窃。

这是不对的！

但小孩没东西吃也不对。来……

雪妈妈煮了一些热牛奶，又给杰丽弄了一大块奶酪放在烤面包片上。杰丽坐在床上吃着喝着就昏昏欲睡了。

我现在必须走啦，雪妈妈说。明天你可以在妮奇的花园里看见我。

我不想让你走，杰丽说。

我得到外面冷的地方去。美美的晚安——如果可以的话，我想给你一个吻，但我弯不下腰。

杰丽跳起来站在床上吻了雪妈妈。她感觉有一点雪在她的嘴上融化了。

第二天，杰丽听到前门打开的声音便醒来了。她跳下床。母亲已经到家了。她看起来既疲惫又消沉。她都没有注意到漂亮干净的厨房，闪闪发光的窗户，以及整个房子里洋溢的温暖快乐。杰丽往烤面包机里放了一些面包。快到圣诞节了，她说。

我知道，母亲说。我保证会送你一件礼物。我们会一起装饰那棵树。只是我现在得睡一会儿……我……她站起来，走进卧室，又走出来。你把所有东西都洗了？我从来没见过房子像现在这样。

我全都洗了。而且有吃的。看！

杰丽的母亲去看了冰箱和橱柜。你从哪里弄到钱买了这么多吃的？

雪妈妈做的。

杰丽一个字也没提雪妈妈从商先生商店偷东西的事。

她是不是，就像，一个慈善机构？专门为了圣诞节？

对，杰丽说。

杰丽的母亲看起来有点像爸爸离开之前的样子了。我不敢相信有人来帮了我们，对我们这么好。她留下电话号码了吗？

杰丽摇了摇头。

她的母亲重新看了一遍她们小小房子里的所有东西。这就像是一个奇迹。这是一个奇迹，杰丽！

去外面玩一会儿，你回来的时候我会做好晚饭，就像以前那样。

杰丽跑去妮奇家。她迫不及待要告诉她的朋友昨晚发生的所有事情。她说了雪鱼儿、大雪小哥，还有她怎么骑在雪妈妈的背上。她没有说自助洗衣店和偷窃的事。但妮奇不相信她。妮奇径直走向雪妈妈把她的鼻子给揪了下来。看见了吗？如果她是活的，她会吼我的！

杰丽一把夺过松果，把妮奇推倒在雪地里。妮奇开始哭，然后她的母亲出来了。够了，你们两个！杰丽，我们今天下午要去圣诞采购——你一起来吗？

我不要她来！妮奇大喊着。

杰丽装作回家去了，但其实躲在工具棚后面。车一开走她就径直跑向雪妈妈那儿。她们已经走了！现在你可以动了！

但什么也没有发生。雪妈妈仍旧如雕塑般一动不动。杰丽等啊等，越来越冷了。她穿过公园走回家，觉得难过，又觉得自己很蠢。雪人们都在那里，钓着鱼或成群结队地站着。她看见树下的雪猫咪，便径直跑上去对它说：你好，幸运的爱！但是猫咪没有说话。

于是，杰丽开始往家走，疑惑地想房子是不是真的干净了，食物是不是真的在冰箱里，母亲是不是真的会做晚饭。

当她沿着街道经过商先生商店时，商先生正穿着他那可怕的棕色工装裤，气呼呼地站在台阶上。他朝杰丽挥手叫她过来。

我昨晚被抢劫了！窃贼破门进来把食物偷走了。其中一个打扮得像个雪人！我的闭路电视全拍下来了。你能相信吗？

杰丽忍不住要笑。商先生眉头皱得很低，他可怕的眉毛都碰到他可怕的髯须。这不好笑，小姑娘。

杰丽打开房门。她的家正如她离开时那样洁净明亮。诱人的香气飘满了厨房。杰丽的母亲正在听收音机里放的颂歌。她做了千层面。她们一起吃了面，而且母亲现在满脑子都是计划。我要换份工作，不上夜班了。咱们要把家里收拾得干干净净。只不过有人帮了我们，就让一切大变样了。你知道吗？

那天晚上，杰丽的母亲还得回去上班，但似乎没有以前那么伤心，那么煎熬了。杰丽想着要溜去公园，但是她发现母亲把门上了双重锁。她又想也许可以从卧室的窗户爬出去，这样就没有人会看见她。这时她听见厨房玻璃传来"嗒－嗒－嗒"的声音。

是雪妈妈。

杰丽打开窗户。

现在里面太暖和了，我不能进去，雪妈妈说。我给你带了些东西来装饰那棵树。

她有满满一口袋像她鼻子那样的松果，不过这些松果都泛着白光并结了霜。

为什么在妮奇那里的时候你不跟我说话呢？杰丽问道。我一直等啊等，但你只是雪。

这是一个谜，雪妈妈说。为什么不把树装饰起来？我会透过窗户看着的。

很快，树就被松果装点得光彩夺目，房子看起来既有节日气息又有趣。

你知道吗，雪妈妈说，在区区一升雪里就有超过一百万片雪花。

每片雪花都是不同的吗？杰丽说。

一片雪花是在旋转着降落着穿过空气的时候形成的，而旋转和降落的过程从来都不一样，永远都不一样，雪妈妈说。你母亲今天怎么样？

她今天很高兴，杰丽说，她做了千层面，我洗了碗。

你们必须相互照顾对方，雪妈妈说——如果不这样，就算在夏天，你们俩也会难过、感到冰冷。

家长应该照顾孩子，杰丽说。

生活怎样，就是怎样，雪妈妈说。

杰丽透过窗户看天上的寒星。她对雪妈妈说，你能不能过来和我们一起住？如果我们可以把你冷藏——比如给你弄台专属冰箱之类的？

雪妈妈的绿眼睛在灯光下闪着光。

那样的话每个人都会知道我们的谜了——而那是不可以的，因为每个人必须自己雪明白。

雪明白什么？杰丽说。

明白爱是一个谜，正是爱让这一切发生。

在那个柔软又安静，闪烁着亿万颗星星的黑夜里，杰丽沉沉睡去。

第二天早晨听见母亲回来时，杰丽跳下床跑进厨房亲了亲母亲，她正欣赏着那棵圣诞树。

你从哪里找到这些装饰的？

雪妈妈带过来的，杰丽说。

我希望我可以亲自谢谢她。你确定她没有留张卡片吗？

杰丽决定去请雪妈妈来见见她的母亲。在母亲上完夜班准备睡一觉的时候，杰丽穿好衣服，跑着穿过公园去妮奇家。

跑到车道大门时，她停住了。

妮奇家的车旁边停着另一辆车，就停在雪妈妈待的地方。

杰丽跑进去，站到车后面。地上有绒球帽和两把旧叉子。杰丽整个人趴到地上用手和膝盖撑着，疯狂地往雪里挖。她找到了雪妈妈的翡翠色眼睛。她开始号啕大哭。

妮奇出来了，身上只穿了件针织套衫和紧身弹力裤。

怎么了，杰丽？

但是杰丽说不出话，于是妮奇说，我朋友来的时候把雪人撞倒了。他们在倒车……对不起。

但杰丽一直在哭，妮奇也不知道该怎么办。她不是真的，杰丽——如果你想的话，我们可以重新堆一个。你想重新堆吗？

但天气在变化。已经开始下雨了，雪也变得柔软，从屋顶上流下了大块大块的雪。杰丽往回跑穿过公园，发现雪族人已经出发了。

一些没了脑袋。雪猫咪只是有一只耳朵的一小堆雪。冻实的湖变了颜色，因为有更暖和的水在表面流动。雪渔人的杆和线都丢了。

杰丽回了家。母亲醒来以后，杰丽想解释雪妈妈的事情，而母亲没有明白。但她明白杰丽很伤心，于是紧紧地搂住杰丽并承诺说，从现在起，她们的生活将变得不同。会有食物，有温暖，有干净的衣物，以及互相陪伴的时间。

我不喝酒了，也不垂头丧气了，不把你一个人留在家里，她对杰丽说。虽然这些事情说着容易做着难，但杰丽的母亲兑现了诺言，再也没有饥寒交迫的圣诞节了。

圣诞节到了，不管你愿不愿意，它总是会来，而不管你愿不愿意，它也总是会走。杰丽拆开了树下的礼物，其中最棒的是一个显微镜，还有一本关于雪花的一切的书。

书从一八八五年佛蒙特州一个叫作雪花·本特利的男孩开始用显微镜拍摄雪花照片的事说起。他是有史以来第一个这么做的人，到他去世时，他已经拍摄了五千三百八十一张雪花照，而且每张照片都不一样。

杰丽又去了雪妈妈曾站过的地方。但那个地方空荡荡的。

之后的那些年里，杰丽每个冬天都会堆一个雪妈妈，大多是在公园的湖边，但雪妈妈再也没有活过来。

杰丽长大了。她有了自己的小孩，而且他们都喜欢雪妈妈的故事，即使他们从来没有见过她。

平安夜。

孩子们都上床了。

袜子挂在床尾，猫咪在圣诞树下睡觉。

杰丽走过去把灯关掉。雪轻轻地落下。不知为何，她打开书桌抽屉，拿出了母亲多年前送她的那个旧显微镜。然后，她穿上靴子走到屋外。

她的孩子们堆了三个雪族人排成一排。杰丽把显微镜放在离得最近的一个冰冷的白色人形上，观察镜片里放大了的雪花。为什么生命可以如此丰富多彩，出乎意料，平平无奇，又不同凡响呢？

就像是爱，她大声说。

然后一个熟悉的声音回答说——爱总是会回来的。

是雪妈妈。站在花园里。

是你！杰丽说。

始终是我，雪妈妈说。

但是这些年，你去哪儿了？

这是一个谜……

我要告诉孩子们，他们知道你的所有事情！

不在今晚，雪妈妈说。也许某一天，谁知道呢？我也许只是想再看看你，我多希望能看看你啊。

然后有什么东西从雪妈妈的眼睛中落下来，好像是一滴雪眼泪。

等等！杰丽说。等等……

她跑进屋，回到书桌抽屉前。

她一直把绿色的玻璃眼睛和显微镜包在一起。

这是你的，她说。我可以把它们放上吗？

然后她吻了雪妈妈，并感觉有一点冰在她的嘴上融化了。

很管用，杰丽说。

我知道，雪妈妈说。有时我们只是需要一点点帮助。

不要走！当雪妈妈开始转身离开时，杰丽说。

我会一直看着你的，雪妈妈说。哈哈。谁又知道将来会发生什么呢？

她走远了，如星星一样静默无声，最终同星星一样遥远缥缈。

亿万颗星星，还有幸运的爱。

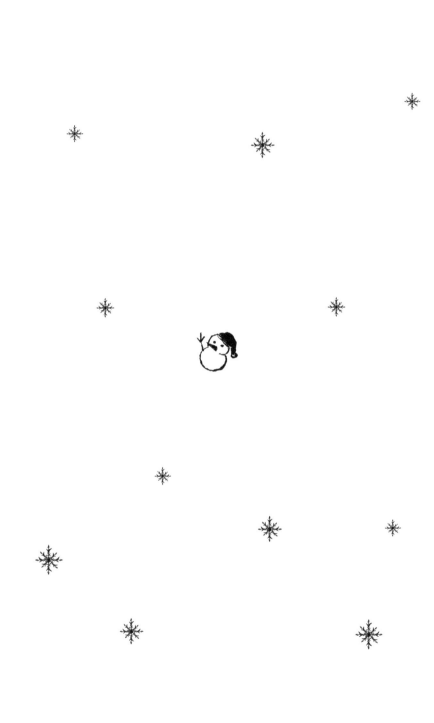

露丝·伦德尔的紫甘蓝

　　我与露丝·伦德尔相识于一九八六年，那时她五十六岁，我二十七岁。直到二〇一五年她去世前，我们一直都是好友，那时她八十五岁，我五十六岁。

　　我与她相识之时，她正是我现在的年纪——而这使我重新思考我们之间的友谊以及她曾给予我的极大善意。

　　当时我只出版了一本书——《橘子不是唯一的水果》。而她是享誉国际的成功人士，犯罪小说女王。

　　我们相识是因为她要去澳大利亚进行为期六周的新书巡回发布活动，需要找人帮她照看房子。我那时正在撰写我的第二部小说，《激情》。

　　出于对年轻作家的特别关照，露丝说她也正在写她的第二部小说——作为芭芭拉·维恩的第二部，这是她当时为了写有骇人心理洞察的惊悚小说而新取的笔名。

露丝和我的确互相喜欢。从某些方面来说，就是这么简单。多年来，我们有二人共度圣诞节或节礼日①的习惯。她的儿子住在美国，而她的丈夫唐去世以后，我们的圣诞节时光对我们俩来说都变得更加重要了。

流程总是一样的。她告诉我什么时候到，然后我们可以在伦敦散步逛上一大圈。她来规划路线——总有些她想看的东西。她后期的作品里全是伦敦。她喜欢在伦敦散步，而且圣诞节的时候很安静。

散完步，我们会吃点东西。露丝做饭。她是个身手敏捷的厨子，而且总是不慌不忙。她对吃的并没有那么感兴趣，但她喜欢做圣诞晚餐。

我们有什么呢？松鸡、烤土豆、胡萝卜、某种我种在花园里还能从鼻涕虫和鸽子口中存活下来的随便什么绿色蔬菜。运气好的话，我们吃抱子甘蓝，运气不好的话就吃羽衣甘蓝。我们还有很多浓厚的肉汁，以及这个故事的主角，露丝·伦德尔的腌紫甘蓝。

露丝在初秋时制作腌紫甘蓝。她总是会在做的那天给我打电话。"噢，珍妮特，我是露丝。我正在腌紫甘蓝，待会儿我要

———————————
① Boxing Day，圣诞节的第二天。

走到议院去。"

她指的是上议院，她是一位工党要员。

少有人知的是，露丝是一个超级乡村和西部音乐迷，所以腌紫甘蓝时，常有泰咪·怀尼特①和凯蒂莲②做伴。

我从未亲眼见过腌制的过程。露丝是自己的炼丹师，而且，不管她做什么，她都做得比我好。我有她的食谱但没有她的技巧。腌制是露丝那代女性的拿手活。露丝生于一九三〇年。第二次世界大战时期，少年时的她为胜利做腌制。而且她的母亲是瑞典人，所以，如果你仔细想想的话，露丝的腌制技术可以追溯到世纪交替之时，习得于某个须依靠盐渍和发酵满足冬季食物供给的传统。

而当露丝在伦敦长大的时候，当然她首先要面对的是大萧条，紧接着是战争，然后就是定量配给——而且没有人有冰箱。

她丈夫还在世的时候，她给他腌嫩黄瓜。他非常喜欢嫩黄瓜。她告诉我战争期间她腌过兔子。

"尝起来怎么样？"

"我怎么会知道？看起来太恶心了。我绝对不会吃的，珍妮特！"接着就是那笑声。露丝的笑声很奇妙，可以直面生活的闹剧与荒谬。

---

① Tammy Wynette（1942–1988），美国乡村歌手。
② k. d. lang（1961– ），加拿大流行、乡村歌手。

说她是腌菜鉴赏家一点都不为过。她喜欢一种腌鲱鱼。我喜欢腌酸黄瓜，我去伦敦皮卡迪利广场的沃尔斯利餐厅吃饭时总会点这个。

露丝喜欢我带她去那儿。露丝平时经常买单；她富有又慷慨，所以对她来说，别人带她去吃饭是件乐事。而我们的规矩是，在沃尔斯利，她不买单。我总是早到一步，这样可以在我点香槟的时候避免一场争执。

我觉得香槟和腌酸黄瓜是绝配。但露丝从来都看不上沃尔斯利餐厅的腌酸黄瓜。

"我做的要好多了，你知道的……"

确实。

露丝有一套古老的带橡胶密封圈和螺旋盖的腌菜罐子。当这些罐子装满了的时候，它们就会在餐柜后部待上一段时间，就像一个目前无人能解的难题。

开罐一刻充满期待和焦虑。发酵让人担心。罐子里的东西可能让人赞不绝口，也可能臭不可闻。

它从未出错——但在打开罐子之前，你对结果一无所知。

腌紫甘蓝的颜色是极好的，是适合圣诞大餐的完美红色。露丝用一只浅绿色碗盛腌紫甘蓝。清酸的味道是浓郁厚重的圣诞大餐的绝佳互补搭配。

除了蔬菜，我只用带葡萄酒。露丝的葡萄酒知识为零，如果让她来决定饮品，那么喝的就会是一瓶超市装霞多丽①。但她爱香槟，所以我给她带凯歌香槟②。

饭后是电视时间。露丝负责挑要看的节目，但必须是电视台实时播放的——不能是 DVD 光盘或电视回看。

露丝把脚搁在沙发上和她的爱猫阿奇一起。我则靠在另一张沙发上，然后我们会抱怨电视节目。能抱怨电视节目很重要。

十点左右，露丝会"嚓"地按下电视遥控器并说："我再也受不了这种垃圾了，你呢？"（这不是一个问题。）然后她会抛出第二个不是问题的问题："我们可以开始享用圣诞节布丁了吗？"

圣诞节布丁——一般是她在上议院的一位朋友做的——大小和炮弹差不多，重量也是。那是一枚伪装成甜点的致命武器。露丝会把它用布包着在一个双壁锅里煮上几个小时，这是老式方法。由于她厨房的通风不太好，我们后半夜就会在一种带着洗漱味道的希区柯克迷雾中度过。连猫也会咳嗽。

觉得布丁差不多可以吃了的时候——露丝是个从来不用定时器的最严谨细致的人——她就开始做蛋奶羹了。干这些活儿的时候，她会哼歌——一般是乡村和西部歌曲，有时候是亨德尔，

① Chardonnay，霞多丽干白葡萄酒，由种植最广泛的白葡萄霞多丽酿制。
② Veuve Clicquot，知名法国香槟品牌，全球最畅销的香槟之一。

她很迷亨德尔。有时候是《琼琳》^①混加《弥撒亚》里的著名曲目。

蛋奶羹是用牛奶和鸡蛋自制的。这份苦劳必须要开一整瓶香槟以示鼓励——但只剩一半了。

然后把布丁倒在盘子上，由我浇上白兰地浸润，再由露丝点燃。露丝总是说她太撑了吃不下了，然后就津津有味地开动，消灭掉不多不少半个布丁。

第二天她送我回家时，会让我带上罐子里剩下的紫甘蓝。

我和她一起度过的最后一个圣诞节是在二〇一四年。露丝·伦德尔在二〇一五年一月七日中风发作，再也没有康复。

我想念我们共同度过的那些圣诞节。还有紫甘蓝。

以下是她的食谱。

你需要

有机紫甘蓝——不要太老太硬。用一个大的或两个小的。

腌渍醋。详见下方。

100克糖。不是所有食谱都会用糖，但露丝会用。

150克高品质粗海盐。盐的用量取决于你要制作多少紫甘蓝。盐的目的在于脱出紫甘蓝菜叶中的水分。

关于腌渍醋：你可以去商店买，但露丝是自己做的，而且总

---

① *Jolene*，由美国乡村女王桃莉·巴顿谱写并演唱的歌曲，有众多歌手翻唱。

在厨房的储藏柜里存着一些，以便她想要做个懒人版紫甘蓝（快手即食效果）。如果你把腌渍醋装在一个密封良好的瓶子里，并且随着液面下降把它换到小瓶子里，它可以保存很久。以下是制作方法：

把 2 品脱（比 1 升稍多一点）麦芽醋倒入一个大平底锅中。如果你有的话，就再加入 6 片新鲜的月桂叶，若干小勺胡椒粒，一些葛缕子籽或芫荽籽，还有芥末籽，或者替换成（我说过这是一份个人食谱！）一点丁香。什么都行。对露丝来说，真的什么都行，因为她知道那会成功。

煮至沸腾。找个不会让整个家里充满刺鼻醋味的地方让它冷却。我会盖上盖子在屋外放一夜。

让所有香料混在醋液中，第二天再用滤网把醋液滤清。有些人在开始这道工序时会把香料放到一个香料包里，过后再把料包扔掉，但露丝认为那是多此一举。"滤网有什么不好？"（又一个不是问题的问题。）

制作方法

先要去除紫甘蓝外面的老叶。你之后是要吃这个东西的。

把紫甘蓝细细地切成可以用叉子叉起的细条。倒入一只大碗，用盐拌匀。盖上盖子在冰箱放一晚。

第二天，把腌渍醋再次煮沸，让它冷却，然后加糖，充分搅拌均匀。如果在太烫的时候加糖，你会得到一种醋液糖浆，就像一堂灾难性化学课里的成品。那样不好。

把紫甘蓝上的盐冲洗掉，并充分沥干。

把密封罐排列整齐，如果之前使用过，还需要事先消毒，必须完全干燥、洁净。我们都会死，但不能是因为甘蓝菜中毒。

每个罐子倒三分之一腌渍醋，然后装满紫甘蓝，压紧。注意我说要压紧！然后再加腌渍醋直到快溢出来。不要留空气！

封好盖，擦干溢出物，把全新的腌紫甘蓝放在阴凉避光处，直到需要打开的时候。

这份食谱的问题在于，露丝是一位技艺超群的腌渍能手，所以如果她想往腌渍菜里加点红葡萄酒，或用点苹果醋，她就如此为之。同样，她有时往紫甘蓝里加一些切碎的风吹落的苹果，或者一点点洋葱。（我知道，我真知道。）

她就是不会出错。不像我。

还记得老山姆·贝克特①吗？"屡败屡试，屡试屡败，败中有进。"

圣诞快乐，露丝。

---

① 指萨缪尔·贝克特（Samuel Beckett, 1906–1989），20世纪爱尔兰作家，荒诞派戏剧代表人物，曾获诺贝尔文学奖。

暗黑圣诞

我们从一个并不认识的朋友那儿借了这幢宅子。

凌空大宅耸立在一个山丘上，俯瞰着大海。这是一幢四四方方的维多利亚时代绅士的府邸。大飘窗向下透过松树面朝海滨。六级石阶把访客向上引至正面的双开大门，在那里拨动哥特式的拉铃索，便是一声巨大的、悲切的鸣响，直抵大宅深处。

月桂树沿着车道连成排，马厩已经废弃不用。封闭式花园自从一九一四年园丁们参军就一直锁着。只有一个人回来了。我之前被警告过围着花园的高耸砖墙不安全。我开车慢慢经过这堵墙时，看见油漆剥落的门上挂着一块摇摇欲坠的褪了色的警示牌：请勿入内。

我是第一个到的。朋友们会在第二天乘火车到达，我要去接他们，然后安顿下来准备过圣诞节。

我从布里斯托①一路开车过来，深感疲惫。我在四驱车车顶捆了一棵圣诞树，还装了满满一后备箱的吃喝用品。这附近没有任何小镇。不过宅子的管家留有一堆烧火用的木柴，我则为自己的第一晚准备了一个牧羊人派②和一瓶里奥哈葡萄酒。

生好火，打开收音机，我开始分拆节日补给，厨房里一片其乐融融。我检查了一下手机——没有信号。还好，我知道明天列车的到达时间，况且稍稍避开俗世喧嚣也是一种放松。我把派放进烤箱加热，倒了一杯葡萄酒，便上楼给自己找卧室。

二楼有三间卧室。每间卧室里都有一块被虫蛀了的地毯、一个金属床架和一个红木五斗橱。走道尽头是通向阁楼的第二段楼梯。

我对女仆室或育儿室没什么期待，但第二段楼梯那儿有什么东西令我犹疑。冬日下午的斜阳骤然照亮了楼层。但亮光在楼梯脚下兀自结束，仿佛再也无法前进。我不想靠近那段楼梯，于是选定了宅子正面的那间房。

我回到楼下拿背包时，宅子的拉铃响了起来，断断续续的金属撞击声在宅子内部的某处作响。我很惊讶但并没有惊慌。我猜是管家。我打开前门。没有人。我走下台阶环视四周。我承认我开始害怕了。夜晚清朗寂静。远近都没有车辆。没有离开的脚步声。我决意克服内心的恐惧，在外面来回走了几分钟。

---

① Bristol，英国英格兰西南区域的一个郡。
② Shepherd's pie，一种带肉馅的土豆泥饼。

然后，转身往回走时，我看见了：拉铃线绕过宅子一侧装在一处隐蔽的排水管道下。差不多有三四十只蝙蝠正倒挂在颤动的电线上。同样多的蝙蝠黑压压地成群俯冲旋转。显然是它们在电线上的动作触发了铃声。我喜欢蝙蝠。聪明的蝙蝠。很好。现在开饭。

饭毕。酒罢。我感慨为何情路坎坷，人生苦短。我上床睡觉。房间现在更暖和了，我准备睡了。大海的声音退进我梦境的洪流。

在沉寂的黑暗里我从沉睡中醒来，听见了……什么？我听见了什么？那听起来就像是滚珠或弹子在我头顶光秃秃的地板上滚动。它大声滚动着，然后撞上墙壁。接着往另一个方向滚动。这原本也无关紧要，可另一个方向是上坡。东西松了会往下滚但不会往上滚。除非有人……

那个想法太吓人了，于是我用万有引力定律将其挥走。不管是什么在上面滚来滚去，一定是自然力量的驱使。宅子有穿堂风而且一直空置着。阁楼处于任何天气都可能被入侵的屋檐之下。是天气或者动物。想想那些蝙蝠。我把被子往上拉，直至盖住我的眉毛，假装听不到。

那声音又来了：大声滚，撞到墙，停住，接着滚。

我等待倦意袭来入睡，等待曙光重现。

我们很幸运，包括那些最不幸的人，因为曙光终将出现。

那是阴郁的一天，十二月二十一日。一年中白昼最短的日子。

喝咖啡，穿大衣，拿上车钥匙。我不应该检查一下阁楼吗？

第二段楼梯很窄——是给仆人用的。它通向一段勉强齐肩宽的板条抹灰的走廊。我开始咳嗽。呼吸困难。潮气使得灰泥掉在木地板上，变成厚重的碎块。和二楼一样，这一层也有三扇门。两扇关着。我房间上方的这间，门虚掩着。我让自己往前走。

这个房间在屋檐下，就像我猜测的那样。房间地板凹凸不平。没有床，只有一个盥洗台和一个衣架。

让我惊讶的是角落里的耶稣诞生场景模型。

它大概有两英尺高，更像是一个娃娃房而不是圣诞节装饰。在正面敞开的马厩里立着动物、牧羊人、马槽、约瑟。屋顶上，一小截金属丝串着一颗破旧的星星。

它年代久远，出自朴素的手工制作，没有手艺人的那种娴熟，上过漆的木头已经磨损，像年久的颜料一样褪了色。

我想我应该把它搬到楼下，放在我们的圣诞树旁边。它一定是在这里有小孩的时候为孩子们做的。我把人偶和动物装进衣服口袋里就迅速离开了，让门敞着。我得出发去车站了。斯蒂芬和苏茜待会儿可以帮我搬其余的部分。

一出宅子，我的肺部就重新感受到了清爽。一定是因为里面的泥灰。

开往车站的一路上都沿着海。这条路既孤独又固执，拐弯的地方不是死角就是急转。我没有遇上谁也没有看见谁。海鸥在海面上盘旋。

　　长长的单线铁道旁边搭着一个简易棚子，那就是车站了。没有公告牌。我看了一下手机。没有信号。

　　终于，火车在铁道远处出现了。我很激动。小时候，我会去探望驻扎在皇家空军基地的父亲，这些记忆让我每次乘火车旅行或来火车站接人时都有一股愉快的冲动。

　　列车减速并停下。列车长下了车稍事休息。我盯着车门——火车不大，这是一列支线火车——但没有一扇车门打开。我向列车长招了招手，他走了过来。

　　"我来接我的朋友。"

　　他摇摇头。"车是空的。下一站就是这条线的终点了。"

　　我被弄糊涂了。他们在上一站就下了车吗？我描述了他们的样子。列车长再次摇了摇头。"我会注意到陌生面孔。他们会在卡莱尔①上车，然后问我在哪里下车——总是这样。"

　　"明天之前还有别的车次吗？"

　　"一天一趟就是为你们开的，在这种地方已经超出需要了。你在哪里落脚？"

　　"凌空大宅。你知道这个宅子吗？"

　　"哦，知道。我们都知道。"他看起来好像准备说些别的。但他只是吹响了口哨。空无一人的列车开动了，留下我茫然地盯着长长的铁道，注视着红色的信号灯犹如一个警告。

---

① Carlisle，位于英格兰西北部区域坎布里亚郡，接近英格兰与苏格兰边境。

我需要给手机找到信号。

我驱车离开了车站重新上路，沿着陡峭的山丘往前开，希望高处可以帮我联系上这个世界的其他人。我在山顶停好车，来到车外，竖起大衣衣领。初雪打在我的脸上，像小昆虫一样奋不顾身，尖利刺痛并充满敌意，就像是小口叮咬。

我的视线越过泛着浪花的海岸。对面肯定是凌空大宅。但那是什么？有两个身影在沙滩上走。是斯蒂芬和苏茜吗？他们最后还是开车过来了？然后，我尽力避免距离造成的视觉错觉，还是看到第二个身影远远小于第一个。他们正坚定地向大宅走过去。

我开车回去的时候已经快天黑了。

我打开灯，把火烧旺。宅子里没有我从山丘上看到的那对神秘人物造访的迹象。或许是管家和她的女儿来确认一切安好。我有艾太太的电话号码，但一格信号都没有，我没法打电话。

雪花在风中打着旋儿，越下越大。放轻松。来一杯威士忌。

我端着威士忌靠在暖和的厨房炉灶旁。我从阁楼上拿下来的木制人偶躺在厨房餐桌上。我应该上楼去搬那个马厩。

我不想去。

我冲上第一段楼梯，用活力驱除不安。我打开卧室灯。那样感觉好多了。第二段楼梯矗立在长长的走道尽头的阴影里。我再一次感觉窒息。我怎么像个老人一样紧紧抓着扶手？

我看到唯一一盏阁楼灯在楼梯最上方。我找到了圆形的棕色电木开关。我轻轻触动开关。孤零零的灯泡亮得勉强。那个房间就在正前方。房间门关着。我之前不是敞着门吗？

我转动把手，站在门口，房间被楼梯顶上的灯光隐约照亮了一点。盥洗台。耶稣诞生场景模型。衣架。衣架上有条小孩的连衣裙。我之前没有注意到那个。可能是之前太匆忙了。我搁置担忧，坚定地走上前去，俯身抬起木制模型。它很沉，我刚把它在怀里抱好，阁楼灯灭了。

"谁？谁在那儿？"

有人在大喘气，像是呼吸不过来了。别晕倒。拼命呼吸。不管什么人或什么东西在我身后，我都一定不能转过身去。

我一动不动地站了有一分钟，定定神。然后我拖着双脚向楼下透来的光走去。在过道里，我听见身后传来脚步声，我失去了平衡并伸出一只手让自己站稳。手抓住了某个湿漉漉的东西。是衣架。一定是那条连衣裙。

我心跳过速。不要慌。电木。电线失灵。奇怪的宅子。黑暗。孤独。

但你不是一个人，是不是？

回到厨房，回到有威士忌、广播四台和正在煮的意面的环境中，我仔细检查了一下那条连衣裙。手工编织，给很小的小孩穿的。羊毛线有难闻的味道而且湿透了。我把它洗干净，挂在水池上方让它滴水。我猜屋顶一定有个洞，所以那连衣裙已经有很长一段时间都在吸收漏进来的雨水。

我吃了晚饭，试着读了会儿书，告诉自己那不是什么事儿，什么事儿都不是。才晚上八点。我不想上床睡觉，尽管外面的雪已经有被子那么厚了。

我决定摆一下耶稣诞生模型。毛驴、绵羊、骆驼、贤士、牧羊人、星星、约瑟。马槽还在，却是空的。没有圣婴，也没有马利亚。我把它们落在那间黑屋子里了吗？我没听到东西掉在地上的声音，而且这些木制人偶有六英寸高。

约瑟身穿羊毛短袍，但他的木腿上画出了绑腿。我把短袍脱下来。短袍下面，木制约瑟穿了件画上去的军装。第一次世界大战。

我把他翻过来，我看到他的后背有一条深长的切口，就像一道砍伤。

我的手机发出哔哔的声音。

我扔下约瑟，抓起手机。那是苏茜发来的一条短信："给你打过电话。明天出发。"

我按下拨号。没反应。我试着发条短信。没反应。但又有什么要紧呢？突然间我感到放松和平静。他们只是耽搁了点时间，这就是原因。明天他们就到。

我重新在耶稣诞生模型旁坐下。或许不见了的人偶在模型里。我把手伸进去。手指摸到了一枚金属件。是一枚小小的带环形钥匙头的铁钥匙。也许是阁楼门的钥匙。

外面，下过雪，雪落在雪上。天空晴朗。月亮敏捷地浮出了海面。

我清楚地听见那个声音的时候，已经躺在床上并且睡得很熟。我的上方。脚步声。踱步。朝房间走来。徘徊。转身。返回。

我躺在床上，眼前一抹黑地盯着一抹黑的天花板。为什么我们什么都看不到的时候还要睁开眼睛？能看到什么呢？我不信有鬼魂。

我想开灯，但如果灯打不开怎么办？为什么身处别无选择的黑暗中会比身处自己选择的黑暗中更糟糕？但确实是这样。我在床上坐起来，把窗帘拉开一点点。今晚的月亮是如此明亮，外头一定有光吧？

有光。宅子外面，母亲和小孩的身影手拉着手，站着一动不动、悄无声息。

直到天亮我才睡着，而当我重新醒来时，已经是中午了，光已经开始向下倾斜。

我急着去弄杯咖啡，却发现连衣裙不见了。我把它留在水池上方滴水，但它不见了。离开这个宅子。

我出发前往车站。汽霜为树木披上了闪闪银装。这景色美丽又致命。整个世界都被冰冻住了。

路上没有车辙。除了大海咆哮和海浪拍打以外，没有声响。

我缓慢地行进，一个人也没看见。在不为外物所动的一片白色中，我好奇是否还有其他活人？

　　我在车站等待着。我等到超出计划时间，直到列车沿铁道呼啸而来。列车停下了。列车长下了车并看到了我。他摇了摇头。"一个人也没有，"他说，"根本没有人。"

　　我感觉自己要哭了。我拿出静音的手机，翻到那条短信："给你打过电话。明天出发。"

　　列车长看了一眼短信。"也可能是你应该出发，"他说，"从现在起直到二十七号都不会再有列车经过卡莱尔了。明天本来是最后一天但是那趟车被取消了。天气原因。"

　　我写下一个号码交给列车长。"你能帮我打个电话给我朋友，告诉他们我在回家的路上了吗？"

　　在回凌空大宅的缓慢行程中，我满脑子想的都是离开这里。夜间上路既慢又危险，但是我不可能再一个人过一晚。恐怕不止我一个人。

　　我只要想办法开四十英里到寸仓。那里有间酒吧和家庭旅馆，虽然偏远但有正常的生活。

　　那条短信一直在我的头脑中闪现。那真的是指我应该出发吗？而且为什么？因为苏茜和斯蒂芬不能过来了？天气？生病？全都说不准。事实是我不得不走。

　　我返回时这座宅子显得很压抑。我让灯一直亮着，径直走上楼梯去收拾背包。我马上就注意到通向阁楼的灯亮着。我停顿下来。深呼吸。当然那灯是开着的。我就没有关过它。这说明之前是线路故障。我得告诉宅子的管家。

收拾好背包，我把所有食物都扔进一个盒子里，把东西都装回了车上。我把威士忌和一条从床上顺走的毯子放在前排，还准备了一个热水袋以备不时之需。

才刚刚五点。最不济我在九点也能到达寸仓。

我上了车，转动钥匙。收音机响了一秒钟，断了，点火装置打了一次又一次，我发现电池完全耗尽了。两小时之前在车站时，这辆车才刚刚启动过。就算我让灯一直亮着……何况我并没有让灯一直亮着。一阵冰冷的恐惧袭上心头。我咽了一大口威士忌。我不能整晚睡在车里。我会死掉的。

我不想死。

回到宅子里，我想着这一整夜应该做些什么。我一定不能睡着。昨天勘察楼下的时候，我注意到一些上了年头的书籍和卷册——落灰的各种冒险故事和帝国传奇。我翻阅这些书籍卷册时，偶然发现了一本褪色的天鹅绒相册。在冰冷废弃的起居室里，我开始探索过去。

一九一〇年的凌空大宅。拥有不可思议的纤细腰肢的女人们身穿长裙。男人们身穿粗花呢猎装。照看马匹的伙计们身穿马甲，照看花园的伙计们戴着低顶圆帽。女仆身穿浆过的围裙。这一张他们再次身穿最好的衣服：一张结婚照片。约瑟和马利亚·洛克。一九一二年。他是一名园丁。她是一名女仆。相册的最后几页很松散，没有整理过，上面是更往后的照片和剪报。一九一四年。男人们身穿军装。约瑟身在其中。

我把相册拿回厨房，放到我的木制士兵身旁。我穿上大衣戴好围巾。我靠在柴火灶旁的两把椅子上，边打瞌睡边等，边等边打瞌睡。

大约凌晨两点我听到一个小孩在哭。这不是一个擦伤了膝盖或者丢失了玩具的小孩，而是一个被抛弃的小孩。他的声音便是他最后的救命稻草。这个小孩哭泣着同时也知道不会有人过来。

这个声音不在我的上方——它在我上方的上方。我知道它是从哪里传过来的。

我用双手捂住耳朵，把头埋在膝盖之间。我无法摆脱这个声音：一个被锁起来的小孩，一个饥肠辘辘的小孩，一个又冷又湿并且惊恐不安的小孩。

两次我站起身走到门边。两次我又重新坐下。

哭声停了。寂静。可怕的寂静。

我抬起头。有正在下楼的脚步声。不是一只脚前一只脚后，而是一只脚轻轻地拖动，然后另一只脚跟上，站定，再重新迈步。

脚步停在楼梯脚下。接下来他们做了我知道他们会做的事，我身体里的全部恐惧因子都知道他们会做的那件事。脚步向厨房门靠近。不管外面是什么，它站在十二英尺开外的门的另一面。

我站在餐桌后面并拿起了一把刀。

那门被粗暴地推开了，黄铜门把手被撞进了墙壁的抹灰里。风雪吹进了厨房，搅动着餐桌上的照片和剪报。我看到前门兀自大敞着，门厅就像是一个风洞。

拿着刀，我走进门厅去关门。天花板吊着的金属灯饰随着长长的链条剧烈摇摆。一阵狂风向前猛冲，使它就像被推得太高的小孩的秋千。它又向后狠狠地撞上了前门上方那扇大大的半圆形气窗。气窗被撞破了，锋利的碎片雨在我肩膀周围洒了一地。闪烁摇摆。嗡嗡作响。陷入黑暗。宅子的灯灭了。现在没有风。没有哭泣。再一次寂静。

玻璃掉在被雪照亮的门厅，我走出前门，走进黑夜。我在行车道上向左拐，然后就看见了她们：那个母亲和小孩。

小孩穿着那条羊毛连衣裙。没穿鞋子。她可怜巴巴地用手臂挽着母亲。她的母亲站着犹如一块石头。

我跑向前。我抓住小孩搂进自己怀里。

没有小孩。我脸着地，一头栽倒在雪地上。

*救救我。*那不是我的声音。

我重新站了起来。那个母亲在我前方。我跟着她。她走向封闭式花园。她似乎穿墙而过，把我留在了外面。

请勿入内

我试着拧了拧锈迹斑斑的环形门把手。门把手直接脱落，还带着一小块门板。我把门踢开。门从铰链上倒下来。那座破败的废弃的花园就在我的眼前铺开。整整一英亩，足以给二十口人提供食物的封闭式花园。但那是很久以前的事了。

雪地里有脚印。我跟着这些脚印走，来到了茅屋，茅屋顶覆着瓦楞铁皮的补丁。没有门，但里面看上去干燥且坚固。一本撕页日历仍然挂在墙上：一九一六年十二月二十二日。

我把手伸进衣服口袋，意识到口袋里还装着耶稣诞生模型里的钥匙。同时，我听见椅子剐蹭前面房间地板的声音。我不再有任何畏惧。我的身体先是被冻得颤抖，后来已经麻木，我的感官都冻僵了。我梦游般穿过阴影。

在前面的房间里，一个小小的锡壁炉里烧着微弱的炉火。火的两边坐着母亲和小孩。小孩正专注地玩着一个弹珠。她的赤脚冻得发紫，但看起来她并不觉得冷，没有我冷。

所以，我们是死了吗？

头上裹着披巾的女人用她捉摸不透、毫无情绪的眼睛盯着我，或者说是穿透我。我认出她了。那是马利亚·洛克。她的目光转向了一个高高的橱柜。我知道我的钥匙可以打开这个橱柜，而我一定要打开它。

这几秒钟有一生那么长。你过去是谁。你将成为谁。转动钥匙。

一身布满灰尘的军装掉落下来，像布偶一样瘫倒。这身军装上还有之前主人的痕迹。在褪色的羊毛夹克背面，肺部的位置有一道长长的砍伤。

我看了一眼我手中的刀。

"开门！你在里面吗？开门！"

我在刺目的白色中醒来。我在哪里？有东西在摇。是车。我在车里。一只厚重的手套正在把雪扫掉。我坐起来，找到钥匙，按下"**解锁**"。已经是早晨了。车子外面是火车上的那位列车长和一位自称是艾太太的女人。"看你把这里折腾的。"她说。

我们走进厨房。我抖得太厉害，艾太太心生怜悯，开始煮咖啡。"阿尔菲找到了我，"她说，"在他和你的朋友通过电话之后。"

"有一具尸体，"我说，"在封闭式花园里。"

"所以就在那里吗？"艾太太说。

一九一四年圣诞节，约瑟·洛克上了战场。在离开家向佛兰德①开拔之前，他为年幼的女儿制作了一个耶稣诞生模型。一九一六年回来时他中了毒气。他们听见他往楼梯上爬，用被泡沫侵蚀的肺艰难呼吸的声音。

他疯了，他们说。晚上，他和妻子、小孩睡在阁楼上，他茫然地靠在墙上，把小孩的弹珠滚来滚去，滚去滚来，踱来踱去，踱去踱来，踱来踱去。一天晚上，就在圣诞节前，他勒死了他

① Flanders，包括现比利时、法国、荷兰等地区，第一次世界大战激战的地区。

的妻子和女儿。他任由她们在床上死去，自己走了出去。但他的妻子没有死。她尾随着他。第二天早晨，他们发现她坐在耶稣诞生模型旁边，连衣裙被血染黑，喉咙上有他留下的乌青的指痕。她一边唱着摇篮曲，一边把刀尖捅进木制人像的背。没有人再见过约瑟。

"你会报警吗？"我说。

"为什么呢？"艾太太说，"就让死亡埋葬死亡吧①。"

阿尔菲出去检查我的车。车一下子就打着了火，在白色的空气中排出蓝色的尾气。我留下他们打扫宅子，正准备出发时想起收音机落在了厨房里。我走回宅子。厨房空了。我可以听见他们俩在上面的阁楼。我拿起收音机。耶稣诞生模型就在餐桌上，在我之前摆放的位置。

但它不是我之前摆放的样子。

约瑟，动物，牧羊人，还有破旧的星星。马槽在中间。马槽旁边是一个母亲和小孩的木制人像。

---

① Let the dead bury the dead，谚语，指"往事不重提"。

凯西·阿克的纽约蛋奶羹

二十世纪九十年代初，凯西·阿克①从伦敦搬回美国。哈罗德·罗宾斯②试图起诉凯西从他的书《海盗》里剪切粘贴了一段话，放进了她再版的先锋作品《年轻的欲望》里。

罗宾斯，这个属于大众市场的软色情机场读物小说家毫不关心阿克一直以来予以抨击的权力结构，也未考虑过她的这种写作手法，即从已有文本——无论是伟大的还是微不足道的——中进行非表面式剪切粘贴，并创造出扰乱读者与阅读对象之间关系的新文本。

读哈罗德·罗宾斯完全不需要动脑子，所以凯西很惊讶这个把性和垃圾的组合物卖出七千五百万册的男人居然会耗费那么多脑力来起诉一个文学强盗。

① Kathy Acker（1947－1997），美国后现代派小说家、诗人、剧作家、散文家。
② Harold Robbins（1916－1997），美国畅销小说作家。

但罗宾斯对自己的作家身份自视甚高。凯西对他作品的挪用已经充满喜感地表明，脱离了那个吸睛的猎奇情色故事——其语言除了充当让读者从一个性行为滑向另一个性行为的润滑剂之外毫无意义——后，罗宾斯的文字很差劲。这正是问题所在。凯西·阿克戳穿了哈罗德·罗宾斯——向他本人。

罗宾斯坚持要她道歉，这种咄咄逼人的态度正是凯西所憎恨的。

而凯西，就像凯西会做的那样，写了一封比她引爆的犯罪炸弹更加充满火药味的道歉信。

然后，典型的阿克风格浮现，勇于战斗的强盗突然感到受伤、被指责、被误解了。她收拾行装回到了曼哈顿。

但是曼哈顿也不太对劲——就没有什么地方对凯西来说是真正对劲的，于是不久后她就住到我为她找的一间离我不远的公寓。然后很快就是圣诞季了。

这间公寓还留有伦敦还未完全被贪婪和攫取这两张罪恶大口吞噬之前的最后一丝英式古板气息。在一座空置的、气派的佐治亚风格房子里，这是一间铺着石头地板的拱顶地下室，说话能带回声。我觉得凯西会喜欢那些长视窗，从那儿望出去是杂草蔓生的封闭花园。房屋的主人已经去世了。继承人正在等待遗嘱检验，而且没错，凯西几乎可以不花分文就住在这间公寓里，而我就住在街道的那头。

但也有缺点。我的妻子苏茜·奥巴赫既是犹太人又是美国人，她在曼哈顿住了很长时间，并且和凯西一样年纪，当我给她讲这件事的时候，她对我说："等等，你把一个在萨顿区①长大的犹太人安顿在一间没有电冰箱的公寓里？"

我没能理解。我说："她不需要电冰箱，那里没有采暖。"

这不是正确的回答。苏茜双手捂住头说："萨顿区是曼哈顿最高档的住宅区，就像是贝尔格莱维亚区②。"

"但凯西是一名罪犯！"

"她也是一位公主！"

的确。这也解释了为什么圣诞节凯西会在室内戴上她的俄罗斯裘皮帽。我当时不能理解但现在终于懂了。

她从来没有对此说过什么，当然，因为关于凯西·阿克这位性解放和后朋克偶像级人物，我们常常忘记她有完美无瑕的教养。

圣诞节到了。

我说："凯西，我们需要做蛋奶羹。"

蛋奶羹的历史可以追溯到罗马人，他们意识到牛奶和鸡蛋可以成为出色的黏合剂，咸的也好，甜的也好，几乎百搭。由于罗马人走遍各地，蛋奶羹也传遍各地。到了中世纪，蛋奶

---

① Sutton Place，位于美国纽约市曼哈顿东区，是该市最富裕的区域之一。
② Belgravia，位于伦敦中心区域的高级住宅区。

羹指一种带馅料的饼，就像我们的法式乳蛋饼^①或蛋糊果馅饼^②——在一个有酥脆外壳的饼里，使用鸡蛋和牛奶把其余原料凝结在一起。

法国人是蛋奶羹的忠实粉丝，但没有为它专门起名字——他们称它为英式奶油^③，但不管它是闪电泡芙的夹馅，还是法式乳蛋饼的馅料，或者其他东西，请放心，它就是蛋奶羹。

可以倒出来享用的流动蛋奶羹在圣诞节大受欢迎，它和圣诞节一起在十九世纪风靡开来。关于这件事，我们得责备或表扬来自伯明翰的一位名叫阿尔弗雷德·伯德的化学家，他的太太对鸡蛋过敏。可怜的伯德太太喜爱蛋奶羹却不能吃，所以在一八三七年，阿尔弗雷德试做出了使用玉米淀粉代替鸡蛋的淀粉版本的蛋奶羹。伯德先生在他的玉米淀粉中加入了糖和黄色食用色素，很快，在英格兰乃至大英帝国的各个角落都可以找到装在让人愉快的锡罐里的伯德的蛋奶羹粉了。

随着好立克兄弟从英格兰移民，并于一八七三年在芝加哥建立工厂来生产他们举世闻名的饮料，这种对以牛奶冲泡的罐装粉末的狂热便跨过了大西洋。

出于某些原因，十九世纪后，营养充足的男人和女人们开始惧怕一种完全是发明出来的问题——"夜间饥饿"。好立克这

---

① Quiche，一种以蛋、奶、肉、蔬菜、干酪做馅的开口馅饼。
② Flan，一种以蛋、水果、干酪做馅的开口馅饼。
③原文为法语。

样的饮料可以解决这个问题。

凯西·阿克喜欢好立克，而我曾经为她冲调过。凯西，一边喝好立克，一边笑着说做蛋奶羹是不可能完成的任务（她不会做饭——甚至不会搅拌），而她对每件事情都很执着，为我找到了迪伦·托马斯[①]发明的那个叫作"夜间蛋奶羹"的神奇产品。

二十世纪三十年代，迪伦在一个朋友家里的沙发上将就过夜，那朋友是一位收入颇丰的广告从业者，正好跟好立克签了一份合同，迪伦觉得他也许可以通过"夜间蛋奶羹"赚上一笔，并设想它也可以用来做发乳或阴道润滑剂。

这的确让我在一段时间内对蛋奶羹有了心理障碍。但圣诞节就是圣诞节，而圣诞节就是蛋奶羹。

事实上阿克以她才女的执着和约等于零的烹饪水平，已经将蛋奶羹和纽约市永远地糅合到了一起。

不管怎么说，鲍勃·齐默曼因为他的偶像迪伦·托马斯，把自己的名字改成了鲍勃·迪伦（也许"铃鼓先生[②]"的一切都归功于夜间蛋奶羹）。

而迪伦·托马斯死于纽约的切尔西旅馆[③]。

无论何时我再做蛋奶羹，我的脑海里无须思考就会产生思绪，无须想象就会产生画面，一个像亚特兰蒂斯一样业已消失

---

① Dylan Thomas（1914 – 1953），威尔士诗人、作家。
② Tambourine Man，出自鲍勃·迪伦发表于 1965 年的著名歌曲《铃鼓先生》。
③ Chelsea Hotel，纽约市一家以众多作家、哲学家、作曲家、歌手和电影艺术家曾经居住而闻名的旅馆。

的纽约市："垮掉派旅馆"、醉酒的诗人，以及那些钻石般珍贵的声音，从安迪·沃霍尔[①]到帕蒂·史密斯[②]，从鲍勃·迪伦、迪伦·托马斯到凯西·阿克……这之后没几年她就去世了，在一九九七年，经历了与癌症的激烈抗争，就像迪伦·托马斯的诗：

> 不要温和地走进那个良夜……
> 怒斥吧，怒斥光的消逝。[③]

我们堂皇的姿态和微小的举动并没有相距千里。我们记得我们的朋友既因为我们一起做的微不足道的傻事，也因为他们真正的伟大之处。

以下是蛋奶羹的做法。

你需要

1品脱（570毫升）牛奶

少许鲜奶油

4枚蛋黄

1盎司（30克）细砂糖或过筛的金黄砂糖

---

① Andy Warhol（1928 - 1987），美国艺术家、印刷家、电影摄影师，视觉艺术运动和波普艺术的开创者之一。
② Patti Smith（1946 - ），美国创作歌手、诗人、视觉艺术家。
③此处参考巫宁坤译文。

2 小勺玉米淀粉（可选）

制作方法

在一只碗里把蛋黄搅拌至均匀、蓬松。你可以用蛋白做蛋白酥或一个蛋白蛋卷。

搅拌的时候加入糖。

加热牛奶和鲜奶油，但不要煮沸。

将牛奶混合液倒入鸡蛋混合液并搅拌、搅拌、搅拌！

把全部材料倒回锅中，并把锅重新加热。不要煮沸！

是的，你可以加入白兰地或朗姆酒。一些人喜欢加入香草——如果要加香草的话应该加到牛奶和鲜奶油中。

而且，跟伯德先生一样，你可以加入玉米淀粉作为增稠剂——只需要加几小勺到鸡蛋混合液中，不要加到牛奶混合液里，并且要搅拌、搅拌、搅拌。

搅拌的工作最好使用一个气球型蛋抽完成。我用的是铜制蛋抽、铜制碗和铜制加温锅，但那只是为了好看。

制作的关键是，一旦将蛋奶羹倒回锅中加热就要一直搅拌。如果你在搅拌的时候采用了诗人的节奏或者过于梦幻，最后可能会得到一份炒鸡蛋。

这样的流动蛋奶羹应该立即摆上桌。然后吃掉。

纽约的圣诞节

圣诞节前的那个星期，我和同事们通常喜欢去喝点鸡尾酒，再来几碟下酒小菜。第十二街有家叫"壁花"的店我们比较熟，那里的天花板是锡制的，而长软座包成了一片橙色。这里供应法式餐点和美式鸡尾酒。

我们聚会的那晚，谈起了关于圣诞节的往事——大多是关于童年，在我们的记忆里（虽然记忆并不总是可靠），那时圣诞节还没有商业化，所以即使没有人去购物，树下也总是会有礼物。孩子们出去滑雪橇，回到家就在炉火前玩棋盘游戏。每个人都有一条老狗和一个弹钢琴的奶奶。大家都穿手工编织的毛衣。

每个人都会堆雪人，用胡萝卜做鼻子，还给它在脖子上围一条围巾，哼唱《冬季仙境》。

而到了平安夜，你会拼命不睡过去要看一看那个乘着雪橇、一身红色的老伙计——而你永远不会看到他，但不管怎么样他都会来，并且喝掉厨房台面上的威士忌。

"圣诞老人是个酒鬼。"

"没错，他一年中的其他日子都待在戒疗所里。"

"你想再来一杯波旁威士忌吗？马提尼？星闪①？"

"来吧，伙计们！这一杯算我的。"

我起身去了洗手间。我重新坐下，看到了重影。

"山姆？你还好吗？"

是露西尔，挤在我的身旁，穿着她那件有白领子的小灰裙。她在制图室工作，我在设计室。我告诉她我挺好的。

"我们刚才讨论圣诞节的时候你什么都没说，你不喜欢圣诞节吗？"

事实是：我不喜欢圣诞节。除了积攒一堆你付不起的账单以及和亲戚们做斗争，我不知道如今这个节日的意义是什么。我一个人住，得以轻松度过这段时间。我一个人住。这样很好。

"我圣诞节要回家，"露西尔说，"你呢？"

"我待在家。"我回答道。

"你一个人吗？"露西尔说。

"是的。我需要一些自己的时间。明白吗？"

露西尔点头的样子像是在摇头，然后她说："那给我讲一个你以前过圣诞节的故事吧。就一个。"

"随便说哪个也都一样。我们不过圣诞节。"

---

① Twinkle，此处指一种由伏特加、接骨木花酒和香槟调制的鸡尾酒。

"你们家是犹太家庭吗？"

"不是。只是不高兴过节。"

当时我没再多说什么，因为其他人已经开始唱他们各自版本的《纽约童话》①，唱得简直比原唱棒客乐队②还糟糕。

我的意思是，这一团和气是为了什么呢？难道因为我们在一家所谓的法国酒吧，就应该摆出一副法式派头，然后相互亲吻就好像那一团和气是真的？

那不是真的，但他们正在那么做，我的同事们，相互碰杯还互相喂着大虾。

露西尔探出身子加入其中，而我猜耶诞节审讯到此为止了。我深吸了一口气，又去了一趟洗手间，并当即决定从那里开溜步行回家。

我从衣帽架上取下大衣，回头看了看那群人。祝你们玩得开心吧。

外面的人行道上，人们大声笑着，手挽着手，抬起头望着下落的雪。

有什么大不了的？雪只是冷天里落下来的雨而已。

"我爱下雪的时候。"露西尔说，她突然间站在我的身旁，身上穿着她的日瓦戈医生军大衣，戴着俄罗斯裘皮帽。露西尔人挺好的，但有点怪。她会带花去办公室。她说："你想不想走

---

① *Fairytale of New York*，棒客乐队的一首歌曲。
② The Pogues，一个朋克风格的爱尔兰乐队，由八人组成。

一会儿？"

于是我们出发了，穿过安静的雪泛出的白光和它温柔的屏障。街道上很喧闹，但并不显得如此。雪让这座城市安静下来，平息了这个地方的脉搏。而且晚上的空气闻起来很干净。

"这破碎的世界。"我说。

"什么？"她说。

"哈特·克兰①。"

"哦……"

我们继续走；走过了酒吧、小餐馆和那些开到很晚的小商店。一个小伙子在柏油帆布下兜售包袋，还有一个破衣烂衫的人在门口直直坐着，手里拿着一块牌子，上面写着"大家圣诞快乐"。他旁边的通风口喷出干洗店的蒸汽，发出化学物质的噼啪声。露西尔给了他五美元。

"所以你的圣诞节往事是什么？"

"没有什么——没啥，我说过了。没有装饰，没有树，没有礼物，没有家庭聚餐。我的父亲跑卡车去加拿大——他总是挑在圣诞节轮班——三倍工资，他说。但为什么要付他三倍，他把这三倍花在哪儿了，我都不知道。"

"你是说你从来没有收到过圣诞节礼物吗？"

"不是！我是一个成年男人。我有过女朋友。我有朋友。他们当然送过我礼物！但圣诞节本身对我来说没什么意味。"

---

① Hart Crane（1899 – 1932），20 世纪美国最重要的诗人之一。

一只用狗带拴着的小狗在雪地上蹦着，咬着，就好像这样可以抓住雪似的。

"圣诞节对你来说是意味着什么的，"露西尔说，"圣诞节意味着悲伤。"

哦，不，我对自己说，她要么是信奉灵修的新时代运动人士，要么每周去看五次精神科医生。让我歇歇吧。

我们走到了熟食店旁的那个转角——熟食店的塑料门面前摆了一排圣诞树盆景。我闻到了冰冷的松树和洗涤剂的味道。

"我该在这里转弯了。"我说。

"你的胡子是白色的，"她说，"节日的颜色。"

我拂掉下巴上的雪，将双手插进大衣口袋，就沿着街区往下走了。大概走到一半的时候，我转过身。我不知道为什么要转身。露西尔已经走了。她当然已经走了。女孩子不会在雪中站在街道的转角。

我走上楼梯回到自己的公寓——是间一居室，楼下的门房是个留着做样子的死人，这总归比找个活人便宜，我猜是这样。他坐在他的隔间里，电视开着。我已经在这里住了两年，只见过他的后脑勺，从来没见过他动一下。

我开了门——铁面无私、毫无装饰的长方形钢板上有三道锁——然后开了灯。我的公寓就像我的衣服一样——我并不关心穿着但总得穿点什么。我租的这个地方配了家具。我从未搬进来任何我自己的东西。

就在我的正前方，房间的正中央，好像它就长在那里似的，有一棵圣诞树。

我跑回楼下使劲敲打小隔间，里面的门房按理说还好好活着的，应该乐于帮助楼里的住户。

没有回应。我发誓他调高了电视的音量。

那么我只能报警了……

我想报告一个意外事件。

什么样的意外事件？

一棵圣诞树出现在我的公寓里。

伙计，你今晚喝酒了？

没有。有。但是不多。我的意思是，有人闯进了我的公寓并且留下了一棵圣诞树。

有什么物件损坏吗？丢了什么东西吗？

没有。

兄弟，给你的哥们儿打电话，说声谢谢，然后说晚安。节日快乐，晚安。

电话挂了。我给楼下的死人门房打电话。他没有接。

第二天是最后一个工作日。我早早地起了床，这很容易，因为我没怎么睡。圣诞树依然在那儿。我得绕着它才能走到门口。我关上房门的时候，回头看了看，我确定那棵树在微笑。

在办公室，我对露西尔说："你觉得树会微笑吗？"她回我一个微笑，一个我以前从来没有注意过的开朗、善意的微笑。

"这不像你，山姆。几乎可以说浪漫了。"

"我有点分神。"我说。

那一天，冬日的太阳闪烁着光芒，照得这座城市熠熠生辉。电蓝色的天空像霓虹灯一样闪闪发亮。大百货商场的橱窗就像通往另一个世界的魔镜。

我开始向洛克菲勒中心走去，我不知道为什么。人们很疯狂，每个人都拎着六个袋子但没人能打到车。

每年，这座城市都会迎来一棵七十英尺高的圣诞树，给它挂上长达五英里的灯饰，并在树顶放一颗巨大的施华洛世奇水晶星星。

我向前走，我不知道为什么。站在树底下。它的大小让一个成年男性重新感到像一个小孩子。

山姆！山姆！你赶紧回到屋里来，现在。

我想去看看那棵树，妈妈。他们从森林里带回的那棵树！

你听见我说什么了。现在进屋，否则就没有晚饭吃。

进到黑乎乎的房子里。上床。然后就没有然后了。

"山姆？"是露西尔。"你在这里干什么？"

"我吗，哦，我到市中心跑个腿。"

露西尔仍然微笑着——她一直在微笑吗？如果是这样，又为什么呢？她说："我喜欢过来看那棵树。它让我高兴。"

"是吗？一棵树怎么能让你高兴？"

"因为它是免费的，而在纽约没有什么免费，而且它很美。看看人们多么放松啊——带着他们的小孩——那边那个老太太就好像梦见了什么好东西。"

"她很可能要独自过圣诞节。"我说。

"你呢？"露西尔问。

"不，不。当然不是。听着——祝你今天过得愉快，露西尔。我得……"

"我准备去博醇①喝杯热巧克力。要来一杯吗？"

于是我们坐下了——露西尔仍然在微笑，而我仍然没有微笑，她聊着关于节日的事情，然后突然间我说："昨天晚上，在我的公寓里，冒出了一棵圣诞树。它就这么出现了。"

"你确定吗？"

"我报警了。"

"你因为公寓里有一棵圣诞树报了警？"

一个身穿格子抓绒衣的男人端着两杯姜汁摩卡从桌边挤过去。他俯下身子对露西尔说话，并慷慨地让我也听见，"找个好

① Bouchon，一家位于洛克菲勒中心的法式烘焙坊。

点儿的约会对象，宝贝。"

露西尔笑出了声，但我没看出来这有什么好笑。我朝着他背影大声喊道："她不是我的约会对象！"

格子衣男人转过身。"所以你是个傻瓜。我明白了。节日快乐。"

"有人闯进了我的公寓！混蛋！"

但格子衣男人已经走了，我站在那里，一个人，很尴尬。我不是一个人。露西尔还在那儿。

"你喜欢吗？"她说。

"热巧很棒，是的……谢谢。"

"那棵树。你喜欢那棵树吗？"

我正走在回家的路上，独自一人，想着她说过的话。我全部的三十二年人生中第一次有一棵圣诞树在自己家里，我喜欢吗？

我绕过转角。经营那家熟食店的阿富汗人正站在外面。我说："昨晚你们有没有给我的公寓派送过一棵树？"

他们摇了摇头，然后给了我一些热锅里拿出来的栗子。我节日期间会回家吗？不回？他们希望可以回家。其中一个人把钱包拿出来给我看了一张皱巴巴的照片，照片上是他父母住的房子——一栋混凝土砌的一层小楼，倚着一座陡峭的大山，山顶上覆盖着积雪。他没有说话，只是拿着照片，就像那是一盏灯或一面镜子，或是一个问题的答案。然后一个女人进店想买橙子。

我走进店里，买了些熟鸡肉，还有米饭、腰果和杏，然后就转过拐角朝我住的那幢楼走去。我的公寓在四层，客厅的窗户临街。

我的窗户透着光，从屋内某个地方透出来的光。好像是一盏低矮的灯。我没有低矮的灯。我喜欢主灯。

我冲进楼里。

死人门房正在隔间里看电视。我站在外面挥舞着双手好引起他的注意，但我只听到电视机的音量被调高了。他迟早会把电视机搞爆炸的。

我住的楼里没有电梯，所以我两级一步爬上楼，把鸡肉盒里的肉汁洒出来了一点。我打开门——三道门锁都滚了下来。没有强行闯入的迹象。屋子里，我伸手去按灯的开关但没有这个必要。

那棵圣诞树被点亮了。

我可以听到外面楼梯上有人喘着粗气。我留在门口的过道，踟蹰着，全身紧绷，等着发生什么事情。然而那是五楼的诺布罗夫斯基太太拉着东西吃力地经过，她拖着差不多能组成一个船队的花哨的大包小包，或者说是她被拖着走。我都快看不见她了。"我来搭把手。"我说，因为我不得不这么说。

诺布罗夫斯基太太气喘吁吁地在我的公寓外面停下来。她透过门看见了平静地发着光的圣诞树,感叹了一声:"真漂亮,山姆。我自己的四(是)竖(塑)料的[1]。"

"你喜欢这棵树吗?想要的话可以拿去。我可以帮你搬上楼。"

"真是个好小伙子。善良的小伙子。不了,歇歇(谢谢)你。我明天宙(就)要去菲层(费城)我女儿那里。你一定四(是)要在这里过升(圣)诞吧,优(有)这么漂亮的一棵树。"

接着她就继续爬下一段楼梯了,我在后面拎着大包小包,听她说俄国的圣诞节和她祖母的秘制伏特加,任何人喝了它之后都会变成可以预见未来的先知。

"当我紫(只)优(有)三岁的时候,奶奶对我说,'阿加塔,你枪(将)来会在米(美)国生活。'然后我现在就在这里。"

对此没有什么可争辩的。她打开了公寓门,然后我把她的大包小包卸在门厅里。她的住处比我的宽敞。我以前没见过里面的样子。

每件东西都是棕色系的——巧克力色的地毯,焦糖色的家具,咖啡色的天鹅绒窗帘。室内有一台红木落地灯,上面罩着海藻褐色的流苏灯罩,还有一台摆在高脚镶板电视柜里的老旧电视机。电冰箱发出了清晰的低沉轰隆声,让这公寓听起来像是在进行消化作业似的。这一切让她像是住在一头大棕熊的身

---

[1] 诺布罗夫斯基太太有俄罗斯口音,译文以错字表示。

体里。

诺布罗夫斯基太太从橱柜里拿给我一个瓶子。"伏特加，"她说，把瓶子塞到了我手里，"先知。我家老奶奶的配方。我在布鲁克林的兄弟用土豆做的。"

"土豆是先知吗？"

"这里四（是）有一样秘密成分。家族秘密。拿着吧。你是个好小伙子。"

我推辞，犹豫，犹豫，推辞。然后我突然间想到了某件事。"诺布罗夫斯基太太，那个门房——楼下的那个——你觉得他是活人吗？"

"我觉得四（是）的，"她说，"诊（怎）么了？"

"我已经在这里住了两年了，但他从来没跟我说过话。"

"大约二十年前他跟我说过话。我家里煤季（气）泄露了。为森（什）么你希望他跟你说话？你家里优（有）煤季（气）泄漏了？"

"他是门房啊。"

她耸耸肩，打开了电视。我对她的伏特加表示了感谢，然后下楼去了。

回到公寓，那棵树就在那儿。发光的树。不管出自谁之手，那人对彩色饰灯很有品位，但这不是重点。我吃了鸡肉、米饭和腰果，留下了杏。我可以把树上的灯关掉，但我坐在那里盯着它们看。这时我已经喝下四杯诺布罗夫斯基太太的先知伏特加，我几乎喜欢上了那棵树。我可以看到自己明年圣诞节的时候买回类似的东西。

我在沙发上睡着了。

"我给你买了这个，妈妈。这是一件圣诞礼物。"

"我们不过圣诞节，山姆。"

"为什么？"

"我们以前不过，以后也不过。"

"我省下了我的零花钱。"

母亲拆开了礼物包装，是一个贝壳形状的铝合金黄油碟。"这是银的，我觉得。"我说。

"谢谢你，山姆。"

"你喜欢吗？"

白天的清冷光线。垃圾车把我吵醒了。我走向窗户。街区仍然一片漆黑。夜间下了更多雪就像我们保守的秘密。卡车开走了，留下脏兮兮的轮胎印，轮胎印又很快被天空中雪雁的洁白羽毛掩盖了。

雪雁？这跟我有什么关系？

起床出去转转，买点需要的东西。今天是平安夜。

我走到"罗斯和女儿们"①，买了渍三文鱼、奶油奶酪和五香熏牛肉。他们正在发放免费曲奇。我拿了一些。绕过拐角是堂食区，我觉得在平安夜的早上九点，来点鱼子酱抹吐司再配上一杯鸡尾酒也许是个不错的选择。

我转身回到店里，在吧台前坐下，拿起也被用作隔热垫的菜单。

"你好啊。"露西尔说。

她正在一张桌位上喝咖啡。"过来和我一起吗？"

有何不可？我心想。见鬼了，不管去哪儿都有这同一个女人在，而公寓里还有一棵亮着灯的圣诞树和一瓶先知伏特加。

我对她说了这些。没说关于她的部分只说了其他。她通情达理地点了点头。"我们来点冰激凌吧？"

"在早上九点半？"

"这会比早上九点钟的马提尼更糟糕吗？"

她说的有道理。我们吃了冰激凌；我要了姜味，她要了草莓味。"明天你会去你朋友那里吗，"她说，"还是他们来找你？"

"晚点才会决定。"我说，心里发慌。我的意思是，我当然有朋友，但不是在圣诞节，不过我也没有告诉她这个。

她点了点头。"那你想一起去采购吗？节前最后一刻买几件礼物？"

我摇摇头。"我不准备礼物。这不是我的传统。"

---

① Russ and Daughters，一家出售开胃菜的食品店。

"难道你都没有给圣诞老人列过清单？"

"他是虚构出来的。"我说。

"有没有什么东西你特别想要，让你给圣诞老人写了信？"

"你在逗我吗？"

她没有。

"好吧，我一直希望我可以有一个平底雪橇，一个真正的木制雪橇，有皮革缰绳和钢制滑板的那种。"

"你现在可以买一个。"

我摇摇头。"那是很久以前的事了。"

"关于时间这事，"露西尔说，"它总是在那里。你过去没有做，那就现在来做。"

"太晚了。"

"如果你是想成为一个神童，是的，太晚了。但如果是想要一副雪橇——不，不算晚。"

我朝着正在对我微笑的她微笑。我起身去拿大衣。"节日快乐，露西尔。新年后办公室见。"

她点了点头并低下头去看菜单。我犹豫了一下。我是个笨蛋。但因为我是个笨蛋所以我没有说我希望自己可以说的话。我离开了。

现在雪下得更大了，路上车更少了。该回家了。我在哪里读到过，在曼哈顿超过半数的人独居。

在转角的那家熟食店，法鲁克正在烘烤更多的栗子。他铲起一铲子给我，锡制的铲子碰到煤块乒乓作响。"我们四点就关门了。有一个聚会。想过来吗？"

"当然，我可以带些什么？"

"你不用带什么，你是我的客人。"

我记起露西尔到现在已经买过两次单了。咖啡，以及早餐。今天早上我甚至没有想过要给自己那份早餐付账。我应该给她打电话。但我没法给她打电话。我没有她的手机号码。

我走进我住的楼里。

一个巨大的装饰着红色蝴蝶结的银色铃铛出现在死人门房的隔间外面。我大声地敲打玻璃但我只能看见他的后脑勺，还有安吉拉·兰斯伯里在《女作家与谋杀案》里跑来跑去。

我要被神秘的圣诞树仙女杀害了吗？我罪有应得。

打开公寓门锁的时候，我既害怕又兴奋。现在该是什么了？

答案：什么也没有。失望是我生活的默认状态。树还在。灯还在，但没有新东西。

于是我跟进了一些工作邮件。收到的回信全是假期的自动回复。美国没有工作至上的精神。这才刚到平安夜上午十一点。

到中午，我已经淋浴完、刮好脸、换好衣服了，再没有其他事可做。我想我得出去走走。不管怎么样买点什么给法鲁克。他喜欢棒球帽。

我正经过麦克纳利的书店^①。有一本哈特·克兰的书摆在橱窗里。我站定看着那本书，并且听见自己大声说：

  "我从未能忆起

  那些夷平沼地的沸腾、持续劳作

  直到岁月将我带至大海。"^②

克兰写出这诗句时二十六岁。他三十二岁离世。我的脸被雨水或雪花打湿了。我走进店里买下了这本书。

这本哈特·克兰的书不是送给法鲁克的，那顶豹纹棒球帽才是。

我正和他坐在楼背面锈迹斑斑的消防梯台阶上。室内现在太热了——全纽约的阿富汗人都来参加这个聚会了。现场演奏的音乐加上满堂的笑声。法鲁克一定是看见了我溜到外面的消防梯上。他拿着一瓶啤酒跟着我出来。于是我拿出带给他的帽子。

"合适吗？戴上试试？"

---

① McNally's bookstore，位于纽约市曼哈顿的一家独立书店。
②出自哈特·克兰的诗作《河的休眠》（*Repose of River*），此处参照赵四译本。

消防梯这边放着一个坏掉的冰柜，冰柜的玻璃门支在梯架上。法鲁克盯着这扇临时替代镜子的玻璃门，用手机做光源，把戴在脑袋上的棒球帽压低，这样帽舌正好在他炭黑的深色眼睛上方。"我从来没见过豹纹的棒球帽。"

"我猜这是冬季应季品。"

"我感觉自己像兴都库什山上的山猫。你去过阿富汗吗？"

"没有。"

"地球上最美丽的地方。来，我给你看几张照片。我手机里。山羊、老鹰、我父亲工作的市场——那些袋子里装的是大米。他七十岁了，现在还扛得动这些。非常强壮。他以为我是出租车司机。他一直希望自己当一名出租车司机。"

"如果可以的话你会回家吗？"

法鲁克摇了摇头。"什么是家？哪里是家？家是一个梦。家是一个童话。这个阿富汗国家并不存在。对我来说不存在。家在你构筑它的地方，我的朋友。我把这个向后戴你觉得怎么样？"

他重新整了整帽子。然后他说："你的女朋友——很好的女孩，笑容灿烂；她今天晚上在哪儿？"

"她不是我的女朋友。"

法鲁克看起来很惋惜。"那样的女孩，你应该加把劲儿。"

现在时间更晚了，晚得多了，我已经回到公寓，一边盯着那棵树看，一边把诺布罗夫斯基太太的先知伏特加喝完。我可以看到未来，就像今天一样。那样的未来算什么未来？

我猛地把窗户推开，深深地吸了一口空气。仍然有音乐声从聚会那边传过来。我应该睡一会儿。在沙发上和衣躺一个晚上就够了。

但我还想先做点什么。

衣柜顶上有一个盒子装在另一个盒子里。那个大点的盒子里还有其他东西，但我要拿的是里面那个盒子，一个用厨房线系着的硬纸盒。

我离开家上大学的时候母亲给了我这个。我微笑着，亲吻了她，把盒子留到火车上再打开。

我打开了它，就像我现在打开它这样。她给了我什么让我想起家？

盒子里面是那只贝壳形状的铝合金黄油碟。

她永远无法接纳。她永远无法给予。

我本该把它扔出火车窗外。但我把它留了下来，就好像是我已经吞下的毒药。为什么？

我的手在抖。我走向窗户，身体向后仰然后使尽力气把碟子掷出去，它越过空调机组和碟形卫星接收器，穿过夜晚的星星后消失了。不知道消失在什么地方。我没有听见坠落的声音。

然后我去睡了。

早上了。的确早上了。

我穿着拳击短裤和 T 恤衫打着哈欠走进客厅。树还在。灯也还在。树下有一个长长的系了条银丝带的硬纸盒。

我回到卧室，又打了下哈欠、伸了个懒腰，然后小心翼翼地回到客厅。那件礼物仍然在那里——那一定是件礼物，难道不是吗？它就放在圣诞树下。

走进客厅这件事如今像是在屋里养了只野生动物一样难以预测。我现在应该做点什么？我泡了咖啡，检查了手机，没有信息。我没喝醉。没错，树下的东西确确实实还在那儿。

好吧。深呼吸。冷静。穿好衣服。牛仔裤。衬衫。毛衣。现在把盒子拿进门厅，然后下楼，走到外面大街上，再打开它。不管里面装的是什么都得拿到外面去。

我从厨房里拿了一把刀，用来划开硬纸板。那只盒子沉甸甸的，很笨重。在大堂里我看见死人门房的隔间窗帘拉下来了。拉上去。拉下来。那又怎么样？死了就是死了。

好的，现在我在外面了。这是一个美丽的早晨。昨晚零度以下的气温已经把积雪冻成了一条有整个街区那么长的白色地毯。尽管太阳已经出来了，月亮仍然挂在空中。空气像刀子般锋利。我的刀没空气那么锋利，但我还是剥开了硬纸盒，里面的物件露了出来。

物件并不意味快乐。但这一件意味着快乐。

盒子里是一个高度抛光的木制雪橇，配有红色皮革缰绳和蓝色钢制滑板。但这个雪橇在搁脚板上有铰接接口，所以可以通过这个来控制方向。把一切都抛在脑后，我坐上它，试用这个转向装置。太棒了。

我没注意到一辆车开了过来——直到那辆复古大众甲壳虫汽车锃亮的轮胎盖把阳光反射过来，闪到了我的眼睛。

"你想不想去河滨公园^①，在那儿试试？"

敞篷车的车顶打下来，是露西尔，她戴着绒球帽子。

"是你送给我的吗，露西尔？"

我们还有哪些地方没去？中央公园的朝圣山，滨江公园的河马游乐场，猫头鹰公园。而我驾着雪橇滑过时间，或者根本没有时间，因为圣诞节一年只有一次。

我们还没尽兴，但太阳已经开始下落。我说："你愿意来我家吃点渍三文鱼配奶油奶酪吗？这不是圣诞晚餐不过……我有黑面包和有趣的伏特加……实际上我没有了，我昨晚把它给喝光了。"

"我带你去我那里吧，"露西尔说，"地方小，我和别人合住，但其他人都回家过节了。有够我们两个人吃的晚餐。但我们先去你那儿歇个脚。我要放点东西。"

"你放的东西还不够多吗？那棵树，那些灯饰……都是你送

_____
① Riverside Park，位于纽约市曼哈顿区的一座公园，临哈德逊河。

的，对不对？"

露西尔点了点头。眼神如此温柔。我爱她微笑的样子。

"但你是怎么进来的？"

回到楼里，我让露西尔留在大堂，自己跨着台阶奔上了楼，换了干爽的衣服，装好了渍三文鱼。我犹豫了一下，然后多拿了件 T 恤衫、短裤和电动牙刷。还拿了一件别的东西——我在买的时候就知道是买给露西尔的。

"谢谢你。"我出门的时候对那棵树说。

在大堂里，露西尔正和一位老人站在一起，那位老人有和她一样的明亮笑容。他看上去有些眼熟。当她看到我的时候她对他说："这是山姆。"

"我当然知道这是山姆，"那个有些眼熟的男人说，"总是想要点什么，所以我总是忽略他。"

然后他亲了亲露西尔的额头就走回了隔间。我认出了他的后脑勺。"明天见，亲爱的。"隔间的门在显然活着的门房身后关上了。

"他是我的爷爷。"露西尔说。

我们上了她的大众汽车。我们去了她住的地方，那地方像信封一样袖珍。我们吃了东西。我们聊了天。我差点要亲上她了，但我把哈特·克兰送给了她，于是她亲了我。主动权在她手上，我想。我说："我还欠你咖啡和早餐。"

她说："明年有一整年呢。"

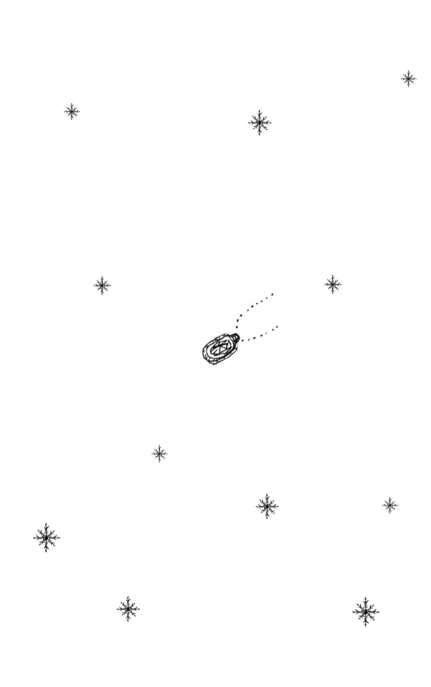

我的平安夜烟熏三文鱼配香槟

我们创造我们自己的传统。

平安夜是寒冷的。天空晴朗。星星像铃铛一样。白昼短暂，炉火生起。这一天满是安宁和期待。

在我的心目中，这就是它应有的样子。它实际上是什么样并不重要。通常来说，平安夜那天是阴雨绵绵的，要么整座城市被堵得水泄不通，要么圣诞晚餐什么都没准备，要么礼物没有包装好，并且你再一次准备了浴盐给你的阿姨做礼物。

若干年前，我意识到我想以自己的方式过圣诞节。

我一直喜爱并坚持收听广播四台播放的名为"圣诞九段经课吟唱礼"的节日礼拜节目。这场节日礼拜在剑桥国王学院礼拜堂进行，平安夜下午三点开始直播——直播传统始自一九二八年。

整场礼拜时长九十分钟。礼拜宣读不同时间段的圣经选段（从《旧约》和《新约》中选取出预示和履行了弥撒亚预言的经文）。在经课与经课之间穿插以唱诗班和礼拜会众所唱的新老颂歌，其中也会有特别委托当代作曲家创作的歌曲。礼拜由一名手持蜡烛的唱诗班高音男童开启。他唱着《昔日在大卫王城中》进入礼拜堂。

如今你也可以在电视上收看这场礼拜，但为什么要这样做呢？

它的美寓于音乐、声音、经文和祷告之中。还有一种传承感——宗教正擅长此事。

还有一种归属感，对某种比购物和聚会更加必要的事物的归属感。这是一种心灵的体验，无论你是否信仰上帝。

无论我在世界何处，我都会收听这场礼拜。一切都被搁置一边，这是为期一个半小时的思想放松和精神集中。我倾听着经文，尽管我对它们早已了然于胸，我也会跟着歌唱。

如果我在家，我会生起炉火并点燃蜡烛。我要保证厨房是整洁的，并且我每年都会准备好相同的食物，因为这是一个仪式。仪式的重点在于它会始终保持一致，然后净化心灵。这也是犹太人，包括不遵守戒律的那些，要在星期五晚上点燃安息日蜡烛的原因。

仪式是一种改变时间的方式。我的意思是，这种方式可以给忙碌生活中永无休止的搅扰按下暂停。

以下是我的平安夜仪式。

烤一些真正好的黑面包——一个黑麦面包或者一个酸面包。当然，你可以买到这种面包，但制作面包也是这段个人专属时间中的一部分乐趣。

买能力范围内最好的黄油。

买能力范围内最好的烟熏三文鱼。

柠檬。

然后你需要粉红香槟。平安夜我更喜欢凯歌香槟或是沙龙帝皇香槟[①]，因为这两种酒都有一种醇厚和热情洋溢的感觉，而无任何厚重之感。下午喝堡林爵[②]对我来说有点太强劲了。

当然——如果你买不起上面提到的这些，也有其他替代品。我自己就一直用。

还是一定要用最好的面包，但可以换希腊红鱼籽泥[③]试试，最好是家庭自制的，也可以用些高品质的沙丁鱼罐头。

如果选择了上述替代方案，食材中所含的油脂意味着不再需要黄油。

也可以提前一天制作一份鸡肝酱——如果自己做，那就物

---

① Billecart-Salmon，知名香槟酒庄名称，由家族独立经营。

② Bollinger，首席法兰西香槟。

③ Taramasalata，一种用腌渍过的鱼籽混合橄榄油、柠檬汁制作而成的稠厚的抹酱。

美价廉。

把黑面包切成小方块，然后好好地铺上厚厚一层备好的配料。这可是圣诞节！

由深褐色的面包衬托着，烟熏三文鱼和粉红香槟搭在一起看上去太漂亮了。

摆好满满一盘。

如果香槟不对你的胃口，找一款你喜欢的葡萄酒作为替代。

看，你可以配一壶茶和一片吐司。

你可以配一杯诱人的咖啡和一盘巧克力饼干——咖啡和饼干要亲自动手做。

我之所以建议你亲自准备一些这样的小餐食，是因为仪式与期待有关——我们要为之准备，既在行动上也在心理上，这正是仪式的好处之一。

亲手制作属于你自己的时间之舟。你自己的通往圣诞节的门。

当然，你可以和家人朋友一起做，如果他们也能全心投入。而且没错，你也可以在包装礼物的同时做，但这样就不会那么有感染力。

仪式不能一心多用。

仪式是从时间长河中截取出一段时间，顺利的话它会产生深远的心理效应。

我们太过忙碌又太容易分心。每个人都知道时间就像一辆贴了加速彩条的车在飞速前进，而我们在一旁奔跑追赶试图跟上节奏。圣诞节是所有时间中最忙碌的——简直是疯狂。抓紧时间四处走亲访友是很好，但留出只属于你自己的一个半小时怎么样呢？

刚开始这么做需要有意识地去努力——每一件值得去做的事情都始于有意识的努力。但你也许会发现，这个仪式，或者你自己的某种类似仪式，会成为圣诞节中出乎意料的珍贵回忆。

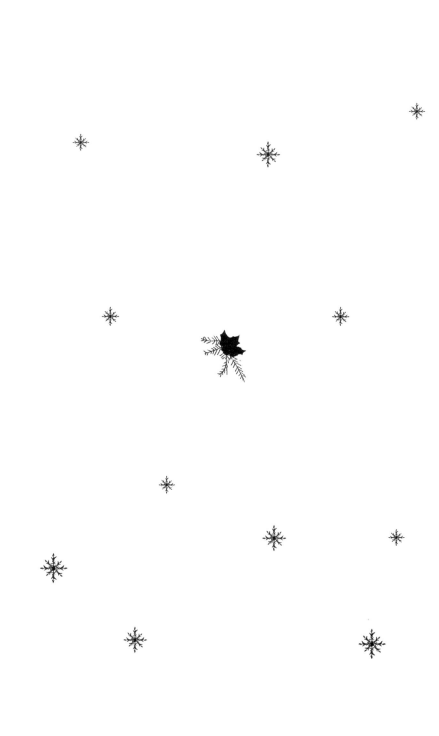

槲寄生新娘

平安夜玩捉迷藏是英格兰这一地区的习俗。有人说这个习俗来自意大利，在那里，宴会上要抽签决定谁来当魔鬼谁来当教皇。抽完签，其他参加宴会的人全部跑开，尽可能把自己藏好。然后魔鬼和教皇搜查房子找到罪人。一些受到诅咒而一些得到拯救。然后每个人都必须向魔鬼和教皇献上一份罚物。通常是一个吻。

今晚我的丈夫宣布我们要玩"猎人与鹿"。在场的女士要藏起来。男士则猎寻她们。

我的丈夫深情地让我坐在他的膝盖上，并亲吻着我。我是他捕获的猎物，但他还没有得到我。来日方长。

这是我的新婚之夜。在平安夜成婚是这些地区的习俗。这是一个神圣的时节，因奇异的灯光而闪闪发亮。基督的日子尚未到来。这一天仍然有许多意料之外的拜访和繁文缛节。

我来自他乡。虽然出身良好，但我来自粗野的乡下。我新婚丈夫的年纪是我的两倍，三十四岁。他告诉我，对于一个没有翅膀的生灵来说，我十分接近一只小鸟。他说这话有温存的意味。我骨骼轻盈，摔倒了也不会留下痕迹。我的脚步不会留下足迹。我的丈夫喜爱我的腰身，纤细得如同一条绳子。他说我的手脚纤弱得像一张网。他把我称作他的织物。我们相遇的时候，他温柔地解开我的头发并亲吻了我。

"你将学着爱我。"他说。

我是我父亲最小的女儿。我的嫁妆微薄而我曾经希望被送进修道院。但我的新婚丈夫很富有，并不在乎他妻子拥有什么珍宝。我就是他的珍宝。他更希望让我在他身旁放出光芒，而不是在修道院墙后隐隐闪露微光。

丈夫提供婚纱是这里的习俗：洁白，但在他指定的地方要有一块红色污迹标志失去童贞。女仆为了婚礼过来给我穿衣打扮。她祝愿我幸福健康。

"我的丈夫是一个好男人吗？"我在她勒紧衣裙的时候问。

"他是一个男人，"她说，"其余的必须由你自己定夺。"

我穿好了衣服，看着银镜中的自己。那女仆有一小瓶血。"为了制造污迹。"她说。

她把血轻轻拭在我心脏的位置。

我的准丈夫和我从我父亲的房子骑马出发。道路太崎岖因而无法驾马车。土地被白色笼罩着，在由白雪铺就的床下安睡。我的马笼头上留下了霜冻的痕迹。

"纯洁，"我的丈夫说，"这个洁白的世界是为了映衬你的婚礼之日。"

我呼出的气息厚重。我想象着我可以读懂从我口中飘出的形状。就好像我在对自己用一种其他人不能理解的蒸汽语言说话。我的呼吸形成了这些词语：

爱情。小心。勇气。意外。

这个游戏在我们途中穿越长长冰柱的时候给我以消遣。我们穿过河湾围场①时，我的准丈夫在马镫上站起来，从一棵橡树上砍下一根低压的槲寄生枝条。他把枝条弯折起来做成一顶小小的冠冕，然后挂在他的马鞍头上。那是给我的，他说，在我们成婚之时。我要成为他的槲寄生新娘。

我从一旁瞥着他。他是多么自信沉着。而我害羞又温和。我喜欢他的坚定自如。

"她像只野兔一样局促，"我的父亲说，"像一只从藏身的罩子下跑出来的野兔一样局促。"我的丈夫说他会罩住我。他的随

----

① Bowland Forest，这是一大片沼泽地，为古代皇家狩猎场所，位于兰萨斯特东北部、英格兰，还有一小部分在北约克郡。

从们大笑起来，我的父亲也笑了。我脸红了。但他并不是刻薄。

我们骑马上路的时候，我想象着童年的我和我同行了一会儿。然后，在第一个十字路口，她调转她的小马并挥手告别。走了那么远的路，我一直都在想我的家和我所舍弃的东西。我正在舍弃我的一部分。

还有其他的我，也在那荒凉的道路上消失了。自由的、无忧无虑的、无拘无束的我，独自一人在高高的沼泽地上的我，或者是在黑夜烛光下低头读书的我——她不能和我一起走，虽然她试过。

我的准丈夫越是亲切地谈起我作为他的夫人的责任，我越是感觉到自己被漫长的发号施令的日子束缚住。作为领主夫人，在肩膀上披件斗篷就跑进雨中会有失身份。

但这只是成长，当然没有什么可恐惧的？一个新的我正等待着。

小号。旗帜。跑动的脚步。火光。

我的夫人，这是你的家。

是的。这里。这座城堡。古老，并用城墙围起。几个世纪前他的家族建起这座城堡。现在我们仿佛就生活在他们之中。

而在那座吊桥上——她就在那里，等待着我。那个我即将成为的我，更加年长、严肃、阴郁。我骑马通过吊桥桥头时她点了点头。她没有笑。

小号。旗帜。低下的头。火光。音乐。

我们成婚了。

我的新婚丈夫握着我的手悄声对我说，他总能找到我，无论我藏在哪儿。他告诉我他能够嗅到我。我坐在他的膝盖上时，他把脸埋在我的脖子上。他告诉我他是我温柔的猎手，所以我应该随心所欲地自由出入整座房子。在这里我不会受到任何伤害。

他依偎着我的时候，响起了剧烈的敲门声。陌生人可以不事先通报便意外到访，并被请进门得到盛情礼遇，这是平安夜习俗。

但这是我的大婚之日。

高高的大门没有闩上。马蹄的声音在宽敞的石砌大厅里回响，仿佛大厅里尽是看不见的马匹和看不见的骑手。

一位头戴面纱身穿绿色衣裙的小姐骑着一匹黑色牝马进入大厅。她勒住马。她没有下马。我的丈夫向她走去，伸出手抱她下马。他亲吻了她的手并欢迎她的光临。他把她引向我。我无法看到她的脸，但她的嘴唇鲜红头发乌黑。

"我的妻子。"他把我介绍给那位小姐，我感到这些悬在空中的词语就好像出自我的冰雾词典，会让陌生人感到迷惑，不知道我们两人中究竟谁是那位妻子。

那位小姐点了一下头。

音乐奏响。他和她跳起舞来，当我身穿白纱注视并等待着的时候，他的目光在她身上。不久他回来了，向我鞠躬，说："一个习俗——不速之客的习俗。"

"那么，你不认识她。"我说。

"认识她？"他说，同时在微笑，"这是平安夜。"

那位小姐现在正和别人跳舞。大厅明亮，舞步轻盈快乐。我喝了葡萄酒。吃了东西。所有的客人都希望对我表示敬意。我也很快乐。时间过得很快。

然后……

我的丈夫从他的腰带中抽出匕首，用匕首的手柄用力敲击桌面。音乐止住了。

"现在轮到捕猎游戏了！"他说，大厅里响起了一片笑声。

他从自己的衣袋里取出一张白色面具递给我。女士们开始戴上她们的面具，男士们也是。我的丈夫有一张豹子的面具，像面罩一样从上往下拉。他开始倒数。

现在轮到夫人小姐们了，轮到我了，夫人小姐们咯咯笑着跑开，叽叽喳喳地沿着如同梦境一样长的灰色走廊跑下去。

我对各条通路一无所知。直棂窗前矗立着的又高又重的蜡烛像仆人一样不动声色，但它们仅仅勉强将石砌的通道照亮。我跟着一个和我一般年纪的年轻姑娘，她似乎在沿着每一个转弯和台阶向前跑。

她在我前面跑着。我注意到有两扇大门通向一个高处的房间。她继续往前。我犹豫了一下，走进了房间。

那张床上刻了一对天鹅。有冬季玫瑰的花瓣撒落在枕头上，那些养在温床上的冬季玫瑰是为了圣诞婚礼栽种的。

房间里的细蜡烛没有点燃。是熊熊燃烧的火焰的光让我看到了眼前的景象。

我在不知情的情况下认出这是新婚夫妇的洞房。这是他在找到我之后会把我带来的地方。这是我们要开始共同生活的地方。

两件衣袍如同沉睡的骑士一般躺在金色的床罩上，都是白色的，他的绣上了豹而我的绣上了鹿。

我仿佛看到了我们平静的、熟睡的模样，不由得笑起来，我好奇在大限来临之前，我们会同床共枕多少年。枕头上放着那顶槲寄生编的小冠冕；神秘，有毒，如死亡一样洁白，同希望一样青翠。

冲动下我把脖子上的挂坠摘了下来，这是父亲给我的离别礼物。我吻了吻挂坠，把它放在我丈夫的衣袍上。如此，我将自己送给了他。他无须猎寻我了。

我满心喜悦跑出房间，像影子一样轻盈。我在房子深处。我止住脚步环看四周，然后听见了脚步声，离我有一小段距离，在石阶上发出回音。快！藏起来！我感觉那一定是他。

在通道尽头的窗户下方有一只古旧的大箱子。我几乎抬不起那盖子。我使尽全力。声音更近了，一圈一圈绕着塔楼的梯级。我猛地打开盖子跳了进去。箱子是空的，比我想象的要深。我等待的时候可以舒舒服服地坐着。

是的。他的声音。他的脚步声。马上他就会抬起盖子然后把我抱进我们的洞房。我得控制自己不要因为幸福和期待笑出声来。或许他曾吩咐那个姑娘把我引到这个方向。

然后我听见了一个女人的声音。我听见她的笑声和问题："在这儿？"

他回答："不在那儿。"

她说："那么，在哪里？或许你已经改变主意了？"

现在轮到他笑了。然后是沉默。或者某种类似沉默的状态，如果亲吻和抚摸也算是沉默的话。我稍稍顶了顶箱盖，刚好足以窥见外面。

靠着墙壁的是那位身穿绿衣的小姐。不速之客。为了庆祝圣诞节。

她的衣裙被褪到腰间，而我的丈夫的手在她的胸脯上。她的手在他的后背，向下滑动，热切地把他的衬衫从马裤中揪出。他向后站，不顾寒冷地扯掉他的短外套和衬衫。他相貌英俊。强壮。苗条。她不曾将眼睛从他脸上移开，解开了他的马裤凸起的地方，然后她跪下了。

我想停止窥视。我见过这个。在日光下，在梦境里。我曾经看过新郎和侍女。现在我在观看自己的丈夫。我感觉到欲望、兴奋、恐惧和我嗓子眼里欲呕的腥气。再过一秒我就要把大箱子的盖子掀开去和他们对质。但我的丈夫拉起那位小姐，把她的身子转过去又把她向前推，推到了大箱子上。我听见盖子咔嗒一声合上，她的裙子窸窸窣窣，然后是他们纵情欢乐发出的声响。

这只箱子承受住了那些撞击。我举起的手，就在她腹部正下方，一英寸厚的木头把我们分隔开来。我沿着盖子滑动我的手，触到了他们交媾的地方。我和他们两人一同喘息着，我等待着。

这是我的新婚之夜。

没过多久我就听见了他们走开的声音，他们的笑声和低语，然后是他们回到黑暗的石阶的脚步声。

我的双手在颤抖，手里汗津津的没有力气，所以我翻过身来四肢着地用后背向上顶开箱子的盖子。

没反应。我被困住了。

我的身体冒汗。我的心跳过快。我吸了一口所剩无几的空气，然后设法后背着地躺下用双脚猛踢那盖子。

箱子变形了，依然没有打开。他把她推倒时我听见的那一声细小的咔嗒声——那是这只箱子的锁头，弃置多年，现在却被捅进了它生锈的锁帽里。

我喊叫起来。他会听到的。会有某个人过来。某个人。呼吸。听。呼吸。没有空气。我所能听见的只有空寂。他为什么会来到新婚洞房却撇下他的新娘？

我晕过去了吗？我好像正坐在家乡的河岸上等待着日出。我整个晚上都在那里吗？然后我惊恐地意识到我将再也看不到日出了。我的身体像是一团正在消散的水雾。

爱情。小心。勇气。意外。

这些词语填满了箱子里越来越狭小的空间。我胸腔内越来越狭小的空间。用我的最后一口气我……用我的最后一口气我……

没有死。

我发现自己躺在箱子旁的地板上，女仆站在我的上方。

"我看见你做了什么，"她说，"我看见他们做了什么。"

"我要和他对质。"我对她这么说，但她摇了摇头。"那位小姐是他的堂妹。主教不允许他和她成婚。他必须生出一位继承人。当你为他完成这件事以后他会摆脱你，并且按照他的意愿和她成婚。"

"摆脱我？"

"他会用槲寄生的浆果给你下毒。到下一个圣诞节的时候，你今晚怀上的孩子就断奶了。你的任务就此完成。而她一定还会为他而来，就像今晚她为他而来一样。"

"有谁知道这些？"我说。

"我们都知道。"她说。

"那么你能帮我逃跑吗？"

她帮了。她从他的衣橱里给我找了衣服换上，对我来说过于宽大，但我的身体在这身衣服之下十分安全。

我扯掉婚纱，并把它放进那只箱子里。我从他的房间里拿走了一些金银，并把我从家带的仅有的几块硬币给了那女仆。我把项链留在了原来的地方，他的睡衣上，让他记起我。

女仆引着我走下了一个楼梯井，把我带到了城堡脚下的一扇门。

我第一次踏入这里时看到的那黑乎乎的披着斗篷的人影仍然等在那里，一动不动，在吊桥上。人影转向我。我看着她，漠视她，摇了摇头。未来并不是固定不变的，除非我们任凭它如此。

我从亮着光的城堡离开，走进圣诞节的黑暗中。我步行穿过黑夜，仿佛黑夜是一个我可以穿越的国度，而在圣诞节当天的黎明，我来到了几英里之外的一所修道院，并一遍又一遍地按响门铃，铃声刺耳犹如开天辟地。

修女们跑来大门这边领我进门。

她们说，在圣诞节，往往会发生一些无法解释的奇迹或神秘事件。

她们不寻求我的解释而我也什么都没说。

就这样，我在第一神迹修道院留下了。我是这里的酿酒人。把水酿成美酒就是我的工作[①]。

两年之后，在一年中白昼最短的那天，冬至日，那座城堡的一个家仆来到修道院，想用便宜价钱买几桶我的蜂蜜酒。领主又要结婚了。

"他很不幸，"那名家仆说，"上个新年刚刚娶了一个姑娘。他们多幸福啊。她生了一个小孩，一个男孩，然后就掉进了护城河。常有人看到她的鬼魂，就在霜冻的城垛上，俯瞰着护城河，她正是在那里失足滑到水里，然后河水在她头顶上方封冻。"

我没有听说他又结了婚，以及很快又要结婚。我又多给了那个家仆一些酒。

"我以为大人结过婚了，"我说，"他们叫她槲寄生新娘。"

"啊，是的，"家仆说，"我说过他很不幸。那位小姐在他们的新婚之夜就消失了，两个圣诞节都过去了。没有人知道她发生了什么。"

然后他悄悄地将身体前倾，低声说还有另外一个故事。那位新娘的婚纱在一只古旧的大箱子里被发现了，她的身体完全腐烂了。仆人们把衣裙拉起来的时候，没有任何身体存在过的痕迹，除了尘土，什么都没有。

"这是一个古怪的传说，"我对家仆说，"就像你说的，领主

---

① 圣经中，耶稣所行的第一个神迹便是在迦拿的婚礼上把水变成美酒。

大人情路不幸。他现在要娶的人是谁？一位出身名门的年轻姑娘？"

家仆脸红了，并不是因为热红酒散发出来的热气。

"领主大人现在有了一个儿子做继承人，但没有妻子，所以主教已经准许他迎娶他的堂妹……"

"乌黑的头发，鲜红的嘴唇和一身绿色衣裙。"我嘴里说着，几近自言自语。那名家仆看起来很诧异。

"是的，"他说，"人们说他们早已是情人了。"

"流言蜚语，"我说，"毫无疑问。"

"毫无疑问。"

我找人把木桶给他装上了车，但在他临走之前我给了他一个为新娘、新郎和他们的爱之杯①特制的小酒桶。我为酒桶编了一顶槲寄生的小冠冕，就像一只结婚戒指。

"修道院的礼物。"我对他说。

我没有说的是，我已经在这酒中加入了一剂槲寄生浆果的精华。没有味道。喝下后便会长眠不醒。

---

① Loving Cup，在婚礼和宴饮上使用的双耳大酒杯，可供众人轮饮。

苏茜的平安夜北欧风味腌渍三文鱼[①]

在《爸爸的雪莉酒奶油松糕[②]》那篇食谱里，我写了我的父亲是如何和我一起度过他的最后一个圣诞节然后在新年之前离世的。

我取消了一月份所有的工作，其中包括已经预定好的和精神分析学家苏茜·奥巴赫的访谈，我们计划讨论她的新书《身体》。

我多年来一直拜读她的作品，而且我十分喜爱经典的《肥胖与女权》和《不可能的性》。但我们从未谋面。

回想起来，我觉得我们没能在二〇〇九年那个丧气的一月

[①] Fravlax，北欧菜肴，用糖、盐、莳萝腌制的三文鱼，常作为前菜。
[②] Trifle，英国的一种变化繁多的甜点，通常有一层浸了葡萄酒或雪莉酒的海绵蛋糕，一层水果，一层蛋奶羹以及打发的淡奶油。该食谱见本书 171 页。

见面是命中注定的。

我刚刚从一段长时间的精神崩溃中走出来。我在《我要快乐，不必正常》中写到过这个。我在那时有所好转，不再受精神疾病的困扰。那时的我不再觉得别人可以把手直接穿过我的身体——就好像我是我自己生活中的鬼魂；我的身体重新凝固起来了。但对于外面的世界我仍然没有准备好。然后爸爸去世了，虽然这没有使我退缩，但对我产生了深远的影响。

我后来知道，苏茜当时正从一次痛苦的离婚中挣脱，她结束了和一个出色男人持续了三十四年的婚姻关系，或者，这么说吧，一个曾经出色的男人。现在他和别人在一起了，而苏茜在分居后的状态就心理层面而言十分正常，她伤心哀叹了两年，但没有愤恨或崩溃。

所以我们最终在二〇〇九年四月见面的时候，双方都在重新出发。我们从未想到的是，我们会和对方一起重新出发。

谈情说爱意味着发现新世界。我们在对方那里发现的新世界和我们已熟知的地形图相差甚远。尤其是，苏茜一直挺开心做个异性恋。而我以前也不乐于劝服一个直女。

幸运的是，爱情是可以变通的。性别恐怕是我们差异最小的地方。

我天生喜欢离群索居。我在树林中生活。我需要非线性的时间去想象和写作。我可以几个星期不和任何人交谈。我在自己的花园里最怡然自得。我爱睡觉。我不喜欢沙滩假日。圣诞节是我一年中最喜欢的时间。

苏茜好交际，外向，聒噪，忙碌，她的生活在纽约展开（她妈妈是纽约人，她女儿住在那儿，而她和她的美国丈夫也在那里生活了许多年），她喜欢乘着飞机去别的地方，喜欢迈阿密的太阳椅，从不睡觉，不会园艺（那会毁了她的指甲），是一个超级城市化的犹太人。

正是最后一点让圣诞节变得不同。

我们在一起的第一个圣诞节，我带着一个巨大的自制花环出现，那是用我小屋后树林里的冬青和常春藤做的。"这是挂在你大门上的。"我说。

"你疯了吗？"她说。

但这些年来我们已经找到了圣诞节的正确打开方式。诚然，通常来说苏茜会飞到迈阿密和一些朋友待几天，而我会留在家里，躺在木柴生起的炉火旁看书，但平安夜总是在她的地方用她的方式举办一个大型聚会。

如果你看过我的平安夜，会发现我有自己的仪式来庆祝十二天圣诞节期的开始。那对我来说很合适——而且也为晚些时候的聚会留出了足够的时间。

爱上一个与你在文化和性格上都非常不同的人是一个挑战。我和苏茜学会的是不要把挑战误认为争执。当然我们会有争执，但我们努力不因我们事实上是什么样的人而挑起争执。

你听过那个笑话吗？——你爱上某人是因为对方是什么样的人，然后你用接下来的人生控诉对方是这样的人。

我们不一样。我们可以选择磨合，也可以听之任之。这并不像拔河比赛那样只能朝着我们其中一人的方向走——这是一份共同的经历。

总之，圣诞聚会变得更吵、结束得更晚了，那我该做些什么呢？绕着街区散散步然后上床睡觉。幸福。

所以，试试这道来自苏茜厨房的美味食物吧。

你需要

3 磅（1.4 千克）上好的生三文鱼，切成剔骨鱼片并且去刺

满满一杯海盐或粗盐

1 小勺细砂糖

1 小杯土豆酿制的伏特加——最优质的

辣根

你还需要一个用来盛放鱼的长形大平盘，大量铝箔纸，以及小块方砖或重物。

苏茜说：我把这个叫作北欧风味腌渍三文鱼，但它不太标准，只放了一丁点糖而且没有莳萝。虽然我喜欢甜菜的颜色，但我

没用甜菜，因为我觉得放了甜菜以后味道没有变好，而且会出很多水。我对莳萝无感，不过有时也会在两片三文鱼之间擦一些辣根屑。这取决于你的喜好。

制作方法

把两片去骨三文鱼用厨房纸巾擦干。用镊子拔掉所有小刺。在平盘上铺开铝箔纸。不要剪断——你之后要用铝箔纸包裹住鱼片。

在一块大的案板或擦干净的台面上，将去骨鱼片的鱼皮朝下摆放好并淋上伏特加。混合盐和糖，并将其用手均匀地涂抹在两块鱼片上。

将一块鱼片放置在铺铝箔纸的平盘上，鱼皮一面朝下。在第一块鱼片上摆上第二块鱼片，鱼皮一面朝上——这样就是三文鱼肉贴三文鱼肉。

用铝箔纸将鱼片紧紧包裹住。然后盖上另外一张铝箔纸。

用你身体的重量将其向下按压，使其变得紧实，对整个鱼片要均匀用力。

放入冰箱静置十二个小时。每隔十二个小时拿出来一次，沥干液体，翻面，并再次按压。会有不少需要沥掉的液体。

这样做四次。这个三文鱼需要腌渍四十八小时以达到最佳状态。

三文鱼腌渍到位以后，用一块可以吸水的东西将鱼轻轻拍干，但别用薄薄的厨房纸巾。可以用一块干净的茶巾。拿一把兵刃般锋利的快刀将三文鱼从水平方向切片，尽量切薄。擦一点辣根屑，如果喜欢的话加上几支莳萝，让它看起来更漂亮。

如果你喜欢搭配酱汁，就做一个加一点伏特加的蛋黄酱。

上桌的时候搭配刚从冰箱里拿出来的冰凉的土豆伏特加。

关于蛋黄酱……

蛋黄酱没有什么神秘的。美国人为此纠结是因为他们把鸡蛋放在冰箱里。制作蛋黄酱的鸡蛋必须是室温的。如果说制作蛋黄酱有什么秘诀的话，只有这个。

将三个有机鸡蛋的蛋黄和蛋白分开。不要蛋白。

在一只温热的碗里，搅拌蛋黄直到黏稠，搅拌的同时缓慢加入优质的、水果风味不太强的橄榄油，也可以加入一点柠檬汁。如果是为了搭配北欧风味的腌渍三文鱼，那么当然还可以加入一点伏特加。然后加入一小撮盐。如果喜欢的话，你可以加入第戎芥末酱。大多数人会加醋，但如果是搭配腌渍三文鱼，我就不加。

如果这是你第一次做，就和做别的一样，不停地试味直到满意为止。

自制的蛋黄酱配自制的薯条和肉眼牛扒是很适合聚会第二

天吃的一道菜，即使是珍妮特·温特森也可以做得让我喜欢。如果你为除夕聚会准备了北欧风味的腌渍三文鱼，又需要吃些东西解决那晚的宿醉，那就试试这个吧。

奥布莱恩的第一个圣诞节

每个人都能看到倒计时纸条。这比不停计算国债的人还让人害怕。这上面写着"距圣诞节还有二十七个购物日"。

这就像在说"距世界末日①还有二十七天"。那种疯狂是一样的——拼命抢购你不想买也买不起的东西。那些实在没谁想要的东西被当作礼物送出去,"礼物"是个奇怪的字眼,一个指向触手可及的失望的符号。

还有食物。为什么,在每年的这个时候,囤积巧克力涂层脆饼变成了头等大事?为什么有人想要即食馅料?以及用廉价威士忌和杀菌淡奶油调配的饮料?以及威化薄片薄荷糖②?

奥布莱恩对威化薄片薄荷糖感到纳闷。哪一个字才是重点?威化?薄片?薄荷糖?这些巧克力的目标客户是厌食症患者

---

① Armageddon,圣经中世界末日时善恶决斗的战场,也可指代世界末日。
② Wafer-thinmints,一种带薄荷夹心的薄片巧克力。

吗？威化薄片薄荷糖。夹心才是关键？奥布莱恩尝过所有夹心巧克力里的夹心。她也试过所有瓶装身体乳。颜色、质地和气味都如出一辙。在一个没人到访的小镇，任何导航系统上都不会显示的无名之地，有一个工厂专门生产黏糊糊的东西。全年不间断生产的东西成桶地储存在低温环境中，然后卖给专做圣诞节生意的投机贩子。

奥布莱恩工作的那家百货商店最引以为豪的是它取之不尽的货架。任凭你肆意采购，那神奇的货架第二天就又摆满了商品。只有过量才是足量。

奥布莱恩不喜欢圣诞节。如果她回到科克①老家，三姑六婆便会一窝蜂地跑来关心她的结婚计划。她的父亲关心她的职业前景。她的母亲关心她的头发。她一直是棕色直发。她把头发在背后直直地剪齐，刘海也直直地剪齐。"为什么你不打理打理自己呢？"她的妈妈说，"你是不漂亮，但你就非得看起来像德比赛马会上的毛驴吗？"

奥布莱恩穿棕色衣服，留棕色头发。她想，她的灵魂也是棕色的。她读过一本叫《如何闪耀》的书，但她读到第一个宣言就看不下去了：我是璀璨生活中的一束火花。光是说起这句话就会让她沮丧。

她所有的朋友都过得比她好。无论哪方面。她没做过任何可以赢得世俗眼光尊重的事。

---

① Cork，爱尔兰共和国的第二大城市。

"你靠什么谋生来着，再提醒我一下？"

奥布莱恩已经疲于扮演一窝中最弱小的幼崽的角色，而她的自尊已经表现得足够强烈。她相信她总比一事无成要强——在她看来，当你揭开人们生活的那层包装纸以后，只会剩下一事无成。人们把自己包装得像模像样——但盒子里装了些什么？

但如果她不回科克老家，就要一个人留在伦敦。实际上不是她一个人，因为她的女房东原则上永远不会去其他任何地方。她是一名山达基教徒①，而她一直在等待从不愉快的记忆中得到解救。奥布莱恩知道她不太可能外出度假。

"而且我是匈牙利人。"她的女房东表示。她从来没有解释过这一点为什么重要，但这是她的万能台词。如果她的哪位房客向她提出什么要求——一张新地毯或是延后一天付房租——她从来不会说好，也从来不会说不，她会耸耸肩然后遗憾地摇摇头。"我是匈牙利人。"

奥布莱恩在商场的宠物部工作，任何活物她都能拿到六五折优惠。养宠物倒是个办法，宠物可以和她做伴，但女房东不同意。"毛发携带各种游离细菌，"她说，"还有什么比动物更多毛吗？"

奥布莱恩不知道是否还有什么比动物更多毛。她转而提出

---

① Scientologist，山达基教会的成员。山达基（Scientology），非正式中文译名也称科学教，是一套信仰与修行活动体系。山达基教导人们，人是不朽的精神个体，而此个体已经忘却了自己真正的本质。

要养一小缸热带鱼。女房东耸耸肩然后摇了摇头。"我是匈牙利人。"她说。

所以奥布莱恩又要一个人过圣诞节。

午休时，她上网看征友网站。有太多这类网站可供选择了，圣诞节时显得格外多，就像别的东西一样，格外多。怎么会有那么多精神正常、肌体苗条、机智过人、经济独立、肌肤性感①、没有明显人格扭曲还拥有很强幽默感的男男女女，要一个人过圣诞？就跟她一样。

奥布莱恩试过网上交友。她的电脑档案把她和一个局促的年轻的小个子男人配成了一对，那个男人是钢琴调音师。奥布莱恩在选项框间勾勾选选，让她成了一个喜欢弹钢琴、不喜欢高大聒噪异性的人。于是他们为她送来了一个手持音叉的文静男人。整个晚餐下来他没说什么话——奥布莱恩在勾选项框时说她喜欢在家里度过安静的夜晚，但并不是说她喜欢和一个几乎不说话的同伴在外面度过一个安静的夜晚。

在晚餐的尾声，她的同伴提议申请特殊许可②结婚。奥布莱恩拒绝了，她的理由是，在疏于亲身实践的情况下，疾风闪电般的浪漫会让人非常疲惫。就像是在你还没办法骑五分钟健身

①原文"sane, slim, smart, solvent, sexy"押头韵。
② Special license，在英国，如果结婚新人中的一方属爱尔兰教会，则需要一份由爱尔兰教会的一位主教签发的特殊许可。

单车的时候就去做一小时有氧运动。她问他为什么这么着急。

"我有心脏病。"他说。

那么这就真像有氧运动了。

后来她加入过一个摄影俱乐部，她想，既然数码科技已经将暗室时代变成了明日黄花，那这里就应该不会有像笑话商店里的大猩猩手掌那样毛茸茸的手从遮光帘后对她乱摸。后来她发现这个俱乐部其实是一群喜欢男扮女装的异装癖者的掩护。她喜欢他们，她也收到了一些手提包，但她仍然保持单身。

科克的三姑六婆们给她建议。"眼光不要太高，姑娘。"

但她就是眼光太高。在她还是乡村公路边小屋里还没长大的小姑娘时，奥布莱恩就喜欢上了星星。在那里，每晚被抱上床以后，她都要把身子探出窗户，试着数清那繁星点点。

现在她是一座由钠灯照亮的城市里的年轻女人，更多时候只能想象而很少亲眼看见星星。但她把眼光上移，定格在星座上；浪漫独身的北斗七星，以及有天狼星紧紧相随的猎户星。十二月，星星明亮的时候，她有时会步行到汉普斯特德荒地，只为向黑暗之中张望。只为向夜晚之中张望，并看到另一种生活下的自己，她是幸福的。

她的上司经过她身边。他正吹着《翻越群山》的口哨。他的爱好是吹口哨。他有许多朋友，因为全世界都有人喜欢吹口哨，而且由于互联网的发展，他们可以互相吹给对方听。

他给了奥布雷恩一块巧克力精灵并让她打起精神。这是圣诞节！

"寻找你的梦想。"他对奥布莱恩说。

"这是什么时候开始的，"奥布莱恩说，"这种寻梦活动？"她的上司一脸茫然地看着她，然后拿着他那袋巧克力精灵走开看雪貂去了。

奥布莱恩思索着梦想制造产业是否始于马丁·路德·金。但他的确有一个梦想，而且是一个值得拿到众人视野中的梦想。然后她思索着通灵的梦——萨满法师的梦。然后她思索着代表了被压抑的欲望的梦——弗洛伊德的梦。然后她想到约瑟夫·坎贝尔①和他象征着内心生活的梦。

梦如此让人疲惫，她不禁开始思索人们怎么敢在晚上睡去。

商场关门了。奥布莱恩走下楼去储物柜拿东西。她走进女士更衣室，望着镜子。棕色，她想到。我的生活里充斥了太多棕色。

这个想法使她没有办法做任何事，只能因此平添烦恼，她朝着下行电梯走过去。她要先走过一条星光走廊，走廊上方挂着一块大大的指示牌，写着"跟随你的星星"。

以前，人们依靠星星指引方向，那时没有别的办法。如果你望向的是天空而非屏幕，会有什么不同呢？会有不同的自我意识吗？

①Joseph Campbell（1904－1987），美国神话学学者。

"你在说什么？"

她正站在圣诞老人小屋外面。一般而言，百货商场里的星星会把路引向商机。

圣诞老人也刚刚结束了一天的工作。他摘掉了络腮胡须和头发。他很年轻，皮肤黝黑，脸刮得干干净净。"你说什么望向天空而非屏幕。"

"我正自言自语，"奥布莱恩说，"我总是忘记，大城市里只有疯子才会自言自语。"

"我也是个乡下小伙儿。"圣诞老人说。

"你从哪儿来？"

"北极。"

"太巧了，这样的话——哦你是在扮演圣诞老人。"奥布莱恩话说到一半才意识到自己像往常一样没发现这是个玩笑。她脸红了，匆匆走开，埋怨自己。

那天晚上，当她回到住处时，女房东正把一个大冬青花环往前门上挂。

"这不是为了我自己，你知道的，"女房东说，"这是为了房客们挂的。我是匈牙利人。"

奥布莱恩走进房子里。门廊里堆满了自制的纸彩带。女房东跟着她进来了，让她帮忙。马上，奥布莱恩就发现自己手上握住了一串串纸彩带的一头，女房东则在铝制梯子上嘎吱嘎吱地跑上跑下，她的口中满是平顶大头针，就像吸血鬼的牙。

"你圣诞节不回家？"女房东说。这是一个问题，但听起来像是一道命令。

"不回。我决定思考一下我的生活，并改变它。我的生活毫无价值。它的意义是什么呢？"

"生活没有意义，"女房东说，"你最好结婚或者报一个晚间课程。"

这对奥布莱恩来说是一个死循环。她两个都试过。

"你的过去是你的创伤所在，"女房东说，"如果你成为山达基教徒，就可以清空你的记忆痕迹，最终成为一名希坦①。"

"你是希坦吗？"

"我是匈牙利人。"女房东说。然后，或许是因为奥布莱恩看上去闷闷不乐，或许是因为这是圣诞节，或许是因为她是匈牙利人，女房东说："我给你一听沙丁鱼罐头作晚餐怎么样？不是用橄榄油浸的，用的是番茄酱。"

奥布莱恩一个人待在房间里时，在脑子里列出了人们想到未来会描画的东西：婚姻和小孩——科克的三姑六婆们在这一点上是正确的。一份好工作，钱，更多的钱，旅行，幸福。圣诞节转动了镜头，把焦点对准它们。如果拥有其中某些、所有，或任何一样，你在一连十二天的大餐和家庭团聚里，都可以对自己感到特别愉快满意。而如果缺乏其中某些、所有，或任何

---

① Thetan，山达基教认为，希坦是一个人的自我，是人类的灵魂。

一样，你则会在这个时间更加强烈地感受到这种缺失。你感觉自己是个局外人。而如果你买不起礼物怎么办？奇怪的是，这个节日庆祝的是史上最简朴的诞生，结果却充斥着夸张的消费。

奥布莱恩对神学了解不多，但她知道一定有某个地方不对。

"也许只是我不正常罢了。"她大声说。

"我们都应该试着做个正常人，"女房东没敲门就出现在她的门口，说，"做个正常人没有错。沙丁鱼给你。"

没有错，奥布莱恩心想，但对我来说什么才是对的？

她醒着躺了一整夜，让收音机小声放着音乐和谈话节目。有一个故事，讲的是一位公主被邀请去参加舞会。她的父亲给了她一百件礼服供她挑选，但没有一件合适，而她的父亲拒绝把其中任何一件拿去修改。没有服装。没有舞会。但公主爬出窗户，披散着头发，穿着真丝直筒衬裙，就这样跑到了舞会上。她仍然比其他任何人都要美丽。

奥布莱恩一定是睡着了，不然她不会因为感觉到房间里有人而醒过来。她是对的。床脚坐着一个穿欧根纱蓬蓬裙的、矮小的、小仙子一般的女人。

奥布莱恩没有慌。和她住同一楼层的另一个房客从事成人娱乐业。薇姬的所有朋友都穿奇装异服，有的朋友会来得很晚，因为要值完晚班。

"薇姬的房间挨着楼梯。"奥布莱恩睡眼惺忪地说。

"我是圣诞仙子。我来这儿是为了实现你的愿望。"

奥布莱恩意识到她的访客一定是喝醉了。她把腿伸到床下并站了起来。"过来，我给你指路。"

"给我的地址就是这里，"仙子说，"你是奥布莱恩。我到这里来给你实现一个愿望。你可以选择爱情、冒险，什么都可以。我们不碰钱。"

奥布莱恩想了一会儿。这一定是她认识的某个人搞的恶作剧，虽然她谁也不认识。她决定陪她玩。"好的，你可以实现什么？"

仙子掏出一个 iPad。什么样的仙子会有一个 iPad？

仙子读到了她的想法，说："原始的生灵依靠电能活动。人类已经开始进步了。在我们这里，iPad 能自己充电。你会如愿的。"

奥布莱恩看着屏幕。她读到标题——"适婚男性"。

"选择一个精灵。"仙子说。

"你说的是一个像素①。"奥布莱恩说。

仙子看起来生气了，滑了下屏幕。"所有适婚女性都在这儿。对我来说都一样。"

"你不应该唱着说出来吗？"奥布莱恩说。

"为什么？"仙子说，"对话让你心烦吗？"

"不是，但你是某种唱歌电报，或者唱歌网页，或者……"

"我是一位仙子，"仙子说，"你的阿姨奥康纳不小心召唤了

————————————
① "精灵"（pixie）和"像素"（pixel）发音相近。

164

我——然后她不知道该拿我怎么办，而我在受到召唤以后只有完成任务才能离开，所以她就把我派到你这里来了。解释清楚了吗？"

不清楚。奥布莱恩看了一眼时钟：早上四点三十分。

"时间不多了，"这位仙子说，"你的愿望是什么？"

"好吧，"奥布莱恩一心只想回去睡觉，她说，"我希望我的头发是金黄色的。"

"这个愿望相当浅薄，"仙子说，"但这是你的愿望。鉴于圣诞节要到了，我会额外附赠洗剪吹。你醒的时候愿望就会实现。"

"你现在要去哪里？"奥布莱恩说。

"下班。我和一个像素有约会。"

奥布莱恩睡得很沉。闹钟没把她叫醒，她醒的时候已经很晚了，只来得及冲个澡，迷迷糊糊地套上一身衣服——至少她的衣服永远都很搭，都是棕色。

她坐电梯下到宠物部的时候，遇见了同在地下楼层的女士内衣部的罗兰。

"哇！"罗兰说，"我没认出你来！你的头发太惊艳了！一定花了不少钱！"

罗兰说话总是带着感叹号，因为她得把文胸和内裤卖出去，穿上它们让女人们看起来棒极了！

奥布莱恩走向储物柜时，又碰到了家纺家具部的凯瑟琳。"这真的很衬你。你现在应该多花点工夫化妆了。"

多花点？奥布莱恩从不化妆，所以挑支唇膏也可以算多花工夫了。这点她可以办到。

她走进女更衣室照镜子。

她头发金黄，就像个维京人。是小麦金色，泛着蜂蜜色的光泽。浓密，蓬松柔软，非常时髦。或许这是一顶假发。她捡了捡头发。不是假发。

人们会一夜白头——但能一夜金发吗？而且还是在冬天？玉米棒子上的玉米粒。玉米糊。马德拉蛋糕。柠檬。她没吃任何黄色的食物。她一定是病了。她一定是得了黄疸病。那是黄色的。但她并没有生病的感觉。她感到奇怪以及莫名其妙的快乐。

她走出女更衣室的时候，圣诞老人正从男更衣室出来，身上穿着红裤子系着吊裤带，手里拿着镶软毛的短外套。

"你能帮我系上肚腩垫吗？"他说。

奥布莱恩害羞地用塞满了填充物的软垫围住他平坦的腹部，把带子在他身后系紧。她可以感觉到他身上的温暖。"你需要饱餐一顿。"她说。

"你请客吗？"他说，但他背对着她，所以没看到她的脸红了。她系好之后他转过身向下看着她的脑袋。他至少比她高一英尺。

"好棒的头发！"他说，"你昨晚做的，是吧？"

"算是吧，"奥布莱恩说。然后她又说："你相信仙子吗？"一说出来她马上就后悔了。

"我当然相信了！我是圣诞老人！"他有着愉快友好的笑容，蓝眼睛里目光坦诚。"听着，我得吹两打地精气球，为孩子们在小屋里举行的平安夜晚会做准备。小屋是聚苯乙烯做的，反正就是对肺不好，所以我不会在那儿吹气球。咱们两个一起做怎么样？我们可以在宠物部那里做。之后我请你吃午饭。"

"你怎么知道我在宠物部上班？"奥布莱恩说。但这位名为托尼的圣诞老人只是微微笑着。

在转角那家每份焗扁豆都会配冬青枝的素食简餐厅里，托尼问奥布莱恩是否愿意和他一起去看一场演出。"我是一名演员。一名前不久刚刚失业的演员，但我的朋友们会有一场演出。我们可以免费去看。"

"我们能在外面待到零点之后吗？"奥布莱恩说。

托尼看起来有点困惑。"没问题，演出结束以后我们可以去喝一杯。但是为什么？"

"我只是想检查一下我的头发，因为这是一位仙子给我做的——我是说，它可能会在零点的时候变回棕色。"

托尼笑了出来。"我喜欢可以拿自己开玩笑的姑娘。你很幽默。"

奥布莱恩心里一惊。那不是征友网站上每个人都需要拥有的特质吗？很幽默？

他们去看了演出，奥布莱恩喜欢托尼的朋友，托尼的朋友也喜欢她，零点差五分，他们来到奥布莱恩住的那条街的转角，然后钟敲了十二下。

"你觉得我可以在那位仙子过来之前吻你吗？"托尼说。

第二天奥布莱恩休息。所以她像其他人一样去购物了。她买了几件新衣服，没有一件是棕色的。她买了一些好吃的，而且为了庆祝这个节日，她还买了一组小彩灯。

在街道转角摆杂货摊的男人卖给了她一棵打折的圣诞树。她把树扛回家。女房东看到她回来了。

"我看你会把松针弄得地毯上到处都是。"她说。

"这多有节日气氛，"奥布莱恩说，"谢谢你的沙丁鱼。你想不想来点蜜橘？"

女房东摇了摇头。"你头发变了。"

"是的，"奥布莱恩说，"但是这是一个秘密。"

"我希望这不是因为某个男人。"

"不是，这是因为一个女人——算是吧。"奥布莱恩说。

"我思想很开明，"女房东说，"我是匈牙利人。"

她钻进起居室不见了。

奥布莱恩穿着红色 T 恤衫和红色短裙做甜菜细面时，托尼带着一瓶红葡萄酒到了。他搂住她。"这么说，你的头发留住了？"

"看起来是这样。"奥布莱恩说。

"那位仙子……她是只管爱尔兰人，还是也可以满足我的一个愿望？"

"你想要什么？"

"和你一起过圣诞。"

"我就能满足这个。"奥布莱恩说。

他们开了葡萄酒，为彼此干杯，为不知在何处的圣诞老人、地精和仙子，以及精灵和像素干杯。

奥布莱恩给她的小窗户挂上了小彩灯，而窗外的夜空则挂着满天繁星。

爸爸的雪莉酒奶油松糕

我的父亲生于一九一九年，是个值得庆祝的战时婴儿，不过他们很快就把庆祝抛到了脑后。

他出生在利物浦的码头边，十二岁便辍学了，有活儿干的时候和男人们一起干活。当时正值大萧条——不只英国，也包括美国，而利物浦是一个主要港口。约有三分之一利物浦适龄男性劳动力失业。

那时的散工全都是"零时工合同"——你在一大清早走到码头，希望可以被选中做一天有偿劳动，说不定还能被要求第二天接着干。

所以爸爸的成长期间拥有的东西不多，连袜子也不多——这让他在后来的日子里，成了一位难得一见的喜爱在圣诞节收到袜子的男性。只要简单的素色羊毛袜就好。比在靴子里垫报纸好得多。

圣诞节还带来另一项福利：雪莉酒奶油松糕。

这要感谢德尔蒙特①糖水杂果鸡尾酒——名字里有鸡尾酒是因为在德尔蒙特成立初期，这款什锦水果里的确含有酒精。

爸爸在码头上的工作是卸下各种各样的货物（就像亚瑟·米勒②的《桥上一瞥》③中的码头装卸工艾迪一样），其中最棒的货物是食品，而最棒的食品是你可以手一滑悄悄塞进窝赃的口袋，留到日后享用的东西。那就是罐头。

所以每个圣诞节他的母亲都会给全家人做雪莉酒奶油松糕。爸爸一九四七年结婚的时候，正实行定量配给，但他想办法吃上了他一年一度的雪莉酒奶油松糕。我的母亲当时在合作社商店工作，罐头可能是从那儿来的。

我的父母对罐头食品有一种痴迷。温特森太太直到二十世纪六十年代仍然保留着她的战备橱柜，里面堆满了一打开就会把我们毒死的东西。但它们从来都没有打开过。这是一项针对世界末日的保险措施。

但我们会吃水果罐头——比新鲜水果便宜。并且，在我得到一份周六去市场蔬果摊的工作之前，水果罐头一直是我们在周日的特别福利。而水果罐头永远都可以加进雪莉酒奶油松糕。

---

① Del Monte，美国著名食品制造及经销公司。

② Arthur Miller（1915－2005），活跃于公众视野的美国剧作家、散文家，其剧作《推销员之死》为他赢得了普利策奖、三座托尼奖。

③ A View from the Bridge，亚瑟·米勒的戏剧作品，剧中的男主人公艾迪是一名码头装卸工人，爱上自己 17 岁的侄女，却被侄女背叛。

对于成长在二十世纪六十年代的我来说，雪莉酒奶油松糕意味着圣诞节。而且这是爸爸做的。

你需要

剩蛋糕

杏仁脆薄饼。可选，但如果加了，味道会很好。

果冻。从一大块果冻中挖一品脱。

水果。一大罐德尔蒙特糖水杂果鸡尾酒。

蛋奶羹。一罐伯德蛋奶羹。

高脂厚奶油（你可以用一罐炼乳）

夏薇甜雪莉酒[①]

一瞽彩色珠子糖

关于剩蛋糕：讲究的厨师会希望你专门制作一个海绵蛋糕——我也知道市售的海绵手指饼干不是每个人都喜欢。关于食物，重点在于以前很多食物都是吃不完的剩菜或是余料再利用。这里也一样。一块干燥的剩蛋糕恰恰就是制作一份奶油松糕所需的，因为新鲜蛋糕的内部含有水汽，一旦你将雪莉酒倒进去，就会变得湿软。而干燥的蛋糕会把雪莉酒吸收进去，还可以保持硬挺，正好铺在碗底。现在你知道该如何选择了。

[①] Harveys Bristol Cream Sheery，英国最畅销的雪莉酒，味道偏甜。

制作方法

把你最好的刻花玻璃碗从橱柜顶上布满灰尘的架子上拿下来。或者在慈善二手店里淘一个看着像样的玻璃碗。把它洗干净。

把切成厚片的剩蛋糕在碗底铺一层，并沿着碗壁稍微向上铺高一点，就像制作黄油面包布丁——另一道很棒的以不新鲜的隔夜食物作为基础原料的甜食——那样。

撒上一些掰碎的杏仁脆薄饼，增加一点杏仁的味道——你可以用讲究的意式杏仁饼。

倒上雪莉酒——稍微向后站一些，因为新开瓶的夏薇甜雪莉酒冒出的酒气相当浓烈。静置五分钟让酒被吸收。别把瓶子里剩下的酒喝掉，除非你实在忍不住。

倒入杂果鸡尾酒。随你用一罐还是两罐。

将果冻液倒在水果和海绵蛋糕上，放入冰箱让果冻定型。在我家做的时候，不需要冰箱，因为房子里太冷了（见《温特森太太的百果馅饼》）。

果冻定型后，可以在顶上抹一层厚厚的蛋奶羹。

然后，为了做出一个真正成功的雪莉酒奶油松糕，要在蛋奶羹上挤出小山一样的奶油。（如果你喜欢的话，可以简单地用勺子舀到蛋奶羹上，但裱花袋对于战时或战后的英格兰来说都是相当重要的一部分。）这里，可以用几罐炼乳替代奶油，但我不推荐这么做。

用彩色珠子糖装饰——看起来就像是迷你多彩滚珠。

把它放回冰箱，准备好的时候再端上桌。

现代人使用新鲜或冷藏树莓，制作自己的蛋奶羹，并经常省略果冻。他们在顶部装饰杏仁片，这样做出来真的可以说是秀色可餐。

但有一天你可能会发现自己有一些剩蛋糕、一罐蛋奶羹、一罐糖水杂果鸡尾酒、几块果冻、一点甜雪莉酒和奶油——如果是去野营的话还可能有一罐炼乳。这是有可能的。

然后你就知道该做什么了。

二〇〇八年，我的父亲去世了——但是在他和我度过了他在世上的最后一个圣诞节之后。

如果你读过我的回忆录《我要快乐，不必正常》，就会知道一些关于那最后一个圣诞节的事情。

爸爸那时八十九岁，身体十分虚弱，已经无法在楼上睡觉了——我把他安顿在火炉前的靠垫上，在那个圣诞夜我很清楚他要走了。他已经不吃东西了，除了……没错，他想吃雪莉酒奶油松糕，而且不是讲究的那种。

我为他做了一份，我们还在电视上看了《玩具总动员》。

三天后，回到北方，他去世了。

我并非多愁善感，但回想那段时间，我相信如果我们可以找到与过去和解的方式，不管是与父母、爱人，还是朋友——我们都应该试着去做。那不会是完美的，那是一种妥协，而且不一定就意味着幸福的家庭或重塑的情谊，因为有太多伤害、太多悲伤了。但它可能意味着接受，以及，用那个华丽的字眼来表述——宽恕。

　　我痛苦地懂得了，这些年来，我所后悔的不是判断失误，而是感情失败。

　　所以我庆幸我和爸爸一起度过了那个最后的圣诞节——不是因为它重写了过去，而是因为它重写了结局。尽管这个故事不乏痛苦，偶尔惊恐，但它没有以悲剧结尾；它的结局是宽恕。

第二好的床

世上有无法解释的事吗？

如果有，我们如何解释这些事情？

我最亲近的朋友艾米在夏天离开了这座城市，搬到离市区三小时车程的一座杂草蔓生、没有采暖的老房子里住。

她和她的丈夫罗斯想要孩子。罗斯比艾米大十岁；他们结婚的时候，他有自己的住处，还有一家经营得不错的 IT 公司，但他一直都有一个梦想——把他的孩子们放在乡村养大——就和他一样。

艾米是一名助产士，当地医院很欢迎她前来工作。而只要有卫星连接，罗斯大部分时间都可以在家办公。所以，这个夏天，艾米忙着装修房子时，他只用安装天线。

圣诞节之前，他们已经准备好迎接客人、举办聚会，于是我装好车就出发了。我很高兴去他们那儿。我的感情生活进展得不太顺利。我知道艾米希望我和罗斯的弟弟汤姆发展一下。我见过汤姆，我觉得他是同性恋。

我是最晚到的。我没什么方向感，而我的车又老又不值钱，还不至于给它装一个导航。道路曲折，还覆着霜，没有机会加速，我还得在每个路口减速，以便跟着放在副驾驶座位上的打印好的路线走。

我终于抵达那座房子时，艾米正把晚餐从烤箱里端出来，于是罗斯领着我上楼放下行囊，并梳洗一下。

"我们把你安顿在这个房间。我们管它叫'第二好的床'。我们住的是主卧，就在门廊旁边。我把小伙子们放在了下一层，眼不见心不烦。"

这个房间四四方方的，很宽敞，有一个飘窗俯瞰着房子的背面。房间里很暖和，而且光线充足，打过蜡的木质地板上铺着一块蓬松柔软的小地毯，窗前有一张书桌。床是四柱大床。

"这张床是之前就在房子里的，"罗斯说，"一八四〇年起就在这里了，别人是这么告诉我的。不过放心，我们买了新床垫。"

一阵锣声在楼下响起。"那也是之前就在房子里的，"罗斯说，"她特别喜欢。"

他留下我自己洗脸、梳头，并换了轻薄点的衬衫。这里有点热，我想象中的乡间住宅可不是这样。我四下看了看这个房间，然后笑了。我很受照顾。长途驾驶之后，我开始放松下来。

晚饭的时候，汤姆和肖恩拥抱了我，他们想了解一切近况。汤姆在电视台工作，而肖恩是艾米还在上大学的弟弟，正攻读医科。他们是医学世家。艾米没有走上医生这条路——并不是因为她不聪明，而是因为她太热爱生活了。她是一位陶艺师、厨师，她还想要当妈妈。而她因为双亲都是医生，太了解要成为一名好医生需要付出多少。

我爱艾米。她刚刚开始读生物学专业的时候，我正在念最后一年历史。我们当时一见如故。艾米离开市里让我很难过。她和罗斯结婚也让我很难过。但我们现在相处得不错。罗斯有时说话做事会带刺——他的占有欲很强——但大多数时候，我们相处得不错。

在厨房里，艾米伸开双臂拥抱我；我比她高将近一英尺。能再见到她太棒了。她就像是我的一部分。

晚饭的时候，每个人都在忙着说话，我们确定了圣诞节计划——想看的电影和想玩的游戏。一些村民会在某一两天过来拜访——必须和邻居们认识一下。

晚上十一点时我已经哈欠连天了。我得早点睡。"我给你在床上放了一个暖水瓶。"艾米说。

"就像过去那样。"我说，想起了艾米搬去和罗斯住之前我们合租一个公寓的时候。我离开房间时每个人都道了晚安。罗斯除外。

听见其他人上楼的时候，我正半梦半醒地打着瞌睡。外面没有声音。大路上没有声音。没有人。我睡熟了。

我醒的时候是几点？我的手表和手机被我放在了在书桌上。我只知道这座房子一片寂静。

我本来是仰面躺着的，我翻了个身。

有一个人在我身旁。

我伸出手。是的。有另外一个人在床上。

那具身体一动不动地躺着。不管是谁，他穿着厚厚的法兰绒睡衣或厚重的睡袍。不管是谁，他身上冰冷。我可以听见呼吸的声音——缓慢、低沉、不均匀的呼吸声。

灯的开关在墙上。我上床前关灯的那次很容易就找到了。现在我的手在墙上摸来摸去，却找不到开关。

我的心脏剧烈地跳动，但我感觉还在控制之中。不管是谁，他睡着了。

我小心翼翼地下了床，立刻就打起寒战。房间里太冷了。我走向窗户，拉开窗帘向外俯瞰花园。我之前没看到，但花园里是罗斯的天线杆和围着天线杆的土方。一轮半月发出些许亮光。

我不情愿地转回身往床上看。是的，床上有一个人形，虽然床罩被向上拉了起来，头在阴影之中，但我想他是仰面躺着的。人形又高又瘦。不是女人。

是肖恩吗？汤姆？会不会是哪个小伙子熬夜喝醉了，然后跌跌撞撞、走错了房间？

这是我的房间，不是吗？是的，我看见了我的行囊。那么，我没有梦游。这位不速之客是梦游了吗？

但房间里可怕的温度驱使我离开窗户，拿上我扔在椅子上的晨衣，走出房门并下了楼梯。

房子里一片宁静。除了偶尔的鼾声，走廊没有其他声音。我走进厨房，打开灯。正常。一切正常。电冰箱低鸣。洗碗机的指示灯表明已经洗涤完毕。餐桌收拾干净了。墙上滴答作响的大挂钟显示现在是凌晨四点。

我打开冰箱，热好牛奶，吃了巧克力饼干，做了一个人在失眠或心怀恐惧的冬夜会做的所有事。

然后我盖着不知道是谁的大衣在破旧的沙发上睡着了。

下面是我梦见的。

我在一间药铺里。货架上一排排地摆放着装着草药、粉末、颗粒和液体的玻璃罐。药铺里有一架铜制磅秤，磅秤的砝码像筹码那样堆叠着。一个年老的男人正在磅秤上称量着某种药物。他将药物倒入一个纸卷筒，把开口折好，递给站在他面前的一个女人。女人很年轻，穿着讲究，戴着一顶系带女帽，表情焦虑。

"就这些吗？"

"你买得起的就这些。"

"可怜可怜我吧！"

那年老的男人色眯眯地看着她。"你可以拿什么作为交换？"

年轻的女人颤抖着，拿起纸包离开了这家店。

我是被艾米叫醒的，她轻轻地摇着我的肩膀，手里拿着一大杯咖啡站在我面前。

"莎莉？发生什么事了？"

我坐起身来，浑身僵硬，昏昏沉沉。"昨天晚上有人跑到我的床上了。"

艾米在沙发边上坐下。"什么？"

"不知道谁穿着法兰绒睡衣，连招呼也没有打一声。但这很古怪。我猜一定是哪个小伙子神志不清走错了房间。昨晚他们喝酒到很晚吗？"

"咱们上楼去。"艾米说。

我们一起回到楼上。有人正在给浴缸加水。

我打开我房间的门。

"天哪，这里太冷了！"艾米说，"我要让罗斯检查一下你的电暖气片。我们新装了一个锅炉。"

我们往床上看。床是空的。

我那一边明显有睡过的痕迹，我起床处的床罩是掀起来的。窗帘半开着，就像我走时那样。我的东西还在房间里。床的另外一边没有动过，床罩铺得平平整整，枕头鼓鼓的。

艾米沿着床不靠墙的三个面走了一圈。

"亲爱的，我不想这么对你说，但我觉得你是做了个梦。是关于汤姆吗？"

"不是！"我说，"这也太尴尬了吧。"

我们大声笑起来。她抱了我一下。"好了，夜行者。要培根三明治吗？"

"让我冲个澡。我十五分钟后下去。"

我走进浴室。每一件东西都是我离开时的样子。除了我自己没有任何其他人出现过的痕迹。

早餐的时候，艾米跟其他人说了我的夜间历险记。把我当作笑料换来了许多笑声，但我并不介意。天亮了，身边就是朋友们，我大感放松。我们预备去外面在寒冷干燥的冬日里走走，砍些树枝回来装饰房子。

我昨晚看到的所有乡间景色都在车头灯圈定的范围内。现在，在耀眼的冬日阳光下，我明白人们为什么喜欢这些了。一切都十分洁净，空气闻起来是松树和柴火的味道。树林离房子仅有几步之遥。艾米拿了篮筐和细绳，她想让我们砍些冬青枝，以及其他能找到的任何东西。

小伙子们都和艾米在一起；他们可以爬树，然后弄些槲寄生。艾米开始从古树上摘常春藤。

"弄些松果吧，好不好，莎莉？树林边有很多。"

我向树林走去，开始在林地间四下搜寻。

这是一项愉快的工作，所以我很投入。我可以听到其他人离我有一小段距离，但我看不到他们。

很快，我就往树林的深处走去，继续我的寻找。

这里太美了。树枝上挂着昨夜结的霜。这是一个冬季仙境，我感觉自己仿佛身处一张圣诞贺卡之中。

我一定是游荡了一会儿，因为在我的前方，穿过树木，有一座小小的建筑，像是石头砌的小屋。出于好奇，我向它走过去，我的靴子在雪地上留下了崭新、清晰的脚印。回去时我可以很容易地找到路。

这是一间小小的村舍，已弃置多年，砌起来的烟囱已经塌成一堆砖头，堆在腐朽的窗户旁边。屋顶的瓦片仍然完好无损，一扇木制前门现在已由岁月和潮气镀上了一层银色。我透过脏兮兮的窗户向里看。一个铸铁炉灶静静地嵌在一面墙里，还有两样古老的工具也静静地挂在炉灶上方的钩子上。

我绕着小屋的外面走。又有一扇窗户——这扇窗通向卧室。房间的中央是铁铸床架，墙上挂着一张朽坏的画，画上的人物跪在十字架前，上面写着：赦免我们的罪①。

我打了个寒战。维多利亚时代的人喜欢树荫，而这间小房子就建在两棵巨大的云杉树的树荫下。就算是盛夏，它也一定很阴凉。

行了。该拎起篮筐去和其他人会合了。

我沿着足迹往回走。跟着这些足迹走很容易，虽然足迹比我印象中更远。但我没有方向感。不过，我觉得自己走得离我们的房子越来越远了。

白天的光亮减少了。干燥刺骨的空气变得温和潮湿。我头顶的树枝滴下湿漉漉的冰块。我被冻僵了。

我看见前面有两扇生锈的铁门，一扇铁门在铰链上晃荡着，就像坏掉的绞刑架。

我走向前，穿过大门。地面上蔓生着多刺、无叶的黑莓灌木，还有皱缩成一团一团的棕色欧洲蕨。碎石路两侧各有一排紫杉树，早已被自行生长的白桦和梧桐包围起来。

这是一片墓地。

———————————

①出自基督教主祷文。

我往回跑出去——我是怎么来这里的？我跑的时候，看到地上只有一组脚印——而那是通向墓地的。我停下来喘气，想搞清楚发生的事情。我跟着自己的脚印走会踩出第二组脚印。这些脚印呢？

我是跟着谁的足迹在走？

我跑得很快，跃过倒在地上的圆木，希望可以听到任何对我有帮助的声响。终于我听到一辆车驶过。这个声音把我引向了一道栅栏，而栅栏那边就是大路。我跨过栅栏，感觉松了一口气，又觉得荒唐。我在害怕什么？其他人很快就会找到我的。那只是一个废弃的墓地。

然后我想到了那些脚印。

绕过大路上的弯道，我看到一座石桥，大声说了句感谢上帝。我之前开车经过了这条路。还有不到一英里就是通向那座房子的转弯处。

中午吃千层面时，我试图跟他们解释发生了什么。小伙子们觉得这很搞笑——把无法解释的事情当作笑话看，这是男性特质吗？

罗斯更有同情心。他在树林里探过路。他知道那间破败的小屋。

"这里以前是一个像样的庄园，"他说，"有土地和雇工。那间小屋是园丁的。但从二十世纪三十年代起就没有人住在那里了。也就是那时庄园破败了。我猜是因为遗产税。那里没有市政服务，水是从井里打上来的。"

"那不属于我们，"艾米说，"树林属于林业委员会。"

"那里有一个废弃的墓地。"我说。

肖恩低低地吹了声口哨。"我想去那儿看看。我喜欢古老阴森的地方。"

"我不喜欢那里。"我说。

"你看墓碑了吗？阿尔伯特之爱妻，类似这样的东西？"

"我跑开了——就像我之前说的，我跑开了！"

"你真的把自己吓坏了，是不是？"艾米说。她搂住我的肩膀。"今天下午我们要一起去村子里——给圣诞节备些货。我们要紧紧跟在一起。"

"那里有酒吧吗？"汤姆说。

"那里当然有酒吧，"罗斯说，"不然你以为我们为什么搬到这里？"

和他们在一起很自在；他们热情，对新家和彼此感到满足。我想在这里过圣诞节。我不想表现得像是维多利亚时代动不动就晕倒的神经质。

不过，当汤姆收拾餐桌、我把东西往洗碗机里放、肖恩和罗斯去搬今晚要用的木柴、艾米把车开出车库时，我的脑袋里只有一个想法：不是我自己吓自己。是什么东西或者什么人吓到了我。

"我带你们看看村子，"我们把车停在酒吧外面时，艾米说，"这是一条真正古色古香的街道，有些小商店。那里有家肉铺，一间面包店——"

"一间烛台店……"汤姆说。

"没有，但是看看这家老药房。你们以前见过这样的吗？莎莉？怎么了？"

我不由得小声惊叫了一下。

我站在那里，盯着弧形飘窗玻璃门面，玻璃上雕着字。我可以看见里面堆得高高的玻璃罐子。

"那里有一个很大的铜制磅秤，是吧？"

"是的……"艾米说。

"你还没明白吗？我梦到过它。我告诉过你。那个药铺。"

"你在网上查过这个村子，这就是原因，"罗斯说，"而你梦见这个是因为我们住在一个前不着村后不着店的又大又古怪的房子里。大脑作祟。"

"罗斯，我没有查过这个村子。"

我们走进去。我打开门的时候拉铃叮当作响，然后我想我会看见那个矮小的、色眯眯的、长着络腮胡子的草药师。然而我看到的是一个穿着白色大褂的胖乎乎的女人。她正从一个罐子里称出一些止咳糖。

艾米跟在我的身后走进来。"我把他们打发去酒吧了，"她说，"咱们去找些吃的。莎莉，有什么不对吗？"

"没有任何不对的地方。"一小时后艾米去找罗斯时，罗斯对艾米说。他们俩坐在吧台上，而肖恩和汤姆在玩桌上足球。"我希望她可以冷静下来。我可不希望圣诞节的时候被妖魔鬼怪纠缠。"

"你不想让她来，是不是？"艾米说。

"她是你的朋友。你可以邀请你喜欢的人。"

"是的，她是我的朋友，而且我希望你会接受这件事。"

"我已经尽我最大努力了。但她总是想要引起关注。"

我从洗手间里出来。我可以看到他们在争论。我知道是关于我的。罗斯一直都不喜欢以前艾米和我的相处方式。我们曾经熬夜在她的大床上聊个不停，或者周末的时候穿着晨衣无所事事地看电影。他急切地希望艾米搬去他那里——好让他俩在一起，这是当然的。而不要和我在一起，这也是其中一部分原因。

我这么说并不公平。

回到房子里的时候，罗斯带我们绕到后院去看他的卫星天线杆。他们挖了一个大洞好把杆子固定住。天线杆有二十英尺高，上面有一个直径两米的接收器。

"这是什么？"汤姆说，"你的男性象征吗？"

"这里完全没信号，"罗斯说，"我要从天上的人造卫星接收信号。"

"你接收到的可能比你想要的更多，"汤姆说，"你都可以拿这个办电视台了。"

在挖起来的大土墩旁边有一段石阶，不知通向何处。

"我们发现了这个，"罗斯说，"这下面肯定有个地窖。可能是个冰窖。"

"救救我。"

"什么？你说救救我。"

"不，我没有。"

罗斯盯着我。"有，你说了，莎莉。不管是什么，别揪着不放了，好吗？"

他走开了。汤姆尴尬地站在一旁。"别管他。他总是这么情绪化，"他搂住了我，"喝点热巧克力吧？"

白天余下的时间和晚上都很轻松。汤姆和肖恩精神高涨，弥补了罗斯的情绪，而艾米已经打定主意不理他。到了睡觉的时间，她提出和我一起上楼检查一下房间。

我们打开房间的门。床上躺着一个轮廓清晰、盖着床罩的人形。

艾米向后退。我呆住了。那个一动不动的人形是谁？或者是什么？

艾米抓住我的手，我们直接走回楼下的厨房，而汤姆和肖恩的脸已经绷不住了。

汤姆举起手。"好吧，好吧，我们放了一个长枕头在床上。对不起啦。"

艾米朝他丢了一个垫子。罗斯抬起眼来。"今天得到的关注够多了吗，莎莉？"

我对汤姆说："昨晚你也是这么做的吗？"

他摇了摇头。"当然没有。"

我钻进被窝。艾米吻了我祝我晚安，然后在身后关上了门。这个房间感觉不错。非常不错。然后我睡着了。

我梦见我在卧室里，站在窗户前。一个人形躺在床上，而我在药铺里看见的那个年轻女人正站在床边，手里拿着一个小玻璃杯。

"坐起来，乔舒亚。你必须把这个喝了。"

那个人形试着支起自己的身体。我看到了他因病消瘦的胳膊。他脸色蜡黄。

"你必须强壮起来。我们得从这里离开。"

那个人形没有说话。他困难地吞下了那小杯酊剂。

我醒了。翻过身来，很害怕。床上没有人形。我仰面躺着，心脏怦怦直跳。发生了什么？

第二天，肖恩提议让我带他去看看那个墓地。我不想去，但我感觉自己又傻又神经质，而且我觉得这可能会对我有好处——类似于如果你讨厌蜘蛛就把它拿在手里。

我们出发了，漫无目的地游荡了一个小时左右，才看到了那扇大门。肖恩若无其事的寻常态度让人安心。他直接走进去，比我走得更远，擦掉坑坑洼洼的墓碑上的苔藓和霜，读上面的铭文。

"我总是会去看墓地，"他说，"这是我对待死亡的方式。"

我的喉咙发紧，而我的肺部拒绝吸入寒冷的空气。我头晕目眩。深呼吸。深呼吸。

肖恩现在走在前面了。晴朗的早晨。除了我心里让人毛骨悚然的幻觉，什么都没有。然后，在地面上，我看见了脚印。不是我们的。

脚印通向一个陵墓。有点像家族墓穴。墓穴建成的时候一定很气派。如今已经破败，被风雨侵蚀，并爬满了蕨类植物。过梁上刻着铭文：威廉森。愿他们安息。

像通常那样下面是一行名字——奥古斯塔斯，……钟情的丈夫。伊凡洁琳，忠贞的妻子。亚瑟，阵亡。随后吸引了我目光的是：乔舒亚，一八五一年离世，时年二十二岁；还有他的姐姐露丝①，一八五二年离世，时年二十五岁。

肖恩走了过来。他的好奇心被调动起来了。他的出现鼓舞了我，我又稍微向前走了一点，来到一排小的墓碑前，那无疑是小孩子的墓。我弯下腰，看见一边有一块平放的石板。有人在上面刻着——手工用凿子粗糙地刻出——他不在这里。

我迅速向后退："肖恩？"

他过来看了一眼。"这个只是说他们和耶稣同在，或者他们在天堂。有什么问题吗？"

"雪地里还有另外一组脚印。"

肖恩沿着他走过来的路走回去。"没有，莎莉，只有你的和我的。"

他是对的。

幻觉和精神疾病。

我有什么问题吗？

"你知道莎莉有什么问题吗？"罗斯愤怒地对艾米说，"她想把你占为己有。"

"我们从来就不是情侣，"艾米说，"而且即使我们曾经是又

---

① 乔舒亚（Joshua）与露丝（Ruth）这两个名字出自圣经，圣经中通常被译作约书亚和路德。

怎么样？那又怎么样？你不能接受女人之间的亲密吗？"

"这很典型，"罗斯说，"她压抑，她气愤。她一直讨厌我。"

"她喜欢你，"艾米简短地说，"她长得比你高不是她的错。"

罗斯砰地摔下他的玻璃杯。"她想要毁了我们的圣诞节，因为我们毁了她的生活！"

"我们并没有毁了她的生活！"

他们没看到我走进来站在厨房门口。他们不知道我无意中听到了他们的对话。

我的脸颊因为羞耻和愤怒感到火辣辣的。我应该回家。圣诞节在自己的公寓里喝罐头汤也比在这儿强。

为了不从厨房穿过，我绕着房子走到后门。那里有罗斯的天线杆和一段不知道通向什么地方的皮拉内西①噩梦石阶。

我站在石阶最高处，向下看去，仍为我听到的对话而呆愣。罗斯是对的吗？我是嫉妒他们吗？我因为她快乐而感到快乐。我相信这一点。但是再往深处想呢？我想把艾米占为己有吗？我是不是完全不了解自己？

救救我

我转过身。没有人。谁在说话？那是一个女人的声音。我之前听到过。我脑海中浮现出一幅脚印的图——脚印先是从破

---

① Giovanni Battista Piranesi（1720－1778），意大利雕刻家、建筑师。

败的小屋指向墓地，然后是墓地那里的脚印，再后是将我引向威廉森墓室的脚印。

救救我

那些脚印是一个女人的。那也就是为什么我将它们误认作我自己的脚印。

我顺着不知通向何处的石阶向下走。这些石阶肯定通向某处。我有一个可怕的感觉，越过那个砖砌的入口——罗斯以为入口通向一个冰窖或是某种废弃的地窖——那里实际上有某个骇人听闻的秘密。某个被时间掩埋的秘密，有人希望它被永远埋藏，直到罗斯在这里立起了他的天线杆。

然而我可以想象出来，如果我请他们把入口打通，他们会说什么。

不。就这样吧。打包。离开。永远不要再来。

我走进房子里。在楼梯口我遇到了艾米。她似乎很高兴看到我。"我做了百果馅饼。过来喝杯茶吧。"

"罗斯也在吗？"

她皱了皱眉头。"我不想你们两个人都是这个样子。这是圣诞节，看在上帝的份上。"

"我正要去收拾东西，"我说，"如果我离开的话会好一点。我听到你们说的了……之前……我在门口。"

艾米发出一声长叹。"我很抱歉。我知道你不是那样的。只不过，好吧，你表现得有点奇怪。我告诉他你只是累了，而且这是一个前不着村后不着店的又大又古旧的房子，很容易就会浮想联翩。连肖恩也在墓地里被吓到了。"

"他有吗？"

"不要让我和三个蠢男人一起过圣诞节，尽管我真的以不同的方式爱着他们。"

"我真心认为我应该离开。"

"再多留一个晚上。如果你一定要走，也得在早上走。黑灯瞎火的，你只会迷路。而且我们今天晚上请了一些人过来。"

她搂着我。我点了点头。

罗斯一定是下了决心要表现一番，因为晚餐足够愉快，住在村子里的戴维和瑞秋①快活又平易近人。我们折回起居室的炉火旁时，我问他们是否了解这座房子的历史。

"她想了解这房子是不是闹鬼！"肖恩说。

所有人都笑出了声。"我们不得不让你失望了，"瑞秋说，"这里没有无头马也没有恐怖牧师。威廉森家在一八〇〇年前后建

①戴维（David）和瑞秋（Rachel）这两个名字出自圣经，圣经中通常被译作大卫和拉结。

起了这座房子，在这里住了大约五十年，直到这家人的香火断了。"

"乔舒亚·威廉森。"我说。

"她正在研究那些墓碑。"肖恩说。

"是的，正是，"戴维说，"庄园传给了家族的另外一房，到了六十年代，就没剩下多少土地了，你们现在拥有的这座房子和大花园，从那时起就被几度转手。我很了解本地的历史，但关于这房子，没有更多可说了。"

"你听到了吧，莎莉，"艾米一边说，一边把腿压过我的腿放在沙发上，"你今晚可以睡个好觉了。"

我确实睡得不错。直到大约凌晨三点。我醒的时候，牙齿在打战。我的身子冻麻了。我搓了搓拇指和食指，但没有知觉。我得从床上起来。

我用尽全力坐了起来，把脚踩在地上。我毫无知觉。卧室被冰包裹。冰柱从天花板上倒挂下来，就像凶恶的长矛一样指着我。地面露着寒光。我牙齿打战身体发抖，用僵直的双腿走到窗前。窗帘被冻成了分开的两块，就像定格的瀑布一样。我向外看去。

在下面，在天线杆旁边废弃的石阶上，一个人影正被拉扯到阴影中的一个洞口。我认出这是我见过的那个躺在我床上的修长的人形。两个男人和他厮打着。台阶最上方，一个人正跪在地上祈求，那是我在第一个梦里见过的那个年轻女人。

她向上看，目光直接落到了我的窗口。她看到我了。

救救我。

但世界变得一片黑暗。太迟了。

艾米醒了过来，不知道为什么。罗斯在她身旁睡着。房子里一片寂静。她躺了片刻，眼睛瞪着天花板。她害怕了而她不知道原因。她下了床，找到晨衣，走出房间来到走廊。她走向莎莉的房间打开门。

那股寒气像是在灼烧。

肖恩！肖恩！

肖恩和汤姆把莎莉抬出卧室，抬下楼到炉火旁。"她几乎没有脉搏了——她要被冻死了——我们得让她的躯干暖和起来——艾米！揉她的脚！汤姆，她的手！罗斯，叫救护车。莎莉！你听得见吗？莎莉？莎莉？"

救护车一小时后才到，那时我已经清醒过来了。我的脉搏加快了。我有了一些血色。艾米正在喂我喝温水。汤姆抱着我让我紧贴着他的身体，他富有生命力的体温把我从死亡中拉了回来——或看起来是这样的。

"发生什么了？"艾米说，"我不明白。"

"他不在这里。"我说。

"那个墓地。"肖恩说。

"我们必须把台阶底部的房间打开。"我说。

第二天早上，罗斯、肖恩和汤姆带着木槌和凿子去了那个砖砌的拱门。石灰砂浆和质软的黏土砖老旧潮湿，很容易就被凿开了。几个小时之后，那里就有了一个洞，大小足够让人通过。罗斯拿着探照灯走了进去。汤姆和肖恩跟在后面。艾米和我在台阶最上方挤坐在一起。

我听到肖恩说："两个都是女人。"

那是一个冰窖，一个已经被当作房间使用的冰窖——如果墓室可以被称作房间的话。

一张简陋的床架，一张桌子和一把椅子，一个烛台，两支没有点燃过的蜡烛，一个空壶，一本笔记，以及两具碰到空气后迅速风化了的尸体。

笔记本记述了这个故事。

乔舒亚·威廉森是一个女人。她被当作男孩儿养大，以成为威廉森庄园的继承人。就女性而言，她出奇的高——尤其是在十九世纪四十年代——直系亲属外的其他人对实情一无所知。她的父亲已经结了三次婚——一心一意想生出一个他所需要的继承人，以免把家产传给堂亲。如果他得偿所愿，乔舒亚将面临怎样的未来还未可知。但乔舒亚的宿命已经先一步到来。

乔舒亚爱上了园丁的女儿，并宣布他要娶她。"我像男人一样生活，难道我不该像男人一样去爱吗？"

为了制止这桩婚事，他的父亲开始用砒霜对他下毒。看起来不像是为了杀死他，而是为了让他变得虚弱、让他生病，并摧毁他的意志。但事实证明砒霜的剂量是致命的，在他痛苦亡故前的弥留阶段，乔舒亚决定把他的处境和盘托出。他的姐姐露丝去请律师回来。

她被追上了，并被抓回了这座房子。

据说乔舒亚死于肺结核。他的父亲，费尽心机不让任何人检查乔舒亚的身体，把他关在冰窖里等死。乔舒亚年轻的爱人——园丁的女儿——也被强行带到冰窖里和他关在一起。然后这里被盖上土，填平了。一百五十多年来，这里从未被打扰过。

当时只有两个活着的人知道实情——威廉森本人，以及露丝。露丝第二年去世了。

汤姆开车送我回城。"我不明白他们怎么能在那座房子里待下去，你觉得呢？"

我没有回答。如果你不回答，提问者就会再接着说话。"我觉得我也许应该拍一部关于它的纪录片，查清事件始末。你觉得怎么样？"

我没有回答。

"如果不是罗斯和他天杀的天线杆，这一切都不会发生。"

"是因为我。"我说。

"我们谁都可能睡在那间卧室。"

"是我。"

"不要责备自己，莎莉。你愿意圣诞节和我去吃中餐吗？"

汤姆把手伸过来轻轻拍了拍我的手。我握住了。

"我的奶奶姓威廉森。"我说。

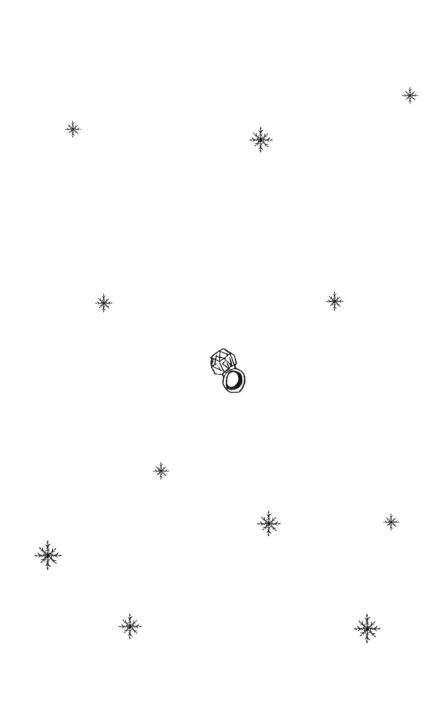

莎士比亚书店①的中国饺子

圣诞节是关于团体、协作和庆祝的日子。

做得好,圣诞节就是一剂良药,可以治疗"以我为先"的心态,这种心态已经将资本主义重新包装成了新自由主义②。购物中心不是我们真正的家,也不是公共空间。尽管随着图书馆、公园、游乐场、博物馆和体育设施的消失,对于许多人来说,购物中心虚伪的友好形象是除了街道以外仅剩的公共空间了。

我认为我们可以重申圣诞节的精神——少购物,多给予,少花钱,多花时间陪伴朋友,包括愉快地一起做饭、一起吃饭,并和他人分享我们所拥有的东西。

在莎士比亚书店的入口上方有一个文字标识:不要对陌生人

① Shakespeare and Company,位于法国巴黎,可追溯至 20 世纪初,接待过众多著名作家。
② Neo-libreralism,一种经济和政治学思潮,反对国家和政府对经济的不必要干预,强调自由市场。

冷漠，他们可能是天使下凡①。

莎士比亚书店自从一九一九年起就以书店的形式存在。来自宾夕法尼亚的富有传奇色彩的西尔维娅·毕奇最初创建了这家书店，它成为那些著名战前②美国作家——格特鲁德·斯泰因③、海明威、艾兹拉·庞德④、F·斯科特·菲茨杰拉德——的第二个家。毕奇率先出版了詹姆斯·乔伊斯的《尤利西斯》⑤。

这家书店在第二次世界大战期间关闭，并最终以其原本的店名在巴黎圣母院的对面重新营业，由美国退伍老兵乔治·惠特曼经营。他热爱图书，一如他热爱巴黎。

乔治在圣诞节从不闭店，仍遵循通常的营业时间，从午间开到午夜，乔治还会给任何想吃东西的人做饭，包括阿内丝·尼恩⑥、亨利·米勒⑦和一批垮掉派诗人。金斯堡⑧脱掉衣衫朗读《嚎叫》，而格雷戈里·柯索⑨尤其喜欢一年供应一次的节日餐点：冰

---

①这句话据传出自英国诗人 W. B. 叶芝，实际上取自圣经的《创世记》。
②指第二次世界大战之前。
③ Gertrude Stein（1874－1946），美国作家，常年在法国生活。
④ Ezra Pound（1885－1972），美国诗人、文学家，意象主义诗歌的主要代表人物。
⑤詹姆斯·乔伊斯写于 1914 至 1921 年间，曾在美国和英国遭禁。1922 年，在毕奇小姐的帮助下，《尤利西斯》在法国巴黎的莎士比亚书店首次完整出版。
⑥ Anaïs Nin（1903－1977），美国作家，出生于法国，作品多带有法国式的超现实主义风格。
⑦ Henry Miller（1891－1980），美国作家，1930 年迁居巴黎，曾与阿内丝·尼恩为情人关系，被 60 年代反主流文化群体誉为自由和性解放的先知。
⑧ Allen Ginsberg（1926－1997），美国垮掉派诗人，最出名的作品是长诗《嚎叫》(Howl)。
⑨ Gregory Corso（1930－2001），美国垮掉派诗人，与金斯堡齐名的垮掉派文学运动开创者。

激凌、甜甜圈和苏格兰威士忌。

他们也一直都会回来——一九八二年，乔治的女儿西尔维娅有生以来第二次与艾伦·金斯堡、劳伦斯·费林盖蒂①和格雷戈里·柯索共度圣诞节，吃了一顿用泡打粉饼干和奶酪舒芙蕾组成的晚餐。

乔治相信书籍是心灵的庇护所。他的书店成了身体和灵魂的庇护所。书店里有一个图书馆，任何想避免风吹日晒、坐下阅读的人都可以去。乔治在的日子里，还有多达二十四位穷困作家和读者在店里过夜。

如今乔治已经去世。他活到了九十四岁，在书店楼上的小小公寓里离开人世。他的女儿西尔维娅（在乔治六十八岁的时候出生）和她的伴侣戴维·德兰内特共同经营这个不断扩张的图书王国。这家书店最终成了一家公司（而乔治拒绝使用电脑、电话，乃至收款机），但书店的精神没有改变。这家书店已经不在圣诞节那天营业，但西尔维娅和戴维会为员工和志愿者，以及任何正在努力完成自己代表作的迷茫作家做一顿饭。

西尔维娅写信给我：

有一年圣诞节，肉店里只剩下一只小猪，我把这只小

---

① Lawrence Ferlinghetti（1919－　），美国诗人、画家、社会活动家，城市之光书店的联合创始人。

猪做给二十五个人吃。它的牙齿龇出来，看起来很吓人。我把它端上桌的时候，它的外观引发了桌边震惊的喘息声，而后就是阵阵咯咯的笑声，因为桌上有半数是犹太人，他们不吃猪肉！！！简直是灾难。

还有一年圣诞节，照顾爸爸的华裔看护红做了饺子——实际上她管它们叫"倒掉"①。那时她刚来，几乎不会说法语或英语。爱尔兰作家尤力克·奥康纳②当时也在，他正要把一只饺子塞进嘴里时，问饺子里是否有洋葱。红摇了摇头。他迅速把饺子放进嘴里然后说："很好，要是有洋葱的话我就死定了。"

我在谷歌上搜洋葱的图片给红看，她立马改口，说是的，是的，里面确实有洋葱。噩梦。

不过，他还好。爸爸说他肯定不对中国葱过敏。

二○○七年圣诞节后不久，我在一种失去的痛苦中前往这家书店——那年夏天我的伴侣突然离开了我。这感觉就像一次死亡。那种失去触发了一些更深更令人害怕的东西，但我想瞒住所有人。

我试着用写作来克服烦闷——事实上，这本书里的《狮子、独角兽和我》就是在那年十二月写成的。我心情不好睡不着觉，

---

① "倒掉"（dumping）和"饺子"（dumpling）读音相近，红混淆了。
② Ulick O'Connor（1928— ），爱尔兰作家、历史学家、批评家。

花了一个晚上把这个故事一气写成。故事的主角是一头不起眼的小毛驴，它有一只金色的鼻子。我就是那头毛驴。

西尔维娅和戴维任我在书店里徜徉，让他们的小狗柯莱特给我做伴，还放了一个电暖气在我的座位旁，并给我提供我要吃的每一餐。后来，我的情况变得更糟，他们给我买了睡衣，并在我呼吸道感染的时候一直照顾我。

我曾去过莎士比亚书店许多次。我遇到过乔治，他那时已经九十岁高龄。

他看起来并不高兴看到我。事实上他把一本书扔到了我的头上。

乔治：她在我的公寓里做什么？她是谁？

西尔维娅：她是一位作家，爸爸。珍妮特·温特森。

乔治看起来高兴了，放下了准备砸向我的第二本书。

乔治：你带她看过作家房间吗？没有？该死，难道每一件事都要我亲力亲为吗？她可以想待多久就多久——让我带你去看看作家房间。你读亨利·米勒？他……

乔治喜欢作家。所有的作家。他的家就是我们的家。

被欢迎。被认可。被喂养。能酣睡。能感到安全。能阅读。能在一页纸上写出文字供他人阅读。

我的精神正在经历自由落体。有丧失理智的风险。如果可以避免就尽量不要走上这条路。有的时候不得不走上这条路。

但就像所有绝路一样，路边总会有贵人出现。

所以圣诞节的时候，我拿起一本书和一只杯子，感谢把我引向莎士比亚书店的那颗星星，感谢我在那里得到的避难所，感谢那种从不考虑钱财的创造性的慷慨的生活方式。

如果你想知道莎士比亚书店的全部故事，它的过去、现在和未来，有一本他们已经出版的书——《莎士比亚书店：一间心灵杂货店的历史》[①]（我为这本书写了前言）。

以下是红的"倒掉"食谱。

你需要

1磅（450克）面粉

1磅（450克）猪肉

1磅（450克）圆白菜

一把大葱

新鲜生姜——不要太多

1大勺白葡萄酒

盐和胡椒

水

---

①原书名为 *Shakespeare and Company: A History of the Rag & Bone Shop of the Heart*。

鸡蛋——如果你希望面团更筋道，并非必需。

制作方法

红说：按照一般方法揉面，将面粉和水和成面团。如果你要加一枚鸡蛋，就少加些水。饺子的面团不能太软，不能太硬。如果太软，就多加面粉。太硬或太干，就多加水。用手揉面大约需要十五分钟，这取决于面团的大小。

根据面团的大小，将其切成两份或三份，分别把每份面团擀薄，但不能太薄，否则在包入馅料的时候会破。用一个茶杯，在面片上切出小小的满月一样的圆形面片。给每个满月填上馅料以后就是饺子了。

制作馅料，需要把每样材料分开剁碎，剁得像指甲盖一样小。这很重要。然后把馅料在一只大碗里混合。按照喜好调味。你也许会喜欢多放些葱，或者喜欢多放些姜——都取决于你。做了你就知道了。

现在，在面片上填入大约一大勺馅料。你必须掌握用多少馅料可以让饺子鼓起来，但又不会太鼓以免煮的时候裂开。

为了将馅料包进饺子，你要把满月折成半月。这做起来很简单。如果你喜欢包饺子，你以后可以尝试包出不同的形状，还有其他花样的收口。

我的奶奶会一边看电视一边包出形状和收口都很漂亮的饺子；她的手很灵活，从不需要向下看一眼。

面片填上馅料并包成简单的半月形后，把手指在一碗水里蘸一下，然后用蘸水的手指沿着面皮的边缘给面皮收口。收口必须捏紧。不要有缝隙，否则馅料会跑出来，然后你锅里的水就会成为一锅混沌的碎猪肉圆白菜汤。

包饺子的同时，在一个大锅里把水煮沸，就像煮面条那样。

放入饺子，搅拌，以免饺子粘到一起。

现在，再加一大杯凉水——让水不再沸腾，然后重新把水煮沸。

重复这个步骤。

你要把饺子煮沸三次。

六七分钟之后，捞出一只饺子，划开饺子皮看看里面的馅料是否煮熟。

如果你煮的是冻饺子，时间需要长一点。记得要直接把饺子倒进热水里，不要提前解冻。

你可以用不同肉类。不一定是猪肉。可以是虾。你可以在圆白菜里加一些胡萝卜。烹煮的时间根据馅料的不同会稍有不同。

在中国，我长大的时候人们很穷。包饺子都是用手头的材料。我们像很多中国人一样会养猪。如果想吃饺子了，用来做饺子馅的可以是你厨房里现有的，也可以是市场上新鲜卖的，或是菜园里种的任何东西。

我的朋友珍妮特·温特森包了兔子肉、胡萝卜和韭葱馅的饺子，吃起来很不错。她的花园里有很多兔子。我认为这是因为她种了很多胡萝卜。但众所周知的是兔子不吃葱类，所以她把胡萝卜种在了全副武装的韭葱护卫后面。不过有时，仍有兔子屡教不改，于是我们就有了这个饺子。

　　饺子可以蘸你喜欢的任何调味汁——普通的优质酱油加点生姜或青葱就很美味。

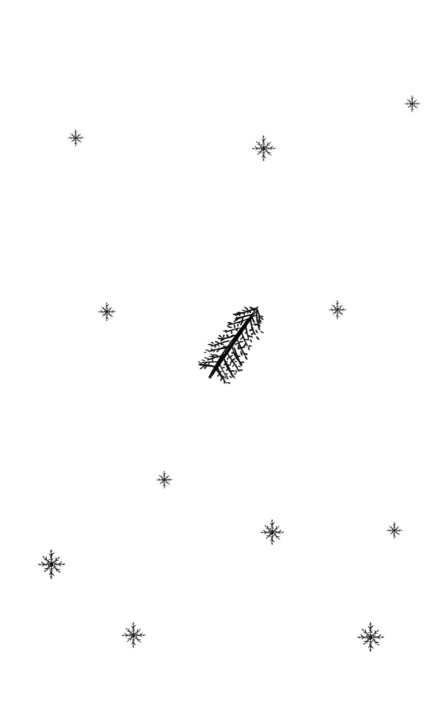

圣诞爆竹①

平安夜的彩包爆竹工厂。

一个个贴着"小号""鼓""星星""知更鸟"和"雪人"标签的箱子堆在长桌两侧，爆竹就是在这张长桌上装箱的。一张张金色硬纸板在切纸机旁堆成了一堆。瀑布般的红色横幅从墙上垂下来。

可以喷出来的、噼啪作响的、燃烧的射击彩条稳当地躺在架子上的圆筒里，这些射击彩条让爆竹得以爆出声响。传送漏斗下放置着三个像阿里巴巴故事里的那种巨大的桶，分别标着"帽子""笑话"和"气球"。随着越来越多的爆竹被装好、打包和分发，传送漏斗自动把这些大桶填满。

---

① 指圣诞彩包爆竹，又叫圣诞拉炮，是英国人在圣诞日使用的亮光彩色纸筒，外形酷似大爆竹或传统纸包糖果，在吃圣诞大餐前把纸筒拉开时会发出轻微的爆炸声。筒里面往往装有一件玩具、一顶纸帽或一则笑话。

这间爆竹工厂全年开工，但在圣诞节期间，每个人都加倍努力工作以完成订单：廉价爆竹；经济型爆竹；家庭装爆竹；豪华版爆竹；适合儿童的组合装；适合成人的组合装；还有一些箱子上标着"成人"，因为这些爆竹里装着非常小的内裤。大多数爆竹已经发至商场，再从商场去到千家万户的餐桌上，因为每个人都在为圣诞节做准备。

但有一种爆竹还留待制作。这只最后的、最为特殊的、巨大的慈善圣诞爆竹，像鳄鱼那样长，像布丁那样鼓，一只庞大的金色圆筒躺在旁边，等着像香肠一样被紧紧灌满。

但现在这个时候，工厂里空无一人，因为这是清晨，公交车刚刚到达大门口，比尔、弗雷德、艾米和贝儿正走进来，开始这次特别的轮班，他们喜气洋洋，因为今天是圣诞节，他们收工以后要去喝一杯。

工厂里空无一人。真的吗？

那只狗仍然在睡梦中，它梦见了温暖的薄绵纸，昨晚，冷冰冰湿漉漉的它就在上面轻轻地爬。有人留了一扇小窗没关，而它恰好是一只小狗。

它爬进来，爬到红色的安全指示灯下方，灯光照在纸天使身下的金色卡片上。它后背着地滚了滚把身体弄干，还吃了一块毛驴形状的杏仁糖——这对它的牙齿不好，但你又能怎么办呢？——然后它睡着了。

他们进来了，氖灯亮了，收音机开了，小狗还没来得及"汪"

一下，一个金色的管道就在它的棕色眼睛前打开了，然后一双结实的、铁锹一样的手把所有薄绵纸和那只小狗全部猛推到爆竹里面，并用一个塑料盖子封上口。

它仍然可以看到另一头。它把鼻子埋得更深了，它耳朵里的毛发抖动着，巧克力如雪崩一般在它脑袋四周发出轰鸣声，随后就是一支泰迪熊大军，一军火库的玩具气枪，气球组成的火力网，串珠冰雹，一长串溜溜球，鸣响的哨声，假鼻子和假胡子的假面舞会，四处侵扰的发条玩具老鼠，还有一簇面相不善的黑色手偶。

某个人说："现在，好好给它安上引爆——这个待会儿一定要爆出声来！"

一根火药引信捅了进来，经过了那小狗的鼻子（打喷嚏），又经过了它的尾巴（打了个激灵），然后从盖子上的一个洞穿了过去。小狗想到了所有那些从大炮里喷射出来的马戏团动物，或是那些跳伞落到敌军后方的人们。它想到了莱卡，那只被发射到太空的苏联航空犬，它再也没能回来。它也想到了犬星，大犬座和小犬座，在天界的黑暗田野中追逐，它们是光芒闪烁的守护者，保护着它们在凡界命运多舛的同类。

或许它会加入其中，在天空上，一颗燃起的新星，飞犬座，意思是一只飞翔的狗。

但它不想成为一只飞翔的狗！

它只想四爪着地。

太迟了!

他们正在给巨大的慈善圣诞爆竹的两端系上丝带。它感觉自己被抬起来了,被卷在地毯里抬出去,就像埃及艳后[①]一样,然后它上了一艘镀金的大游艇——不对,这是一辆破旧卡车的后斗。卡车正朝着一家大型酒店开去,酒店门口站着身穿绿色外套的门童,门里面的酒店大堂挂着大吊灯,还有一棵白色圣诞树。

这只小狗和它的爆竹由特别指定的拿最低时薪的小精灵们抬进酒店,得到了大家的惊叹和掌声。

这是孩子们的慈善晚会——富有的家长们为此付了一大笔钱,让他们的小孩可以帮助家境贫寒的小孩,又不用亲自见到后者。

小狗听见正在宣布什么——先是特别奖,然后是最棒的那个奖,颁给赢得爆竹的人。

小狗很担心,等他们打开包装,发现它在里面的时候会发生什么。没有人把它当作免费礼物,根本没有人把它当作礼物。它是一只流浪狗。它知道没有人会想要它。它在一个公园里生活,喝喷水池里的水。它还是一只小狗崽的时候,随着一个流动市集来到这里,作为一只杂色的混种狗,整天围着游乐设施跑来跑去,直到有一天市集收摊了,活动房车一辆接一辆地开走,

---

① Cleopatra,古埃及托勒密王朝末代女王克里奥帕特拉,传说她为了取得自己的权位求见尤利乌斯·恺撒,把自己用毯子卷起来,让人抬入王宫并成为后者情妇。

而它睡了一小会儿因为它并不知道正在发生什么，当它醒来时所有人都不见了。

它先是嗅着气味追赶他们，跟着汽油和热狗的味道，但它的爪子比他们的轮子慢，它跑啊跑，直到爪垫磨破了皮，晚间的时候不得不放弃了，它一瘸一拐，心里又害怕，透过黑暗和噪音，找到了回公园的路。

大树和柔软的树叶发出的沙沙声让它高兴。

有时人们会喂它三明治，有时不会。有时他们想抓住它。它听得出面包车的声音，它会沿着街道逃跑，然后从一扇大门下面溜进去，直到他们离开。有时也会有人睡在公园里，然后逗弄它，但人会离开。你不能依靠人，它知道这一点。

昨晚非常冷。它在外面搜寻食物。卖烤肉串的男人回土耳其过圣诞节了。这只小狗喜欢烤肉串。它在垃圾桶旁边嗅来嗅去，但为了庆祝圣诞节，街道已经被打扫得干干净净了。

当它沿着道路贴着墙小跑的时候，看到了一扇半开着的窗户，还有窗户里面的红色灯光。那看起来很暖和。当时的雨已经转成了雨夹雪。

但是现在……

当他们发现它在爆竹里的时候会发生什么？

它听见了吵闹声。它会保持安静。

酒店宴会厅里挤满了挥动着抽奖券的小孩。现在到了颁发奖品的时间——洋娃娃、游戏、玩具吉他、遥控汽车。一个穿着亮片夹克的男人手里拿着麦克风。他正站在台上，想让孩子们唱《铃儿响叮当》。

然后到了抽大奖的时间——那个爆竹。小精灵把爆竹推到了台上。

赢得大奖的号码是什么？是的！是999号。

两个孩子冲向前去——一个身穿猫王西服套装的胖男孩和一个身穿假皮草外套的瘦女孩。是出错了吗？出现了两张中奖的奖券。那两个孩子怒视着对方，然后在爆竹两端摆出战斗的架势。宴会厅里气氛激烈，小孩们分成了两派，大声喊着：

"拉！拉！拉！"

胖男孩用他的胖手握住爆竹一头，瘦女孩用鞋跟抓地，也牢牢抓住爆竹不放，与她看过的母亲在清仓打折时的动作如出一辙。

但接着，一个苍白安静的男孩走上前，把奖券递给了司仪。他拿的也是999号。

司仪挠了挠假发。"不管这个丰厚的、巨大的、超级激动人心的爆竹里有什么，你们得共享了。"

宴会厅里的孩子们发出了嘘声。

"傻瓜才共享。"瘦女孩说。

"这是圣诞节！"司仪说，似乎重申这个最显而易见的事实会让出乎意料的事情发生。

那个苍白安静的男孩往后站，仿佛置身事外，而穿红色西服套装的男孩因为拼命地拉着他这头的爆竹，脸已经比西服还红了。女孩则把她全身的重量都压在了爆竹上，以防她的新敌人胖男孩赢得这一响。苍白安静的男孩在中间站着，拿着他的奖券，好奇他为什么看到一只爪子开始从裂开的缝隙中探出来。

砰！就像是有人分裂了原子似的，随之腾空而起的是一朵由巧克力、溜溜球、玩具鼻子和手偶组成的蘑菇云，有那么一瞬，这朵蘑菇云完美地悬在空中，然后，爆竹里的东西散落一地，每个孩子都忙着争抢银币和塑料蜘蛛，没人注意到一只脖子上挂着纸帽子的小猎犬穿过烟雾弥漫的刺鼻空气自由落体回到地面。

"大礼在哪里？"胖男孩索要着，"我赢得了爆竹，我要那份大礼。"

小狗四爪着地了。

"爆竹里怎么有只狗？"瘦女孩大声叫嚷着。

小狗已经习惯了被追赶被呵斥，但这次它知道自己遇上麻烦了，于是它拼命运转着它的小狗脑袋，急中生智，然后说："你好！我是一只魔法小狗，就像瓶子里的精灵一样。"

"什么精灵？什么瓶子？"胖男孩说，他怀疑自己丢了什么东西，"谁偷走了我的精灵？"

"如果你是一只魔法小狗，好，行，那我的三个愿望呢？"瘦女孩说。

苍白安静的男孩什么也没说。他正看着小狗。

"好的！每人一个愿望，"小狗边说边用它的长鼻子点孩子，"一，二，三！我会让你们仨如愿以偿！"

"我想要一辆法拉利。"胖男孩大声叫嚷着。

"好啊，"小狗说，"给我十分钟。"

小狗一头扎进一块长长的桌布下，朝宴会厅门口加速跑去。它一心想着逃跑。它滑过打蜡的地板，跃过地毯，经过衣帽间，看见了紧急逃生梯的之字形标识，想到这正是它要寻找的。

这是一个紧急情况！去吧，小狗，去！

它仓促忙乱地跑下狭窄的水泥楼梯，一头栽进地下停车场。

"你把十六区的法拉利挪一下，好吗？"客房侍者大声叫嚷着，把钥匙抛向他的助手。

不得不说，对于我们所有的深谋远虑、筹划决策而言，改变一切的时刻会在它将来时自然到来（劝诱或者恳求都不起作用），并且机不可失。

这只小狗把握了良机。它用后爪站立，跳了起来。它从瘦骨嶙峋、毛发蓬乱、拼命奋斗的过往中跳了出来，并在未来飞过它的下颌时一口咬住。

然后，它重新顺着旋转的水泥梯向上爬回去，穿过紧急逃生口，经过衣帽间，回到宴会厅里，勉强躲过一百只溜溜球的袭击，纵身一跃回到台上，站在爆竹爆炸后的残堆旁，而车钥匙就在身穿猫王西服套装的胖男孩脚下。

"地下停车场，十六区。"小狗说道。

胖男孩的眼睛里闪烁着贪婪的喜悦。他没耽误工夫去感谢小狗，胖手一把抓住钥匙就大摇大摆地走开了，边走边把比他小的孩子从他面前推开。

"现在到我了，"瘦女孩发出了命令，"我，我我！我想要一件真正的皮草大衣。"

"这不道德。"小狗回答说，它从没听过这个词，但词语就这么从它粉色的舌尖自然地蹦了出来。

"我想要！"女孩使劲高声尖叫，把圣诞树上的玻璃装饰球都震成了碎渣。

"好吧！"小狗说，"我会让你如愿以偿。"它正要开溜，但苍白的小男孩屈膝蹲了下来，给它喝了一点水，还给了它一个火腿三明治，他已经把三明治里的生菜叶子仔细地去除了。

小狗很感激，希望不管发生什么事，它都能实现这个小男孩的愿望。但首先需要解决皮草大衣的问题。

小狗很走运，因为家长们正陆续到达会场来接孩子，而正在这时，宴会厅旁的酒吧里开始飘下温柔的铝箔雪花，喝上一杯会多么惬意，区区五分钟的工夫在漫长的一生中算得了什么，何况还是圣诞节呢？不过这一切都是某位善良的天使专门为这只小狗安排的，在看到一件接一件的大衣被递给衣帽间登记处里的姑娘们时，这只小狗简直不敢相信它温柔的棕色眼睛。只要它安静地蹲着，耐心等待——好，有一件貂皮大衣！

姑娘们忙碌着，一边把成堆的大衣挂起来，一边聊着性价比最高的火鸡，所以她们根本没注意那件貂皮大衣静悄悄地从柜台下面滑走并滑过了地面，小狗在它下面，那件大衣有它的二十倍大，但它是一只小猎犬，遵守着"牙口的神圣法则"——绝不松口。

"亲爱的，一件大衣从地上跑过去了。"一个醉醺醺的男人对他全然清醒的太太说。

她甚至没有朝四周瞧上一眼。"别犯傻了，亲爱的。"

就这样，这件柔顺光滑的貂皮大衣，由这只皮毛粗糙的小狗拖着，爬过地毯，进入宴会厅，直奔舞台台阶。

响起了一声闷闷的"汪"。那女孩正用手机打着电话，并没注意到她梦寐以求的大衣已经到了。那个苍白的小男孩一直在等待，着实有些为这只魔法小狗担心，而当看见那件大衣像一块长着蜈蚣腿的小地毯一样滑过地面时，他知道小狗一定在下面，便跑过去把它拽出来。

"你还好吗？"男孩问。

"有点热，"小狗说，"告诉她大衣在这里。"

那个女孩捂住脸，然后开始鼓掌，表现得跟她在电视上看到的才艺节目胜出者一模一样。她穿上大衣，在台上搔首弄姿地走起来，司仪手握话筒重新出现的时候她脸朝下摔倒在地。司仪看起来很阴郁。很严肃。

看来赢得大奖的 999 号奖券数量并没有变成原先的三倍。这并不是圣诞精灵所为，而是两支签字笔。9号和99号奖券的持有人各自给自己的加了几笔。最终的大礼只会颁给真正的999号。

苍白的小男孩手里仍然拿着他的奖券。司仪用放大镜检查了这张奖券——是的，就是这张。

管风琴奏起了"铃儿响叮当"，但声音不足以盖过酒店大堂传来的可怕撞击声。

人们都跑去门口，看到一辆红色法拉利，开车的是一个穿红色西服套装的红脸男孩，车抛锚停在了一堆碎玻璃碴上，白色的圣诞树卡在了汽车天窗上，一身绿衣服的门童四肢张开趴在引擎盖上。

"那只狗让我干的！"保安在拖走男孩的时候，男孩尖叫着。

身穿皮草大衣的女孩笑得太厉害，都快拿不稳准备拍照的手机了，她要把照片发给她所有的朋友。当她把双手举过头顶的时候，一副手铐牢牢地铐住了她的手腕。

"那个女孩偷了我的大衣。她正穿在身上呢！"这位俄罗斯模特很不高兴。"我是普京总统的朋友。"

"是那只狗把衣服给我的，"女孩号啕大哭，"逮捕那只狗！"

但是那只狗已经不见了。小狗悄悄爬到了宴会厅里充气驯鹿的身后，它是不会出来的。

酒店大堂的吵闹声已经达到了顶峰，司仪把苍白安静的男孩领到一个系着红色丝带的金色纸箱前，并叫他打开箱子。男孩犹豫地解开了丝带，因为他并不习惯这么大的礼物。他和他的母亲没有什么钱。箱子里是一辆山地自行车。

"这个只属于你,"司仪说,"你赢得正大光明。"

台上只剩下男孩和自行车,男孩的双手轻轻抚过干净的轮齿、光滑的变速挡、轻便的车架,以及可调节的车把。这是世界上最好的自行车。

"好了,这样的话你不需要许愿了,"藏起来的小狗的声音从充气驯鹿的身后传来,"也许是这种情况下最好的结果了。"

酒店大堂又传来了尖叫声,是那辆法拉利的主人和他爱车的残骸团聚了。他叫嚷着什么高尔夫课和唐纳德·特朗普。

男孩坐在领奖台沿上,摇晃着他的细腿,并注视着也在注视他的小狗的眼睛。他拿出了另外一块三明治。小狗的棕色眼睛飞快地左右瞥了一眼,然后它小跑出来,叼起三明治,坐在男孩身旁。

"我不是什么魔法小狗,"小狗说,"我是一只流浪狗。我被困在了那个爆竹里。昨天晚上太冷了,我平时睡在公园里的大垃圾桶下面,但他们把垃圾桶都挪走了,我冻得发抖,所以我到处转悠让自己暖和起来,我看见一扇窗户里有亮光,然后我就发现了一条满是彩纸的长凳,接着就睡着了,再然后,我就在这里了。"

"我是坐公交车来的,"这个男孩说,"我和妈妈住在一起。她在这家酒店做清洁,所以他们只好邀请我参加这个晚会。"

"你本来打算许什么愿?"小狗说,"如果我是一只魔法小狗的话。"

男孩想了一会儿，因为他是那种认真的孩子，然后他说："如果我可以许一个愿，我希望可以把你带回我家，永远把你养在身边。"

"什么？"小狗吠叫着，它的耳朵转来转去就像一个正在接收外星信号的卫星接收器。"什么？汪！什么？汪！什么？汪——汪！"

"我的愿望是得到你，"男孩说，"我的名字叫汤米。你呢？"

"还没有名字。"

"那我就叫你魔法吧。"汤米说。

然后汤米询问了他的母亲他是否可以把魔法带回家，她同意了，他可以留下这只小狗，只要他明白养小狗是长久的事情，而不仅仅在圣诞节期间。

这没有问题，因为汤米就是一个长久型男孩。

然后汤米和魔法跑来跑去，帮助汤米的母亲收拾横幅和破掉的气球，还有圣诞节过后剩下的所有东西。他们很高兴，因为他们不会抛弃彼此。

最后，汤米的母亲完成了工作，他们收工回家，他仨一起走到严冬的街道上，走向公交车站。

小狗在男孩的身边小跑，它看着晴朗天空中的犬星，寒冷又美好，而它知道，不管你许下什么愿，都不会比爱更好。

我的热红酒（又名：主菜禁水果）

圣诞节期间，人人都免不了吃无花果干、蜜橘、石榴、肉桂、丁香、杏仁糖、姜饼，各种各样的水果和香料常被做成史多伦[①]、蜜饯果饼[②]、热红酒、热潘趣酒[③]、搅拌型布丁，还有挂在圣诞树上的用糖和柑橘油转出来的糖棒。

如果平安夜时需要圣诞老人往圣诞袜里塞礼物，按传统要在脚趾的位置放一只橘子。而在锅底放一只插满丁香的橘子是所有热红酒的基础。

过去，在寒冷的国家里，冬季少有新鲜水果。橘子因为颜色鲜亮，味道清甜，并且富含维生素 C，是非常受欢迎的圣诞节美味。

---

① Stollen，一种德国圣诞面包，含有大量酒渍水果干、坚果和香料。

② Lebkuchen，一种德国圣诞饼干，放有大量香料、蜂蜜、果仁和蜜饯。

③ Punch，一种混合饮品，通常含有酒、果汁、香料等，经常作为热饮。

圣诞节是一个仲冬节日。

在地球上人类经历过的绝大多数时期中，万物凋敝的冬季是最难获取食物的时候，新鲜食物尤甚。万物凋敝的冬季同时也是心理上最为困难的时候。日头短暂。天气恶劣。

想象一下，没有电，道路泥泞，寸步难行，日复一日的辛勤劳作只为让炉火和灶火持续燃烧。潮湿的衣物、潮湿的床铺和把人冻僵的严寒。这种情况直到二十世纪才开始改善。

想象一下，一连十二天的大餐、温暖、放松、欢庆、反思、歌唱、慈善、善意和生命的某种目的感所带来的欢乐。宗教信仰可以保护心灵不受抑郁或绝望侵扰，很大程度上是因为宗教讲述的故事——关于希望和新的开始。同时也因为群体生活对保持心理健康来说必不可少。现在那么多人在圣诞节感到孤独是我们失去群体生活的结果，由归属某个教会和某种信仰所产生的群体生活也包括其中。

自十字军东征和宗教裁判所之后，宗教极端主义不再那么置人于死地的一段时间里，很难把信仰当作希望，或者把信念当作对他人的善意。但在基督教传统中，圣诞节始于礼物——耶稣诞生是新生的礼物，贤士送给圣婴的礼物，上帝赠予我们的礼物。无须了解其本质或目的才能相信此事。圣诞节关乎给予。

作为一个节日，在食物和温暖比平日里更难获取的时候，与他人分享——像爱自己一样爱他人——能拯救性命。

而且这会使你高兴。

在我成长期间，我们的菜地上有一棵樱桃树。每年爸爸都会用旧尼龙网布把将熟的果实盖上，防止被小鸟啄食。之后果实就会被装瓶，留待圣诞节享用。

一部分瓶装樱桃会用来交换我们想在圣诞节时吃的其他东西。我们认识的人都照这套办法行事——储存苹果做苹果酱换回一串串抱子甘蓝，栗子换回核桃，姜饼小人换回百果馅饼。

在英格兰流传的故事是这样的，伊丽莎白一世曾派发和她形象相似的姜饼小人。我想它们应该叫姜饼女王，而你也许会觉得男同性恋团体现在应该要复兴这个传统①。

我的德国朋友告诉我姜饼屋在德国十分受欢迎，而美国从十九世纪格林童话《糖果屋》出版以后，便掀起了对姜饼屋的追捧。故事里女巫的房子是用姜饼做的——我们知道圣诞传统是受各种文化影响的怪异组合。传统的魅力有一部分正来自于此。

与奈杰拉讨论姜饼时，她的姜饼填料引起了我的好奇（参见《奈杰拉的圣诞节》②）。这是一份完美的、极具圣诞气息的、辛香的水果美食，里面还放入了蜜橘皮。而且，就像她所说的，如果你不把这个填入禽类肚子，你也可以把它当作一种可口的

①男同性恋中，具有女性化特质的被称为女王。
②奈杰拉出版于 2011 年的节日食谱书，原书名为 *Nigella Christmas: Food, Family, Friends, Festivities*。

蛋糕，凉着切片吃。

水果干和香料经摩尔人①之手，从中东经过西班牙传到更加寒冷的北方国家。后来又从印度传入了一次。大英帝国的众多缺点之一便是痴迷于以英式方法烹饪外来美食。想想"加冕鸡"②就知道了。

扔些水果干或姜进去，让人感到辛辣又现代，同时也体会到帝国主义和殖民主义气息——所以，对于一个钟爱毕顿夫人③胜过披头士的日渐衰微的大国来说，这是一个完美的结合。

温特森太太会做自己独创的节礼日火鸡咖喱，我在这里无法再现这道菜，但它是加冕鸡的某种演绎版，要与咖喱粉、糖姜以及无核小葡萄干同炒。

这也不奇怪了，在二十世纪七十年代的英格兰，曾有一个政治党派叫"主菜禁水果"。

这一时期任何人都可以竞选议员——财务开支低，而古怪仍然被视作一项英伦美德。

我们中的太多人被迫食用李子干配土豆泥、用罐头柑橘瓣做的香橙鸭，乃至罐头金枪鱼配切片的半边杏桃干。用青柠或芒果果冻混合物制作咖喱酱也司空见惯。

圣诞节时，情况只会更坏，因为人们隐约觉得东方的伯利

---

① Moor，指中世纪伊比利亚半岛、西西里岛、马耳他、马格里布和西非的穆斯林居民。
② Coronation chicken，熟鸡肉拌以咖喱、蛋黄酱，经常作为冷盘或三明治馅料食用，最初是为了取悦加冕宴会上的外族来宾。
③ Mrs. Beeton(1836－1865)，英国作家，1861年出版了著名的《毕顿夫人家政全书》。

恒统治了这个国家的厨房。

本书中的另外两份食谱——一份巴基斯坦食谱和一份犹太食谱——如你们期待的那样，巧妙运用了水果和香料，但现在我要先给你一杯热红酒——里面有水果，有香料，而你不必吃掉它们。

想象自己身处百年之前，从冰天雪地、天寒地冻中来到一家小旅馆，想要一些暖和的东西好一醉方休、昏昏欲睡。你站在炉火旁，冻僵的双手捧着一杯热酒，那酒芳香怡人，正合心意。

对我来说，穿着晚礼服在一个热得要命的房间里喝热红酒有点奇怪。

把热红酒倒进瓶子里，口袋里装上一方圣诞蛋糕和一大块奶酪，然后来一次冬季漫步再好不过了。

作者按：热红酒更像是一道咒语，而非食谱。一只盛着深色液体冒着热气的锅，不管是看起来还是闻起来都像是女巫调制出品。用上你的鼻子。边做边尝。实验。

你需要

一两瓶合适的红葡萄酒

几杯红宝石波尔图酒①

---

① Port，一种葡萄牙的加强葡萄酒，通常是甜酒。

插满新鲜丁香的新鲜橘子。我知道做这个要做到天荒地老，但是小孩和老人喜欢做这些事情。这可是再听一章有声书的好时候……

小片的去皮生姜

肉桂棒

新鲜月桂叶

原蔗糖

关于葡萄酒：不要相信那些告诉你放得再久的红酒都可以的人。会导致头痛。买一瓶不错的、简单的波尔多红葡萄酒。酒商日常供应的波尔多红葡萄酒比急匆匆跑去超市在一片葡萄酒海洋中盲选更符合你的需要。如果从酒瓶里倒出来后你不会喝，难道从锅里倒出来你就会喝了吗？

关于波尔图葡萄酒：不用太讲究，但我的座右铭是：肝只有一个，人只活一次。有人会加些白兰地，但如果我没有波尔图葡萄酒的话，我就只用波尔多红葡萄酒。

制作方法

把插满丁香的橘子放到一只厚底锅里，倒入红葡萄酒和波尔图酒。加入除糖以外的其他配料，用小火慢慢加热。变得温热时，按照口味加入糖。甜度由你控制。

不要煮沸，否则酒精会挥发流失。

你之后还可以慢火重新加热。

我喜欢在上午十一点喝热红酒，在我完成冬季户外工作之后，或是在下午四五点喝，这时白天已经结束，但又还没到宴饮或晚餐时间。搭配姜饼和奶酪一起享用。

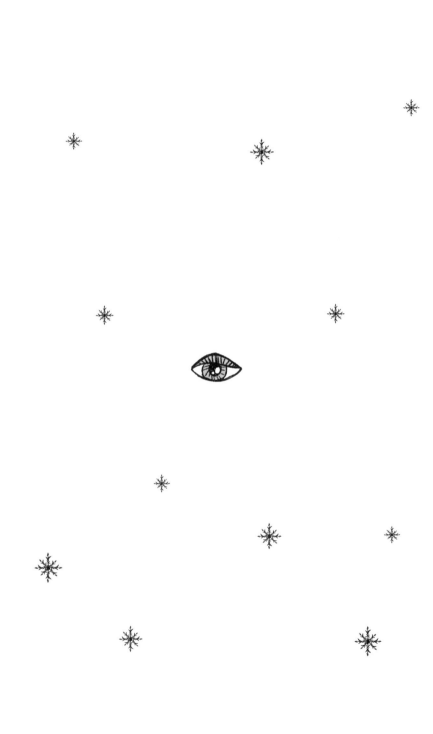

一则鬼故事

在瑞士的伯尔尼高地①有著名的滑雪胜地米伦②。

米伦不通公路。你必须乘坐火车到达劳特布龙嫩，在那里坐缆车到达这个山村。

三座山峰俯瞰着你：艾格峰、僧侣峰和少女峰。

英国人从一九一二年开始前往米伦。

那一年斯科特③上尉死于南极④。那一年有很多关于他的讨论，讨论他的英雄主义和牺牲精神，讨论英国为何必须承担帝

---

① Bernese Oberland，位于瑞士首都伯尔尼附近，拥有优美的自然景观。
② Mürren，瑞士伯尔尼州因特拉肯县劳特布龙嫩镇的一个山村，海拔 1650 米，旅游业在夏季和冬季非常兴盛。
③ Robert Scott（1868－1912），英国海军军官和极地探险家，1910 年，斯科特从英国出发前往南极，希望成为第一个到达南极的人，并带回舌羊齿化石，但是比挪威人罗尔德·阿蒙森晚一个月到达，并死于南极。
④原文中写斯科特上尉死于北极，应是笔误。

国的重担，半个地球已经是粉色①的了，就像一罐三文鱼。

然后战争来临。

米伦再次迎来或多或少的英国人要到一九二四年。阿诺德·伦恩和他的父亲亨利爵士出现了。亨利爵士是一位牧师，但他没能使加尔各答的印度人皈依循道公会②，于是他决定换一个目标，要将大英帝国的福音传播到阿尔卑斯山的壮丽景色中去。

年轻的阿诺德爱上了滑雪，并创立了高山滑雪这项竞技性运动项目，这不仅仅是比拼以最快的速度滑到山脚。

不过这项运动在那时的确是用最快的速度滑到山脚。一九二八年，阿诺德和一些朋友登上了俯瞰米伦的雪朗峰峰顶，并滑下了那段让头发飞起、眉毛脱落、内脏搅动、膝盖欲碎、双腿欲断、思绪麻痹、心跳飞快的十四公里，一路到了劳特布龙嫩。他们十分享受这个过程，于是又如法炮制了一次。然后是再一次。他们将这段竞速称为"地狱"。

每一年，世界各地都有人要来这里如法炮制一次。

我的朋友和我都不是历经地狱的料。我们只不过在每次新年伊始团聚一堂，放下各自在世界各地的生活，见面分享旧日时光。我们曾一起工作，或一起上大学，或曾是邻居，直到这

---

① 19 世纪开始，大英帝国在地图上用粉色标出。
② Methodism，主张认真研读圣经，严格宗教生活，遵循道德规范，是基督教新教主要宗派之一。

个人或那个人搬走。这趟旅行不准携带家属。这是一个友谊俱乐部。在"脸书"时代，它的保守让人舒心。我们不在网上发状态。我们在过去的一年中不常联系。

但只要我们活着，我们每个新年都会在这里，在米伦。

我们住在皇宫酒店，并在一月三日安排我们的第一顿晚餐。

在享用过用鳟鱼和土豆做的美味晚餐后，我们坐在烧得很旺的柴火前，喝着咖啡或白兰地，或两种都喝，这时有人提议讲鬼故事，真实的鬼故事——发生在我们身上的超自然事件。

麦克就是那样的——他有点夸夸其谈，对任何新鲜事物都感兴趣。他说他从去年开始研究超自然现象。

我们问他为什么，他说他是从这里开始的，就在米伦。所以为什么他之前没告诉我们呢？

"我并不确定。而且我觉得你们会取笑我。"

我们取笑了他。除了小孩和老姑婆，谁还会相信有鬼？

麦克身子前倾，举手制止连珠炮似的关于捉鬼人的俏皮话和议论，以及说他喝了太多酒所以看见了重影的分析。

"我没喝醉，"麦克说，"那是在白天，你们都在去滑雪回转赛的登山吊椅上。我想去越野滑雪，放空一下大脑——你们知道去年我的婚姻出了点问题。"

突然间他严肃起来。于是我们听他说下去。

麦克说："我一个人，在上方的山路上滑得非常快。我看见了另一个人，在更高的地方，高得吓人，就好像他在一道绷紧了的钢丝上滑。我又是招手又是叫喊，但那个身影一直在滑，简直像离开了地表。我继续滑，想着要尝试找到这个在那么稀薄的空气里滑雪的人，然后大约一小时后我看见了同一个男人。他看起来正在找什么东西。

"我滑过去想帮他一把。我说，'伙计，你丢了什么东西吗？'

"他看着我——我永远也忘不了那个模样，他的眼睛是淡蓝色的，是清晨时太阳照在雪上的那种蓝。他问我时间。我告诉他了。他说他把冰镐弄丢了。我觉得他可能是一位地质学家，你们知道吗？他有一个大背包，看起来很专业。

"他穿得很奇怪。像是直接穿着本来的衣服，穿好滑雪板就出来了似的。厚厚的水手毛衣——不是高可见度的超细纤维材料。穿着靴子——但是老旧的皮革制品，还系着以前那种长长的环绕绑带。而他的滑雪板——我没骗你们，滑雪板是木头的。你们能相信吗？

"但还不仅仅是这些。我有一种感觉，我可以透过他看过去，他是玻璃或冰块做的。我并不能真的透过他看，但那种感觉很真实。他似乎并不想要同伴，所以我滑开了一小段之后再转身，那里已经没有人了。"

我们安静地听着。然后我们同时插上了话。我们都给出了自己的解释：这里经常办滑雪历史展览——陈旧的滑雪板，厚重的衣服，诸如此类。麦克承认他那个时候已经累了，而且精神恍惚。那里的空气会使人这样。

这些解释没有一个指向鬼魂。麦克摇摇头。"我是要告诉你们,我真的看见了什么。我一整年都想弄明白这件事情。没有解释。一个男人,不知从何处来,又不知往何处去了。"

我们争论的时候,这里的一位叫法布里斯的经理过来了,他为我们提供了一些店家免费招待的酒水,并问我们他是否可以加入。

"这是鬼魂之夜,法布里斯,"麦克说,"你在这里听说过类似的事吗?"

麦克开始重述整件事情。我起身告别,想呼吸一点新鲜空气。一个人刚到这里的时候,需要一点时间去适应。这里的炉火和白兰地让我昏昏欲睡,但我还不想上床睡觉。于是我走到屋外,想绕着酒店走一走。

我喜欢回头看满是人的房间。我喜欢这种默声电影的感觉。我还是个小姑娘的时候就喜欢这么做,注视着我的父母和姐妹,知道他们看不见我。

现在,在干爽、繁星闪烁的户外,我向屋里看,看见我的同伴、我的朋友们在笑着、动着。我对自己微笑。然后,在我看着他们的时候,另一位客人也到图书室来了。我没认出这个人。你会认出那些常见的面孔。这个人年轻力壮,体态很好。

从服装来判断,他是英国人。他穿着羊毛裤,卡其衬衫配短领带,修身的粗花呢夹克。英国人把这种不过时的打扮驾驭得很好。他甚至没有朝我们那伙人看一眼；他从一个书架上拿了本书，就从木壁板上开的一道门中消失了。这间图书室的风格模仿的是一百年前的绅士俱乐部：皮革，木头，温暖舒适的环境，书籍，动物画，放在相框中的老照片，报纸。

我走回屋里——其他人度过了一段欢乐的时光，但我仍然状态不佳。我觉得是因为疲惫。我下意识地向那个男人离开的方向走过去。这家酒店最近做过一些翻修。我觉得自己也许可以去看看他们都做了哪些改变。

但当我穿过那道门，我发现自己走到了酒店最老旧的区域。很可能是员工区。

我可以看到那个男人的腿往上消失在一段狭窄的楼梯上。为什么我要跟着他？我并非要试着赶上他或是别的。但我在这里体验到了一种自由——实际上是一种不管不顾。是因为空气。这里的空气闪闪发光，就好像在吞吐光亮。

我跟着他。

在最上方的阶梯，屋檐下一间带小门的房间透出一道低矮的光线。这个房间看起来就像是事后才想起来加建的。我犹豫着。透过半开的门我可以看到这个男人背对着我，翻动着一本书的书页。我敲了敲门。他回头看。我把门推开了。

"你拿热水来了吗？"他说。

然后他发现他搞错了。

"不用道歉，"我说，"是我打扰了你。我是和楼下那群闹哄哄的人一起的。"

这个年轻男人看起来有点困惑。他肩膀宽阔，四肢修长，身材像是划船运动员或登山运动员。他把粗花呢夹克脱掉了。他的裤子系着背带。他身穿衬衫打着领带站在那里，十分正式，那种正式里又有一种脆弱无助，英格兰式的脆弱无助。

"我正要坐下来看这本关于埃佛勒斯峰①的书，"他说，"我要在今年晚些时候去那儿。进来，请进来吧。请问你愿意进来吗？"

我走进去。这个房间完全不像是这里的酒店房间。炉栅里烧着低矮的炉火，一个单人睡榻紧靠着一面墙。盥洗台上有一个洗漱壶和一只碗。一只沉重的皮箱搁在房间中间半开着，一条条纹睡裤皱巴巴地放在箱子里的其他东西上。两支蜡烛在烛台上滴着蜡。一盏油灯摆在窗户旁边的写字台上。写字台配了一把直背椅，还有一把粉色天鹅绒扶手椅被拉到了离炉火很近的地方。这里似乎没有通电。

他跟随着我的目光。"我不富裕。其他房间条件好些。当然，我相信你是知道的。但这里还算舒适。你愿不愿意坐下来？这把扶手椅相当舒服。请坐……小姐怎么称呼？"

"你好，我是茉莉。"我说着，伸出了我的手。

"叫我山迪，"他说，"你一定是美国人。"

"为什么？"

_____

① Everest，即珠穆朗玛峰，世界第一高峰。

"你没有美国口音，但你看起来对自己非常自信。"

我笑了起来。"我知道是我打扰了……我这就走。"

"不！我是认真的，请留步……是我待客不周。坐在炉火旁边吧。请继续。"

他在一个大背包里翻找着，那背包似乎由帆布和口袋组合而成，他翻出了一只便携酒瓶。"你想来点白兰地吗？"

他为我们俩在漱口杯里倒了两大杯。

"我从来没见过酒店的这个区域。这里非常古色古香。我猜他们从来没有重新装修过这里。这是他们的一部分历史保留吗？"

山迪看起来又有些困惑了。"什么历史保留？"

"你知道的，他们做的一些展览——重走阿诺德·伦恩滑雪道，诸如此类。"

"你认识阿诺德·伦恩？"

"我听说过他——如果你住在这里，怎么会没有听说过呢？"

"是的，他相当有个性，不是吗？你知道他和夏洛克·福尔摩斯的关系吗？"

我并不知道，可以看出来他想要告诉我。他很热切也很热情。他身体前倾，撸起袖子。他的皮肤煞白。

"那位老先生，亨利爵士，也就是阿诺德的父亲，他喜欢福尔摩斯的历险故事，晚上总在炉火边大声朗读这些故事——他说这些故事写出来就是为了大声朗读的，我同意这个说法。总之，柯南·道尔的某一次阿尔卑斯之旅，他和亨利爵士一起在伯尔尼高地，柯南·道尔十分忧伤地四处漫步，因为他想杀死夏洛克·福尔摩斯，这样他就可以全心投入到超自然现象研究中去了。你能相信吗？超自然现象研究！不写什么血淋淋的侦探小说了。"

山迪点着头，对此付之一笑。他喝了一大口白兰地，又给我们俩一人多倒了一杯。他的手又大又结实，是我见过的最白的男人的手。

"有人陪让人心情愉快。"他说。我对他微笑。他真的很好看。

"我不知道亚瑟·柯南·道尔相信超自然现象。"

"哦，是的——他改信了唯灵论①。他对此完全相信。所以亨利爵士虽然不想看到夏洛克·福尔摩斯离开，但还是想帮他的朋友一把，于是他说，'把福尔摩斯推下莱辛巴赫瀑布。'柯南·道尔从没听说过莱辛巴赫瀑布，完全不知道这瀑布在哪里。亨利爵士作为一位阿尔卑斯山的行家，把柯南·道尔带到了这瀑布，于是柯南·道尔知道他找到了自己想要的答案。这就是福尔摩斯和莫里亚蒂的死亡方式。我特别喜欢这个故事，《最后一案》②。"

"如果你非得去，也不妨做得轰轰烈烈，"我说，"然后也来一出归来记。"

---

① Spiritualism，相信逝者的灵魂有能力且有意愿与生者对话。

②柯南·道尔创作了一系列夏洛克·福尔摩斯侦探故事，据说他认为福尔摩斯探案花费了自己太多的时间，于是他在1893年出版的短篇故事《最后一案》中，让福尔摩斯和对手莫里亚蒂一起坠入莱辛巴赫瀑布身亡，引起了广泛不满。1903年，柯南·道尔发表了以《空屋》为首篇，收录了十三个短篇故事的《归来记》，让福尔摩斯"复活"。

他的脸色变了。痛苦而恐惧。"抓住绳索。"

"什么？我没明白。"

山迪用手摸了摸头。"对不起。我扯远了。其实，我是想说，比起活得长寿，英格兰人更希望活得体面。"

"真的吗？"

"有太多小伙子，因为年纪太轻无法参加战争，他们永远都不能原谅自己没能做出这种极致的牺牲。这些小伙子愿意承担任何事，去任何地方，做任何事。"

"为什么有人要无谓地用自己的生命冒险？"

"为了某些光荣伟大的东西？为什么你不用生命冒险呢？"

"你会吗？"

"当然。对女人来说不一样。"

"因为我们有孩子吗？"

"我是这么认为的。虽然现在你们拥有投票权……"

"实践民主权利与生孩子并不冲突。"

"我也这么认为。"

他望向炉火。"你愿意明天过来和我一起滑雪吗？我知道一些有意思的线路。你看起来够强壮。"

"我会把这个当作褒奖。好，为什么不呢？那太好了。当你谈到战争的时候，山迪，你指的是……？"

"世界大战①。"

---

① The Great War，指第一次世界大战。

我猜他一定是收看了百周年纪念报道。我说："我不会为任何事冒生命危险。死亡无法更改。"

他慢慢地点了点头，他的目光落在我的身上就像蓝色的激光。"你不相信阴世吗？"

"完全不信。你呢？"

他沉默了。我喜欢他的认真。他一次都没看过智能手机。而且他读书，读那些年代久远的书。我可以看到他借的那本，打开放在写字台上。

"这不是信不信的问题，"他说，"存在就是存在。"

我不想再卷入一场关于我们死后会发生什么的争论中去，所以我转换了话题。

"你是说你要去攀登埃佛勒斯峰吗？"

"是的。这是一次英国官方组织的探险。我负责氧气瓶，没什么特别的。我并不指望能够登顶，但被选中是一项殊荣。其他人都比我有经验。我一直对大山和荒野心驰神往。寒冷的大山。寒冷的荒野。我还是个小男孩的时候，我如饥似渴地读完了我能找到的所有关于斯科特上尉和南极地区——还有那个骗子阿蒙森①——的读物。"

"阿蒙森使用了极地犬而非小马。那不算欺骗。"

"他一开始就不应该和斯科特竞争。我们是为了科学考察。

---

① Roald Amundsen（1872 – 1928），挪威极地探险家，他领导的探险队为第一支到达南极的探险队。

他只是为了赞誉。"

"欢迎来到现代世界。"

"廉价。我不想变得廉价。"

"你为什么想攀登埃佛勒斯峰？"

"借用马洛里①的话，'因为它就在那里'。"

他苍白庄严得像一尊大理石像。或许是因为炉火正在渐渐熄灭，或许是因为我的脸因白兰地而变得潮红，又或许是因为月光透过裸露明亮的窗户照射进来。这个小伙子也许是用月岩雕刻出来的。

"你多大年纪了，山迪？"

"二十二。我不能问你同样的问题，因为询问一位女士的年龄不礼貌。"

"我四十了。"

山迪摇了摇头。"对于四十岁的人来说你看起来太俊朗了。我希望你不要介意我用俊朗形容你，而不是美丽。"

我完全不介意。

"我四月份的时候就要出发去喜马拉雅了，取道大吉岭，然后到达山脚下的一座寺庙——绒布寺。我们会在那里休整。僧侣们认为那座山峰——埃佛勒斯——会唱歌。那音乐的声调太高，所以我们听不到，但一些佛教大师可以听到。"

"那对我来说太神秘了。"

_____

① George Mallory（1886－1924），英国探险家，在尝试攀登珠穆朗玛峰时丧生。

"是吗？你在米伦的时候，没有感到眩晕吗？"

"好吧，是的，我感觉到了，但那是因为这里的空气稀薄。这是生理上的。这是——"

山迪打断了我。"人们在大山上感到眩晕是因为实在世界消失了。我们不再是我们以为的立体对象了。"

"你是佛教徒吗？"

山迪不耐烦地摇了摇头。看得出来我让他失望了。他又试了一次，直直地盯着我。那双眼睛……

"我攀登的时候明白了，重力保护我们不必承受生命之轻，正如时间庇护我们不必经受永恒。"

他说话的时候我感到一阵寒意。某种寒冷的东西侵入了我，就像坐在一间温度不断下降的房间里。然后我看到窗户玻璃室内的这一面结了冰。

山迪现在不看我了。就像他已经忘了我还在那儿。而且我发现那双眼睛有些古怪。他不眨眼，我觉得。

他又开始说话，声音里有一种失去控制的绝望。"我从来没想过躲避吞噬生命的烈火。死亡并不可怕，可怕的是永恒。你明白了吗？"

"我不明白，山迪。"

"死亡，是一条出路，不是吗？无论我们多么害怕它，但出路不正意味着解脱吗？"

"我从没想过死的事情。"

他起身走到窗边。"如果我告诉你死亡并非解脱呢？"

"我不信宗教。"

"你会发现的。当它降临的时候，你会自己发现的。"

我站起来。房间里没有钟。我看了下我的手表，表盘玻璃裂开了。

"裂了，是吗？"山迪说。他的声音遥远缥缈，好像他正和另一个人说话。"你应该把它放进衣服口袋。"

"我一定是磕到它了。"

"该死的页岩。这座山坏透了。"

"哪座山？艾格峰吗？"

"不是，是埃佛勒斯峰。我总觉得这名字是个笑话——冷酷无情、不知疲倦的岩石，不会停歇，不会睡眠，不走运的话，风速是一百五十英里每小时，而你总是不走运——英国人还称它'永远休息'①。你觉得他是想到了亡者吗？"

"谁，山迪，是谁想到了亡者？"

"乔治·埃佛勒斯爵士②。你不会以为喜马拉雅山上的一座山峰会被西藏人或尼泊尔人叫作埃佛勒斯，是吧？一九六五年皇家地理学会提出以印度测量局局长乔治·埃佛勒斯爵士为山命名。值得肯定的是，他拒绝了，他说这无法用印地语拼写或发音。

---

① 英语中，珠穆朗玛峰，即埃佛勒斯峰（Everest）以乔治·埃佛勒斯爵士（Sir George Everest）命名，与"永远休息"（ever rest）谐音。

② Sir George Everest（1790－1866），英国探险家、地理学家。

对他们而言，埃佛勒斯峰永远是神圣的母亲。"

"奇怪的母亲，杀死了这么多自己的孩子。"我说。

"那里有许多圣地，"山迪说，"我们不应该踏足的地方。直到我们在绒布寺休整的时候，我才知道这些。"

"你已经去过那里了？我以为你是准备去。"

"是的，是的，现在几点了？太阳开始落山了。"他看起来混乱了。我决定采取英国人的方式，装作什么事情都没有发生。

"一九七四年原本的绒布寺被毁了，是不是？"

山迪没有听我说话。他跪在地上在大背包里翻找着，庞大的身躯像个孩子似的蜷缩着。"我弄丢了我的冰镐。"

我知道我现在得走了。我站起来穿上大衣。我的脚冻僵了。我比自己意识到的更冷。这个房间正在慢慢地把里面的东西石化。漂白。打过蜡的木地板的暖色已经泛白，像阳光下的枯骨，像山体上遗留的尸体。炉火已经熄灭，留下的灰烬成了一座独立的山峰，灰白、无用。窗帘看起来像是把结了霜的窗户框起来的冰片。

我现在浑身发抖。我的脖颈感觉湿漉漉的。粉色的天鹅绒椅子因为斑驳而变得颜色黯淡。山迪跪在地上，我看见他的卡其色衬衫上有雪花。惊悚而美丽。这二者可以同时存在吗？房间里开始下起雪来。

"山迪！拿上你的夹克。跟我走。"

他的眼睛是如此浅的蓝色。

起风了。就像雪一样，房间里起风了。风把地上皮箱的盖子吹得起起落落。房间里砰砰作响。风把壁炉台上的蜡烛吹灭了。油灯仍然亮着，但清晰的火焰开始摇晃，玻璃灯罩里充满了二氧化碳的雾气。房间里的空气太稀薄了。风在吹，却没有气流。山迪一动不动地站在窗边。

"山迪！过来！"

"我可以吻你吗？"

荒唐。我们就要死了，他却想吻我。我不知道为什么，但我走向他。他低下头的同时，我把手放在他的胸前，踮起脚尖。我永远不会忘记他嘴唇的感觉，那灼烧的寒气。我张开嘴，只张开一点点，他开始用嘴吸气，就好像我是一个氧气瓶——我脑海中浮现出这样的画面来。

他往里吸气，而我感觉我的肺部由于往外奔涌的气流而收缩起来。他的手放在我的臀上，静静地放在那里，那么冷，那么冷。现在我的嘴唇也开始灼烧。

我挣脱开来，大喘着气，肺部鼓了起来。他现在没有那么苍白了，脸颊有了点血色。他说："抓住绳索。"

我站在门口。我必须用上双手才能推开堆在门口的积雪把门打开。我半跑半跌地下了陡峭的台阶，在黑暗中跌跌撞撞。我总算找到了路，回到了酒店的主要区域。我需要帮助。

酒吧已经打烊。晚饭后我们坐着的那个图书室已经没有人了。炉火早已熄灭。我跑进酒店大堂。守夜人坐在写字台前。

他看到我很惊讶。我说："大家去哪里了？"

他扬起眉毛摊开手。"现在是凌晨四点四十，夫人。整个酒店的人都在睡觉。"

我离开了也就不到一个小时。但这不是争论的时候。"住在酒店旧区的那位年轻人快被冻死了。"

"没有人在酒店旧区，夫人。"

"有的！穿过图书室尽头那道门。我带你看！"

守夜人拿起钥匙和手电筒，跟着我一起。我们走回图书室，到了木壁板上的那扇门前。我转动把手，门没有开。我用力地上下扭动把手，摇晃它。"开门！开门！"守夜人轻轻地把一只手放在我的胳膊上。

"这不是一道门，夫人；这只是一个装饰。"

"但另一边有一段楼梯。有一个房间——我跟你说，我之前就在那儿！"

守夜人摇了摇头，微笑着。"或许我们可以早上的时候再来看一次。我把你送回你的房间好吗？"

他认为我喝醉了。他认为我疯了。

我走回我的卧室。凌晨五点钟。我十分清醒地躺下，然后惊醒了，太阳透过拉开的窗帘斜斜地照在我的脸上。我听见外面有白天的吵闹熙攘声。而我痛苦不堪。

我望着镜子。我的嘴唇冻裂了。

我冲了澡，换了衣服，给嘴唇涂上了一层凡士林，然后下楼。我们中的一些人正拿着滑雪板站在酒店大堂里。"嘿！你昨晚怎么了？就那么凭空消失了！"

麦克也在。"你看到鬼魂了吗？"

一片笑声。

我让麦克跟我来。我们先去了木壁板上的那扇门。

"假的，"麦克说，"为了模仿旧时候。"

我让他跟我出门，绕到背面，那里原本应该有一扇窗户。

但没有窗户。我试着解释。我像个傻瓜一样含混不清地说着。接吻，绳子，埃佛勒斯峰，要去登埃佛勒斯峰的小伙子。麦克的脸色变了。"过来和法布里斯谈谈。"他说。

法布里斯在他的办公室里，在一堆文件和咖啡杯中间。他似乎对我所说的事并不惊讶。我说完的时候他点了点头，先看了看麦克，又看向我。

"这位年轻男子不是第一次在山上被目击了，但这是他第一次在这座酒店里被目击。你描述的房间曾经存在过，大约一百年以前；听我说，我会给你看些照片。"

那些照片是阿尔卑斯之旅刚刚兴起时的皇宫酒店。一群男人抱着木制滑雪板站在户外，微笑着。法布里斯用他的钢笔一个个地指出这些人。

"亨利·伦恩爵士。他的儿子，阿诺德·伦恩……"

他还在说的时候我打断了他。"是他！山迪。"

"是了①，"法布里斯说，"那位是安德鲁·欧文先生。你或许知道这个名字？"

麦克的声音低沉，并不平稳。"那个和乔治·马洛里一起攀登埃佛勒斯峰的小伙子？"

"就是他。一九二四年六月八日，欧文和马洛里没能在尝试登顶后返回。与马洛里不同的是，欧文的遗体一直未被找到。"

"而他留在这里了。"我说。

"就像你看到的。留在酒店的一个三等房间里了。他是一位出色的年轻人。出生于一九〇二年，是一位有天赋的机械师和工程师。据说，马洛里选择他作为最终登顶的伙伴就是因为只有欧文会修氧气瓶。"

"他是怎么死的？"

"没有人知道。马洛里的遗体直到一九九九年才被发现，绳索还系在他的腰上。"

突然间我看见山迪在一片白茫茫之中。"抓住绳索！"

"你说什么？"

"没事，没事。"

我们沉默了，三人静默无言。你还能说什么呢？

终于法布里斯开口了。"欧文的冰镐在一九三三年被找到了。之后再没有其他线索。但如果某天遗体被发现的话，他的脖子

_____
①原文为法语。

上应该有一个相机，柯达公司的员工表示里面的胶卷很可能可以冲洗出来。所以也许我们就能知道马洛里和欧文是否登上了埃佛勒斯峰峰顶。"

我从口袋里拿出破掉的手表并放到写字台上。"这很奇怪，"法布里斯说，"人们发现马洛里的手表在他的衣服口袋里，破了。或许在破裂的那一刻，时间对他来说已经停止了。"

"看这里。"麦克说。他把他的 iPad 递给我。

　　而最终，欢乐是生活的终极目的。我们活着不是为了吃饭和赚钱。我们吃饭和赚钱是为了享受生活。那是生活的意义和生活的目的。

　　　　　　　　　　　　乔治·马洛里，纽约，一九二三年。

像其他人一样，我将灵魂湮灭于物质之中，像深海潜水员一样给脚踝套上重物。拒绝接受那个召唤，因为一旦接受，就将生活于完全透明之中，下山，离开且不再回来。

吞噬生命的烈火。

雪花在他们周围落下。天空就在他们头顶。他们眼中有古老的星星，在不同的天空中闪烁着寒冷凄凉的光。

卡米拉·夏姆斯的火鸡香饭

去年节日季，我的妻子苏茜·奥巴赫正在考虑如何准备她一贯的大餐。

我说："不如今年我来做饭？"她看上去被吓得不轻。

苏茜是一位好厨子，我们刚认识的时候我是个热情满满的厨子，但我很快就意识到她不会想吃我做的任何菜——烤的，焖的，馅饼，炖菜，香肠，还有土豆泥之类的东西。我买了一本意第绪语①词典来搞清楚 goyishe chazerai ②是什么意思。

那年十二月，我们的朋友巴基斯坦裔作家卡米拉·夏姆斯要来看我和苏茜，我问她卡拉奇的圣诞节是什么样子的——卡拉奇是她的故乡，有两千五百万人口。她告诉我一则她在美国新闻上听到的逸事，新闻里提到卡拉奇对塔利班十分支持，证据

---

① Yiddish，属于日耳曼语族。全球大约有三百万人在使用，大部分使用者是犹太人。
② 意第绪语，意为呆瓜做的难以下咽的食物。

是塔利班的粘贴式假胡子常在红绿灯下出售。

卡米拉给她在卡拉奇的朋友打电话证实这个有趣的细节——饱受质疑的胡子结果只是在节日季流行的那种圣诞老人胡须。

卡米拉·夏姆斯擅长许多事，除了是位让人赞叹的作家，她还在去年圣诞节时提出由她来烹饪巴基斯坦风格圣诞晚餐，以此巧妙地平息了苏茜和我之间一触即发的冲突。

不甘心袖手旁观，我照着玛丽·贝丽[①]的雅佳炉食谱书做了野鸡炖菜。我可以很高兴地说很多客人都吃了这道菜，但毫无疑问，卡米拉的火鸡——不要在它前面加上"咖喱"两个字——是最棒的。

这份食谱源于我们关于主菜中水果的讨论（见《我的热红酒》）。卡米拉说："英国人殖民了半个世界却仍然在吃水煮圆白菜。"

所以如果你们喜欢水果干和新鲜香料，手边又有许多火鸡肉，那就试试这道菜吧——经由厨师本人慷慨同意，这里重现了这道菜。

卡米拉说：火鸡并不是你会在巴基斯坦看到的禽类，所以我无法解释为什么在一九八〇年我七岁时，有两只火鸡出现在家族朋友在旁遮普的农场里。

---

① Mary Berry（1935— ），英国美食作家。

第一只火鸡在我父母、姐姐和我到达农场的那天出现在我们的盘子中——英式方法烤制——因为我从没见过它活着时的模样，吃它的时候没有什么不安。但是第二天我们五个人（我、我姐姐，还有和我们一起的那家人的三个孩子）听到了一阵奇怪的响动，紧接着又看到了一个更为奇怪的画面———只从羽毛到肉垂到喙都显示出自命不凡的动物。我们给它起名为"啊哈！"。（农场里还有两只鸭子，被我们分别起名为"似曾相识"①和"你愿否"②。我们不说法语，但在当时的卡拉奇，有一家新开业的咖啡馆叫"似曾相识"，而我们听过一首阿巴乐队的歌叫"你愿否"。那首歌合唱部分的歌词是"你愿否……啊哈！"，这是我们为火鸡取名的灵感来源。）

我们很快就发现了这只"啊哈！"的一个特点，这一特点给予了我们无尽欢乐：如果你提高声音，并对它用某个特定的音调说话或唱歌，它就会用"火鸡语"③做出回应，回应的长短和你对他发出声音的时间长短刚好一致。我们会唱"你愿否……啊哈！"。它会回应"咯咯咕咕咿。"我们会说"那放荡的女人！应当为她自己感到羞愧！"（这是音乐剧《俄克拉荷马》中最受喜爱的歌词）。火鸡会回复"咯咯咿咕咕咿。哇咯咯咯咕咕。"

①②原文为法语。
③ Turkish，在英语中与土耳其语的拼法一样。

当然，这个故事并没有一个好结局。

一天，"啊哈！"失踪了。"它和一只野火鸡跑了。"我们被如此告知，而且，为了给这个故事增加可信度，大人小孩都出发寻找它。"追寻野火鸡"活动开始了，我们大声呼喊着，先是步行，然后乘坐越野车，经过棉花地、甘蔗地、橘子林，爬到神秘地包围着这片绿茵茵的农场的沙丘上。

"啊哈！"永远没有找回来，我还未成年的时候，两个当时也在农场的孩子告诉了我那个可怕的、无法逃避的事实："啊哈！"没有浪漫地私奔到沙漠，它最终命丧砧板。

但在那之后发生了什么？

"我们那天晚上吃了火鸡肉。"孩子们坚称，并且一直这样坚称。

"没有，"我说，"我们第一个晚上吃了火鸡肉，在我们认识'啊哈！'之前。如果它出现在我们的晚餐盘中，我就不会这么多年来一直坚信火鸡私奔的故事。"

回想起来，我只能猜测我们一定是吃了掩饰起来的火鸡。经历了一天的寻找，某种东西出现在我们的餐盘中，摆成鸡的样子，而我大口把它吃下，以为这不熟悉的口味是我自己悲伤的味道。

我不喜欢缺漏的故事情节，于是我被迫想象出那顿掩饰起来的"啊哈！"大餐。

我倾向于认为那是一顿火鸡香饭。

对一只神气活现的禽类来说，那似乎是一条合适的出路，它带给人们太多欢乐，直到最后一口也被吃光。

下面你会看到我的隔夜火鸡香饭食谱（咕咕咕咕咕咕咕咕咕咕）。

你需要

吃剩的火鸡，切块（如果你想从头做起的话，烤一些火鸡腿，把肉切成小方块。你可以把皮扔掉或吃掉——禽类的皮在巴基斯坦烹饪中永远找不到一席之地）。我建议的用量是500克，但实际上这取决于你剩下了多少火鸡肉。你可以根据需要调整这份食谱中其他材料的分量。

500克大米。只有印度香米才行。在这一点上请相信我（我用的是体大牌①）。

2颗大洋葱，细细剁碎

1大勺磨碎的生姜

3瓣大蒜，压碎

切碎的红辣椒或1小勺辣椒粉（或更多，取决于你的味蕾）

1小勺姜黄粉

1小勺盐（可以调整，这里所有配料都可以调整，以符合你的特别需要或喜好）

8支绿色豆蔻荚

————————————

① Tilda，英国大米品牌。

6枚丁香

1小勺黑胡椒原粒

1根肉桂棒

1大勺芫荽籽

3个中等大小的西红柿，切碎

100毫升牛奶（是否感觉有些奢侈？但为什么不呢，当你开始准备香饭的时候，在牛奶里泡一点藏红花）

一把大葡萄干（可选）

一把腰果仁（可选）

制作方法

为了避免手忙脚乱，提早一些做这道菜：

淘洗大米，直到淘米水变得清澈。将大米放入锅中，加入500毫升水。以大火烹饪，直到水分被吸收（约8至10分钟）。大米被煮至半熟。如果你觉得大米熟得太快而水分还没有被完全吸收，把多余的水沥干就好。我的米水比例正好是二比三——很可能是因为我在把水倒入锅里之前没有实际称量水的分量。煮到半熟是此处关键——按下一粒米，米应该已经大部分煮软，但还有硬心。用叉子把米饭搅拌蓬松，防止米粒在冷却过程中粘在一起。

另起一只锅，把洋葱用大火炒至焦黄色。这是一个重要的步骤。温度一定要非常高，并且只有炒到焦黄色才能达到效果。

当然，你需要用到大量油，这样洋葱才不会粘锅。舀出一大勺炒洋葱放到一旁作为之后的装饰。

把所有香料加入留在锅里的洋葱中。翻炒一两分钟——这些香料应该开始释放出奇妙的香气了。（不是所有人都喜欢炒洋葱和香料的香气，有一个方法可以缓解，在炉子上煮开一锅水，放入一根肉桂棒，那样可以吸收气味。）在香料混合物里加入切碎的西红柿，转小火。煮到西红柿和香料形成浓稠的酱（如果粘锅了，你可能需要加点水）。这应该需要 15 至 20 分钟（比起我告诉你的时间，你要更相信自己的眼睛）。

加入火鸡，继续烹煮约 10 分钟，仍然用小火，使火鸡可以吸收味道。

最后，如果有必要的话，转大火几分钟让多余的液体收干。

在上菜前 40 分钟开始以下步骤：

给一只炖锅涂上油。用勺子舀三分之一的米饭放至锅底。在上面洒上牛奶。将一半的香料火鸡铺在米饭上。加入另外一层米饭。在上面洒上牛奶。加入剩下的香料火鸡。然后用剩下的米饭覆盖。洒牛奶，用放在一旁备用的炒洋葱和大量香菜碎装饰顶部。盖上锡纸或盖子。放入烤箱中用 180°C 烤制大约半小时，时间可以稍加延长。

最后是可选步骤——取决于你有多讨厌圣诞节食物中错误使用的水果和坚果：

用少许油炒制葡萄干，直到葡萄干膨胀，放在一旁。炒制腰果仁，大约需要一分钟时间。

把火鸡香饭端上桌之前，在顶部撒上葡萄干和腰果仁。

银蛙

锐克太太的孤儿院正在为庆祝圣诞节做准备。

宽敞的入口大厅矗立着一棵巨大的云杉树，这棵树马上就要点缀上让人过目难忘的装饰了。

前门上悬挂着一个救生圈大小的冬青花环。前门的黑色或许不太幸运，这晦暗的颜色和寒冬的花环组合起来有种殡仪馆的感觉。

但铜制门环被擦得锃亮，轻快的拉铃泛着微光迎接访客。访客是烟镇最体面善良的人，他们要来参加圣诞晚餐。

烟镇承担了这次晚餐的费用，为了庆祝这节日，也是为那些受到锐克太太丰满羽翼庇护的无父无母的穷孩子们做点善事。

如果锐克太太是一只鸟，她不大可能飞远——或真的飞起来——因为从大多数方面来看，锐克太太酷似一只庞大的火鸡。不是野生火鸡。不是。而是一只拥有肥厚的胸脯、堆叠的脖子、小脑袋、小细腿的家养铜色大鸟。不过并没有人见过锐克太太的腿，在那个年代，隐藏才是时尚。只是说如果她有腿的话，应该是火鸡腿那样的。也就是说，她的腿不是为旅行而设计的。

如果说从大多数方面来看这位女士酷似圣诞大餐中具有庆祝意味的禽类，那么在某一方面她又有另一个相似物。

锐克太太有一张鳄鱼的脸。她的下巴长，嘴巴宽，大牙齿隐藏在内。她的眼睛细小，眼周皮肤皱皱的，从她的脸上凸出来，脸上写着某种警惕的杀意。她脖子上的皮肤和低胸衣领更接近皮包的质地，而非人类。但她不是绿色的。不，锐克太太不是绿色的。她是粉红色的。

并且，正如烟镇里人人都认同的那样，她是一位令人愉快的、富有同情心的满面红光的寡妇。

已故的锐克先生的死因不得而知。知道他已离世，并且这对夫妇没有孩子就够了。

锐克太太自己经常这么说，说的时候她的鳄鱼眼睛里含着鳄鱼的眼泪。她的孤儿院是机缘和慈善的幸福组合，使她拥有了命中无缘的家庭。

孤儿是从远近各处收养的，被热心安置在由烟镇捐资支持的大别墅里。

圣诞节时房子里挤满了孩子。孤儿占了大头，但一些家长在其他地方有事要办时，偶尔会把子女放在锐克太太那里寄宿。要付一笔可观的费用，但是，就像她自己说的，重点在于服务。

锐克太太喜欢称呼她的机构为"光荣别墅"。"光荣别墅"的访客常对宜人、敞亮的起居室留有深刻印象，在那里，女孩子们在温暖的炉火前做着针线活。

花园里设有一个车间，男孩子们在那里制作并修理有用的物件。那里有一间教室，一块菜地，一个莲花池和两间宿舍。每一个小金属床架上都有一床暖和的被子，还有一只缝着扣子眼睛的小熊趴在床头柜上。

而圣诞节——啊，是的，圣诞节。这是欢乐的时节。圣诞节早上，孩子们正在装饰圣诞树。它矗立在大厅里，这是小镇郊区的贮木场送来的礼物。强壮的男人们将这棵树砍倒，又把它重新立起来。它低处的树枝像森林一样茂密。它羽翼般的树顶像绿色的小鸟一样遥远。

孩子们穿着棕色工装，站着看这棵树。锐克太太看着孩子们。

"谁要是打坏了一个玻璃球，就要被锁在煤房里没有饭吃，"锐克太太说，"还有，为什么梯子这么矮，都够不到树顶？难道我让你们这些无所事事的男孩上木工课是为了学习怎么制作这么矮的梯子的吗？"

瑞吉诺举起手。"锐克太太，求您了，比这个高的折梯制作出来不安全。折梯是 A 字形的，锐克太太，是的，而且……"

锐克太太的粉色脸庞颜色变深了，变成了红色。她走上前并透过她的珍珠眼镜盯着瑞吉诺。瑞吉诺发现锐克太太眼睛都不眨。"好吧，这样的话，"她说，"如果那就是你所能做的最高的梯子，你就去在梯子顶上好好儿放一把椅子，然后自己好好儿站在椅子上，这样你就能把小仙女放到树顶上了。你听见我说的话了吗？"

不可能没听见她说的话。孩子们默不作声。椅子拿了过来。瑞吉诺几乎抬不动它。茉德上前一步。"锐克太太，求您了，瑞吉诺没法搬着这把椅子爬上梯子。他有一只跛脚。"

锐克太太低下头看着瑞吉诺笨重的黑靴子。"如果说有什么东西比孤儿更让我讨厌，那就是残废孤儿，"她一边说，一边审视着瑞吉诺，仿佛她正在考虑吃掉他，"罗纳德①，你是一个残废了的孤儿还是个成了孤儿的残废？哈哈哈哈哈。"

然后她转向茉德。"很好，梅维斯。我看你是我们这里最矮小的孩子——没办法茁壮成长总是让人沮丧，但现在正可以派上用场。爬上树。"

茉德看着这棵树向上伸展，直指带石膏装饰的华美天花板。树顶最高处直接顶到了一个小天使的下巴。

"你上去，从中间直接爬上去，然后把这个小仙女放到树顶。"锐克太太拿出小仙女。小仙女是用拉菲草编织的布料做成的。"用嘴叼着。就像这样。"当锐克太太把倒霉的小仙女塞到口中时，孤儿中传出一阵吓坏了和不敢相信的"嗬""啊"声。嘴里叼着小仙女，锐克太太继续毫不费力地讲话："在我那时候，孤儿们爬的烟囱比这棵傻乎乎的树要高二十倍，从来没受过伤。"她把

---

①这里指瑞吉诺，锐克太太记不住孩子们的名字而常常弄混。

小仙女从嘴里拿出来——小仙女的存在提醒她肚子饿了，"到我该吃上午的香肠卷的时候了。我回来的时候，这个小仙女最好是在树顶上。再有，注意我说的话：如果你打坏了哪怕单单一个玻璃球，等着你的就是煤房！"

锐克太太直奔香肠卷而去。瑞吉诺把布制的小仙女放在茉德的齿间。

茉德明白她必须到树的中央去，顺着树干往上爬。这棵树闻起来有树脂和冬天的味道。低处的树枝太稠密了，仿佛置身于她自己的私人森林之中。这个世界是绿色的。茉德看不到其他孩子了，她就像《糖果屋》里的格莱特一样迷失在树林中。

这棵树很扎人，"松针"这个名字的确名副其实。马上她的双手双脚就流血了，脸上也留下了明显的交错着的红色伤痕。她不敢睁开眼睛或是向上看。她开始觉得冷，脸上也湿漉漉的。她有一种奇怪的感觉，感觉树里下起了雪。

她向上爬。她想着她的母亲，母亲在茉德还是婴儿的时候就离开了人世。父亲把她交给了一个姨妈，姨妈又把她交给了一个表亲，表亲把她给了一个邻居，邻居把她给了一个收废品的男人，收废品的男人在烟镇收旧衣服和烂锅具，他为了在"半个宝贝"喝上一杯把她给卖了。店主从来没见过个子这么小的小孩。他觉得也许可以把她养在吧台上的一个酒瓶里，摆在猫头鹰标本旁边。对生意有好处。

但茉德另有打算，她逃跑了。她偷鸡蛋吃的时候被抓住了，关进了监狱，又被一位善心的老绅士救了出来，他认为孩子所需要的一切是面包、黄油和纪律。

在锐克孤儿院的弃儿和未成年人短期救助服务处，有纪律，偶尔有面包和黄油。但那里没有玩乐。没有希望。没有温暖。也没有爱。

茉德来这里的时候九岁。

"发育不良，"锐克太太第一次检查她的时候说，"可以用来通下水道，或者从格栅中捡东西。"

茉德只拿到少得可怜的食物——但她是一个惯偷，经常能为自己和其他一些小孩弄到额外配给。

短期服务处（即未成年人短期救助服务处）有足够多的好吃的——海绵蒸蛋糕、肉圆、蛋羹等等。他们有舒适的床铺和可爱的小熊，而他们的住宿和伙食费用是按照标准收取的。事实上，远高于标准。短期服务处的孩子家长们为了突发的前往蒙特卡罗的必要旅行，或是要匆忙探视即将不久于人世的富有亲戚，慷慨地支付钱财，抛下他们的子女。

锐克太太的生计靠回头客和漂亮的报告。这样，孤儿和没有父母的弃儿，不管出身富裕还是贫穷，都要生火、擦靴、梳头、扫地、除尘、拖地和打蜡。而短期服务处的孩子们就像养育他们的大人一样自私，他们认为这是孤儿和弃儿们该做的。

今天是圣诞，短期服务处的孩子们拥有他们自己的餐厅和圣诞老人。对他们疏于照顾的家长们准备好的奢华礼物正等着被堆到圣诞树下。

孤儿和弃儿们晚些时候排着队去拿被丢掉的包装纸和捆绳，他们可以用来画画或是玩翻绳游戏。

茉德已经够到了树的顶端。她的脑袋突然从胖乎乎的石膏天使像下钻出来。远在下方的孩子们欢呼起来。茉德向下看，但这是一个错误。她正好看见锐克太太结束了她和香肠卷的约会回到这里。

锐克太太手叉着腰大声喊："玛格丽特！小仙女，劳驾！"

茉德把小仙女的胳膊从嘴里拿出来，然后将小仙女后背上缝着的夹扣固定在最顶端的树枝上。茉德像圣诞节一样又红又绿，她的双手沾满了血，而她全身上下布满了松针，就像一只刺猬。

她想着该如何下去，这时她左脚踩的树枝断了。咔嚓！

茉德翻滚着、摇摆着、抓取着、跌落着、下坠着、剐蹭着、滑落着、撞击着，抓啊抓，抓不到，从树的深绿色通道中不断下落，直到她平安着地，一屁股坐在一堆稻草上，这些稻草是捆起来垫在耶稣诞生场景的底座下面的。

没有受伤。

所有孩子都鼓起了掌并欢呼起来。

"安静！"锐克太太大声喊道。她走过去，抓起茉德的胳膊，把她从稻草上拽起来。"嗷，嗷，嗷！"锐克太太叫出了声，"可恶的小鬼，你浑身是刺。看看你对我做了什么！"

但没等锐克太太继续抱怨她遭受的痛苦，她看到了她眼前的东西，那是一个在地板上摔碎了的玻璃球。她肥厚的眼睛泛着光。"我说过什么来着？我说过什么？"她试图弯腰捡起摔坏的玻璃球，但紧身胸衣限制了她的行动。

"把玻璃球给我！"她喊叫着。

颤抖着的茉德捡起摔碎的玻璃球，这让她手上的伤口更严重了，但她捡玻璃球的时候发现里面有一只小小的银蛙。她把它藏了起来。

锐克太太命令茉德今天接下来的时间都待在煤房里。然后，怒大夫摇摆着双臂走过来了，身上套着他惯常穿的白大褂，手上戴着橡胶手套，他是锐克太太负责孩童福利的助理。他遗憾地说，不能把茉德关进煤房；那里已经挤了四个孩子。

锐克太太看起来不高兴。

"我能否建议室外，夫人？"怒大夫说，"在室外可以让孩子打起精神，并且有益健康。我们或许可以确定，这个粗心的年轻人可以在那里反思她的罪过而不会因煤块而分心。前不久，本来是为了道德感化而把孩子们关在煤房里，他们却用煤块搭城堡。想想那个场面！"

锐克太太想象了一下。想象完毕之后，她转向茉德。"你！去外面待着！不许穿大衣，戴围巾或手套。再见。"

瑞吉诺跛着脚向前。"锐克太太，求您了，我出去。茉德是为了我爬的树。"

锐克太太最不喜欢的就是人与人之间的关爱。她用她在漫长的几个世纪中都没有进化的爬行动物脑子考虑了瑞吉诺所说的话。有两个孩子的时候干吗只吃一个呢？

"既然这样，罗尼，你可以在花园里陪玛丽格尔德。新鲜空气！我太仁慈了——但今天毕竟是圣诞节。"

聚在一起的孤儿中间传出一声惊愕的喘息。锐克太太拖动裙摆转过身来面向他们。

"再有一个没用的东西说一个字、发出一丁点声音，你们就全部去外面过圣诞。听见了吗？"

这些孤儿没有父母但有耳朵。他们听见了。大厅里鸦雀无声。

然后……

"叮咚！极致欢乐，

天堂上的钟声响起；

叮咚！天空真的

因天使的歌声而裂开一道缝……"

"是烟镇的唱诗班！"锐克太太大声喊道，她就像所有冷酷无情的人一样多愁善感。"我必须去迎他们进来喝杯热乎乎的潘趣酒配融化的娃娃软糖。"

她走到前门去，脸上比最红的浆果更红，心比门前扫过的雪还冰。灯笼亮起来了，门厅回荡着歌声。空气像蜂蜡，像翠绿的杉树，像白兰地、丁香、糖果和美酒，而那棵树闪闪发光。

外面的花园里，池塘被冻得结结实实。瑞吉诺和茉德跑了一圈又一圈来取暖，但怒大夫透过绘画室的窗户看见了他们，他正在那相当大的炉火前暖和他相当大的屁股。跑步看起来太像游戏而太不像惩罚，所以他朝他们吼叫，要他们立正站好。

茉德的灰色罩衣薄薄的，她的连衣裙更薄。瑞吉诺穿着灰色短裤和规定的芥末黄呢绒夹克。很快，两个孩子就冻得发紫了。

然后他们听到池塘的冰面下有轻轻的敲打声。是的，声音十分清晰。嗒嗒嗒。

他们好奇那会是什么，短暂地忘却了他们的寒冷。

"在那里！"瑞吉诺说，"看！"

是一只大青蛙，在它身后有一串蹦跳间留下的茶托大小的脚印。

银色的。并不闪亮。皮肤粗糙。不过，它的眼睛像银星一样闪亮，并且一眨不眨，始终如一。

"向你们问好，孩子们，"银蛙说道，"我的孩子们被困在冰面下了。"

嗒嗒嗒。

"谁把它们关起来了？"瑞吉诺说。

"以前，"银蛙说，"冬天的时候，园丁会在池塘里斜放上一段圆木，插入水中，靠在岸边。这就形成了一座桥梁，我们青蛙可以自由来去，躲在冰面下取暖，回到陆地上觅食。但现在没人为我们考虑这些了。"

"也没人为我们考虑，"茉德说，"这里所有的孤儿都被困在了锐克太太心里的寒冰之下，不过，虽然我们永远逃不走，如果可以的话我们会帮助你。"

银蛙听着，眼睛更湿润了——虽然它的眼睛总是湿漉漉的，毕竟，它是一只青蛙。两栖动物不会哭，但这是圣诞节。

"我们可以把冰砸成小块！"瑞吉诺喊道，"我可以用我的跛脚去踩！看，这只靴子有一个铁底。"

银蛙摇了摇身子（青蛙摇不了头）。"太危险了。你会掉进去淹死的。不，还有一个方法。答案在她的衣兜里。"

茉德翻找着她罩衣的衣兜。衣兜里有一小块培根皮，那是她从早餐里省下来的，还有一个硬邦邦的东西，像鹅卵石。茉德把它掏了出来。是她在摔坏的玻璃球里发现的那只小小银蛙。

"是的，"银蛙说，"那就是蛙鸣者。"

"蛙鸣者？"

"蛙鸣者是蛙之女王。没有谁见过她的真身，既没见过皮肤和骨骼，也没见过蛙蹼和黏液，但我们相信她保护着我们。这个实体银蛙是她的圣像。现在，照我说的做，把它放在池塘冰面上。"

茉德不太相信一只一英寸大小的银蛙可以在冰天雪地里闹

出多大动静，但她按要求做了，把那只蛙滑到了平滑的冰面上。

什么也没有发生。茉德颤抖着。

"这没用的，"瑞吉诺说，"为什么不让我把它全部砸开？"

"凝望。"那只银蛙说，因为这是圣诞节，"凝望"一词虽稍显文雅，但也可以接受。

一小块深色印记在仅有青蛙重量的小小模型下延展开来。小块的深色印记冒着气泡。一声呼啸，一阵噼啪。池塘冰面开始湿润并出现裂痕。

"池塘在融化！"瑞吉诺说，他都顾不上颤抖了。

是的。而且，融化之际，那只小青蛙在有裂痕的冰块上滑行，所到之处冰块全裂开了，柔和的水覆上了坚硬的冰面。

然后，仿佛还不够令人惊叹似的，又出现了更令人惊叹的场面。塘面上到处都是一模一样的银蛙。

"它们好小！"瑞吉诺说。

"它们是新生的，"那只银蛙说，"就像月亮。"

两个孩子抬头看。月亮照下来，弯弯的，美丽动人，闪着银光。

"我现在不冷了。"瑞吉诺说。

茉德也不冷了。

银蛙说："我的朋友，你们帮助了我的孩子；现在我的孩子应当帮助你们。跟我来，小心脚下。"

茉德和瑞吉诺跟着那只银蛙，所有的小蛙绕着他们的脚像河流一样涌动。月亮将他们照亮，两个孩子看起来就像是被一条银色溪流载向那幢房子。

透过长视窗，孩子们可以看见餐厅里为圣诞大餐准备的最后一些装饰品正放上桌。看起来多美啊：红色蜡烛和红色爆竹，锦缎桌布和餐巾。茉德熟悉所有的桌布和餐巾，是她用在炉台上烫热了的熨斗把它们熨平的。她熨了四个小时。

"我们进去吧！"银蛙下令，小青蛙们神奇地穿过玻璃涌了进去，而两个孩子眨眼间也在室内了。

"玻璃由月亮掌控。"银蛙说道，仿佛这能解释一切。

一到室内，每个爆竹里都爬进了两只小青蛙。二十四只小青蛙跳进了水晶玻璃杯。桌子中央有一份盛在玻璃碗里的好看的奶油松糕。奶油松糕上装饰的小小银珠瞬间就被小小的银蛙替代了。

"那么，现在，我亲爱的蛙小伙和蛙姑娘们，像水银球一样去到你们喜欢的任何地方，听到第一声尖叫的时候好好儿捣乱。"

"你会做什么？"茉德问。

"我有一个特别的任务，但现在还不是时候。茉德，你和一打轻盈蛙——我最敏捷的蛙——藏在门厅里的圣诞树后面。它们知道该做什么，知道怎么对怒大夫下手。

"瑞吉诺！你像青蛙一样蹲在桌底，一定要把男士们的靴带绑到一起，而当女士们脱掉鞋子时——一旦脚在视线之外她们就会这么做——把鞋子从一个人那儿移到另一个人那儿，让她们都穿不到合脚的鞋。你们明白了吗？"

两个孩子点了点头。

"棒极了！"银蛙说道，"那么现在，你们自己在餐边柜上拿点火腿吃。我们还有一点时间。"

烟镇最体面善良的人正一个接一个到达门厅，冒着热气的马匹拉着的马车一辆接一辆地在台阶前排着队，台阶前现已灯火通明。

怒大夫脱掉了白大褂和橡胶手套，把自己塞进了白色领带和燕尾服里，光彩照人地站在那儿。

锐克太太穿着一件以巨大的粉色牛奶冻为灵感制作的晚礼服，肩膀上围着一条狐狸头咬住狐狸尾用以系紧的粉色皮草。

"好有意思的卡扣！"离夫人边说，边把手指放上去，"嗷！我流血了！"

"哈哈哈哈哈！"锐克太太大笑起来，"我的节日小把戏。还活着呢。"

全部人都进来了，体面的、善良的、自满的、虚荣的，他们很享受常规的宿舍参观：他们看到了短期服务处的孩子们睡觉的房间，那里的确有鸭绒被和玩具熊，但他们没有看到孤儿们睡觉的地方，那里的铺盖是用麻袋做的，枕头里塞着秸秆，用木板条封死的壁炉从来没点过火。

然后，他们看到的是孩子们的餐厅，摆放着美味的食物——果冻，蛋糕，还有一只冒着蒸汽的禽类——但他们不知道的是，这些食物很快会被匆匆移走，给孤儿们准备的圣诞晚餐只有一碗骨头和菜皮熬的薄汤以及抹了点牛肉酱的粗面包。

"这里对年纪小的孩子来说，多少有点冷。"一位戴着金表的好心绅士评论说。他刚来烟镇。锐克太太意识到她忘了生火。

"哦，我的天！是的！保佑我！我们一直忙着做圣诞游戏和装饰圣诞树，我完全忘记了！马上就生火。"

她说着，紧紧关上了门。

"孩子们在哪里？"这位好心的绅士询问说，"我想给他们每人一枚六便士银币，好庆祝这个节日。"

"他们正在换上最好的衣服，"锐克太太说，"玩了好多游戏之后他们十分亢奋。但请不要担心。如果你把六便士银币给我，我会扮成快乐的圣诞老婆婆把银币发给他们。"

"这些孩子确实很幸运。"好心的绅士说。

这个时候幸运的孩子们正从煤房里把煤铲到独轮车上，这些煤要推到大锅炉那边，给房子取暖和烧水。

孩子们身上黑乎乎的，在黑夜和黑煤之下已经无法分辨。

"啊，来听他们唱歌！"锐克太太大声喊道。这时，怒大夫在楼上打开留声机，播放一首由早已不在人世的孩子们合唱的《冬青树与常春藤》。

然后，被幸福和欺骗温暖着感动着，烟镇最体面善良的人移步去用晚餐了。

第一道鳗鱼冻端上来后没多久，一位女士从水杯里喝了一口水，然后尖叫着把杯子里的东西泼在了邻座身上。她邻座的真丝衣服湿透了，愤怒地站起身却发现鞋子不见了。她左边的绅士友善地站起来帮助她，却直接摔倒了，脸栽进了奶油松糕里——从奶油松糕里炸出来埃及瘟疫般的成打的小青蛙。

一位女士紧紧抓住窗帘却发现她的手上闪烁着蛙卵。她晕了过去。一位绅士弯下腰想帮忙把她的头扶到垫子上，却看到她的假发在她的脑袋上神气活现地蹦蹦跳跳。

去够拉铃想寻求增援的锐克太太看到，或以为她看到一只大义凛然的青蛙紧紧地吊在铃舌上。她用力拉铃，用尽力气，却没有声音。愤怒之下，她把铃铛扔进炉火，却没发现敏捷的青蛙已经从铃铛里跳出来，跳到了她的狐狸皮草上，安静地蹲着犹如一枚饰针。

女士们这时都已经抓狂，尤其是因为失去了鞋子，与此同时，多亏瑞吉诺，每位绅士的鞋子都被绑到了一起，除了怒大夫，无一幸免。

"那些卑劣的孤儿！"锐克太太大声叫起来，"这一定是他们开的玩笑！我也要对他们开一个玩笑！我要把他们浸到臭气熏天的脏水里，让脏水没过他们营养不良的脖子。"

那位新来烟镇的好心老绅士因为这番爆发而大吃一惊，并暗自好奇这光荣别墅里的一切是否真如它宣传的那样。其他人看起来并不在意锐克太太对她照看的孩子们发出恐吓，客人们都忙着摆脱青蛙，弄好鞋子。

过了好一阵，端上了大量的香槟酒以后，所有人终于重新坐好，大口吃起那棒极了的烤肉，没有发生波折。

只有怒大夫除外。他得去巡视孤儿院。

在门厅的寂静之中，他听见了一声巨大的蛙鸣。蛙鸣？确定吗？然后他又听见了，从圣诞树那里传出来。或许有青蛙栖息在树上？树蛙？树蛙栖息在圣诞树上吗？或许不是孤儿们的错。当然他们仍然要受惩罚。但或许锐克太太可以起诉贮木场。借灾生财。

怒大夫钻进树的深处。

"上！"那银蛙说。银蛙坐在茉德的大腿上，身边围着成百上千只轻盈蛙。

万众一心，它们一跃而起，于是穿着黑色燕尾服的大夫发现自己有了一条青蛙尾巴，一个青蛙身体和青蛙的胳膊腿，迅捷的轻盈蛙已经爬满他全身，像钉板上的钉子一样牢。

怒大夫四肢着地趴着，他眼睛都睁不开，因为两只英勇的青蛙压住了他的眼皮。他张开嘴想呼救，结果五只温热的扭动着的青蛙跳进他的嘴里，把舌头当作一片睡莲叶。

"把他扔到池塘里！"银蛙说。

然后，在一股神奇的蛙力作用下，怒大夫在看起来像是银色小脚轮的东西上沿着打过蜡的木地板滑行。

"嗬，嗬，嗬，"银蛙说，"现在，茉德，去把你能找到的每一个孤儿都找来，把他们带出黑暗、潮湿、让人冻得发抖的鬼地方，让大家围着圣诞树坐好。"

回到饭厅，客人们表示已经因意外事件而筋疲力尽了，他们选择把爆竹和圣诞布丁带到直通饭厅的温暖舒适的起居室里。

他们刚一腾出地方，上千只小青蛙就把火腿、火鸡和烤土豆匆匆移走，全部运送给聚集在门厅里的孤儿们。

这些青蛙自行组队，看上去就像一队队长了腿的发光的银色餐盘，这样每件事都变得简单了。

瑞吉诺从桌底下爬出来，比之前富裕了几个银先令，因为客人们把口袋翻了个底朝天。

门厅里，孩子们大口吃着以前从没吃过的好东西，空荡荡的胃里感受着愉快又健康的温暖。他们开始微笑，一些孩子笑出了声，他们相互交谈，而不再是窃窃私语，每个人都分享着手上的东西，没有人多拿，小一点的孩子希望他们长大以后可以和淋着肉汁的烤土豆结婚。

在舒适的起居室里，布丁安抚了客人的情绪，锐克太太心里想着惩罚和报复，也得到了安慰。一个月内，所有孩子都别想得到食物，而且所有孩子都得睡在花园里，直到至少死掉一半，好给活下来的孩子杀鸡儆猴。

她突然觉得一直以来她对孩子们太过仁慈。如果他们死了，养起来就更便宜。从现在开始，她只接收死掉的孤儿。

当她吃第六份圣诞布丁时，那位新来烟镇的好心老绅士提议大家举杯，遵照传统接下来要拉响爆竹——大家围成一圈，交叉着手握住相邻的人。

"为了大餐的举办者锐克太太干杯！"

"锐克太太！"大家响应道，玻璃杯被高高举起，波尔图葡萄酒溢出杯沿。

锐克太太的脸红了，这只是人们的想象——她的脸已经红得无法再变红了，但她的确小声咕哝着她深深的谢意，并且暗示如果有更多资金，她将可以继续扩张，当然不是指她的腰围。在座穿着铁质紧身胸衣的女士们偷偷笑着。

"不过怒大夫去哪里了？"锐克太太有些疑惑。

这位曾接受过入殓师培训、学习过盗尸课程、赚了一笔钱然后回到文明社会拥有了他并不具备的头衔的大夫，现在正在池塘边被一股悬浮的力量控制着。

来自每个花园、每个林地、每个泥塘、每个石块、每个沟渠、每个土堆、每个地窖、每个童话的青蛙，安静地围成圈蹲在一起。它们是以蛙鸣者的名义聚集起来的。

池塘又重新冻起来了，但对于一个像怒大夫这样满身横肉的凡夫俗子来说，破冰并不算难事。

"解决他。"银蛙下令。

正好在爆竹要被拉响的那一秒钟，锐克太太听到了一个声响，好像有个庞然大物落入水中。但她的拳头紧紧攥着她自己的和她相邻的人的爆竹，因为她打定主意，不管爆竹里面是什么，都要把两个爆竹里面的东西全赢过来。她闭上了她的小眼睛，并用她的胖拳头使尽全力拉响爆竹。

咦——咳嘡——砰——咔嚓——嗷！

在火药的一阵光芒之后，每个人都大笑起来，然后是——

尖叫！

从爆竹里蹦出来的小青蛙炮弹撞进眼睛、鼻孔、嘴、胸脯、裤腿、裤腰，并蠕动着，扭动着，跳起、落下，落下再跳起。

烟镇最体面善良的人们从起居室逃到门厅，在那里他们止住了叫喊，这是必然的，因为盘着腿、衣衫褴褛地围坐在树边的，正是那些孤儿，那些真正的孤儿，而不是明信片上画的或精心展示的。

他们被遗弃，被忽视。他们的心破碎。他们蓬头垢面，瘦骨嶙峋，疲惫不堪。他们穿着破烂的衣服和古怪的鞋子，头发要么没剪过，要么剃光了。他们是小孩子。

他们眼睛大大的，凝视着黑暗，他们已经不抱期待了。但今天的确发生了一些超乎期待的事。

那位好心的老绅士说："你怎么敢呢，夫人？"一些女士开始流下眼泪。

然后茉德站起来说（按照银蛙告诉她的）："请到这边来。"

接着，圣诞节的客人们看见了斑驳的宿舍和裸露的床板，还有冷冰冰的房间和空荡荡的玩具盒，那个盒子里以前有一只小熊，但最小的孩子们已经把小熊拆了，所以一个小孩有一条腿，另一个有一条胳膊，而小熊的头则会在当天受惩罚的小孩间传递，这样就可以把小熊温柔的脑袋抵在他们受伤的心上。

然后，他们发现了还在把煤铲进锅炉里的孩子们，在鸡舍的稻草上睡着的孩子们，在屋外的月光之下的孩子们。

锐克太太正在把贵重物品打包装进一个旅行包里。她没有注意到她狐狸皮草上的饰针在颤动，或者说青蛙腿在伸展。她并不知道这位蛙殿下，青蛙中的公主，是一个银色兵团的小小活警报。

然后它们来了。它们等待着。当她披着斗篷，偷偷摸摸地迈着她的火鸡腿出发的时候，四面八方的青蛙像滚珠一样，迅速地、杂乱地踩了上去，然后锐克太太滑倒，摔跤，乱抓，翻滚，银蛙打开了前门，她滚了出去，砰，砰，砰，滚下了台阶。

她再也没有在烟镇出现过。

这就是故事的结局吗？

不！这可是圣诞节。

那位好心的老绅士接管了孤儿院。孩子们得到了照看、养育，有学习和游戏时间，有暖和的衣物和床铺，还有小熊。

每一年，门厅里都会装点着圣诞树，他们不在树顶上放星星或天使，而是放一只银蛙——不过这只银蛙是有翅膀的。

茉德长大了，成了孤儿院的宿舍管理员，每一个来到这里的孩子，尽管境况可能让人伤感，但都在这里找到了家和关爱，而且永远不会被关在门外忍受寒冷。

瑞吉诺开设了木工课程，教所有离家的男孩和女孩如何打理他们的家，他甚至还造了一架特殊的梯子，正好可以够到圣诞树的树顶。

一段时间以后，瑞吉诺和茉德结婚了，蛙鸣者本人出席了婚礼并送给他们——故事是这样说的——一袋永远用不完的银币。

作为回报，瑞吉诺和茉德为青蛙们挖了一些贯通的池塘，青蛙们再也不会在冬季被困在冰面下了，它们在圣诞节为我们吟唱祝福的歌谣。

我的新年除夕奶酪脆片

新年对于大多数人来说是指始于一月一日的公历新年。

古罗马人用雅努斯为一月①命名，他是门神，掌管时间与穿梭。他有两张脸，因为他同时看向前方和后方。

我不立新年决心，我选择做心灵清理。我希望不要重蹈覆辙的是什么？

历史重演自身，不仅指时代洪流，也包括个人经历。我们很难扭转消极的思维模式和消极的想法。我们很难用不同方式处理事情，停止破坏与自我破坏的行为，停止与我们最危险的敌人——我们自己——共谋。

我更喜欢在白天办一场新年聚会，而不是一场人人喝醉还唱歌跑调的除夕夜聚会。

---

① January，以门神雅努斯（Janus）命名。

对我来说，除夕夜，就像平安夜一样，是一个反思的良机。同时这是用来铭记的时光。

回忆并不会按时间顺序出现。我们的大脑对事情发生的时间并不太感兴趣，而对发生了什么事情，以及发生在谁身上更感兴趣。随着时间流逝，搞错年份或月份不那么重要。我们不是总能说出事情发生的时间，但我们总是能够说："事情就是这么发生的。"

在时间上彼此分隔的记忆经常被接连回忆起来——它们之间存在一种情感上的联系，这种联系与日记上的日期无关，而全然关乎情感。

回忆不同于参观博物馆：看！在那个玻璃容器里的是那个早就消失的物件。记忆不是档案。即使最简单的记忆也成组成串。有些当时看来如此微不足道的事情在之后某个特殊时间想起时，突然变得无比重要。我们没有说谎，也并非自欺欺人，好吧，我们都说谎，而且都会自欺欺人，但事实是我们的记忆会随着我们的变化而变化。

不过有一些记忆，似乎完全不曾改变。它们因伤痛而紧紧攥住我们。即使我们没有刻意去记住它们，但它们似乎记住了我们。我们无法逃脱。

对此有一个很棒的表述——眼前旧事。这些事情发生在过去，但它们每天都要直冲到我们面前与我们同在。

除夕的小小自我反思不能替代诉诸治疗才可实现的彻底解

决，但这一小小反思可以帮助我们审视自己的精神和情感地图，以找出雷区。

一些糟糕的记忆其实是他人的包袱，但被我们背在了身上，就像我们在一位歌剧名伶手下做事，她总是有好几箱行李，但人们只看见她拎着一只小手提包。

我为什么要背负这些乱七八糟的东西？这是一个不错的新年问题。

犹太传统中的赎罪日，也就是赎罪忏悔的日子，在犹太新年十天之后。我的另一半是犹太人，她告诉我，从新年到赎罪日的这段日子是反思的时间——要重新开始，并认识到需要为何事做出弥补。犹太教是一个讲求实际的宗教。你不能只攥着手哀叹"哎呀"，你要为此做点什么。

我喜欢赎罪这个想法，对我们所知的做错的地方做出实际回应。也许其他人不会为他们对我们所造成的伤害做出弥补，但也许我们可以弥补我们对自己所造成的伤害——自我伤害。

然后，正如弗洛伊德曾精妙理解的那样，你可以追溯过去，治愈过往。它可能已成为既定事实——发生的业已发生——但它在我们仍在行进的人生之旅中还未被最终固定。

回忆可以是促成改变的契机，而不必成为伤害自己的武器或者背负前行的包袱。

有时，回忆是我们纪念亡者之处。挚爱之人离去后需要度过的可怕的第一个新年总会到来。

静静地坐在那个意味着失去和悲伤的地方，感受所感受的，就已经足够。那些记忆是水，我们失声痛哭。

而美好的、快乐的记忆也值得回顾。我们记住了太多糟糕的事情，而过分忽视了美好的那些。记住这一年吧，只为这一年遇见的美好。即使值得珍视的东西只有一点点，这一点点也弥足珍贵。

但是，你可能会说，这些和奶酪脆片有什么关系？

无论是新年白天聚会还是你自己和小猫小狗的除夕夜聚会，这些饼干都再合适不过了。

我喜欢用这些饼干搭配一杯从冰箱里拿出来的冰干咸雪莉酒，或加了苏打水和大块柠檬的伏特加。如果你想配红葡萄酒，试试可以冷藏的清淡的红葡萄酒，比如希露博、佳美、馨芳。而如果你加了特别多的帕玛森奶酪，配阿尔巴多姿桃也不错。就是这么棒。

当我发现自己最喜欢的荷兰品牌开始往饼干里加棕榈油的时候，就开始自己做奶酪脆片。棕榈油不是好东西，不管对人类还是对地球。

我的黄金准则是：如果食品里有你自己做同种食物时从来不用的东西，那就不要买。

奶酪脆片不需要保质期，最多十分钟它们就会被一扫而光。

所以试试这个吧。快手，简单，有趣。而且小小的自我反省值得用一款饼干回报。

你需要

半磅（225克）优质有盐黄油

半磅（225克）有机白面粉

半磅（225克）混合奶酪

盐适量

关于混合奶酪：未经巴氏消毒的切达奶酪是你会用到的主料——但我也会混入格鲁耶尔奶酪和帕玛森奶酪。是的，都未经巴氏消毒。我可以在这里写一篇关于细菌的长文，但这是圣诞节，细菌并不太有节日气息。我并非苛责它们，只不过这不是它们的风格。所以等我们过了主显节，再来分析一下巴氏消毒的优缺点，看看我是不是正确……

在奶酪的选择上，当然，你不能使用蓝奶酪或奶油奶酪，但如果你有一块喜欢的硬质奶酪，一块本地奶酪，或者一些你想尽快用完的在冰箱里存了很久的奶酪，那你可以做一下实验。你会很快发现你最喜欢的味道，而且我打赌奶酪饼干的发明也出自这种老办法——需要把富余的什么东西用完，或者是什么东西已经过了最佳赏味期限。而在这里，那东西就是臭烘烘的奶酪了。

（作者按：小狗也是一个解决臭烘烘的奶酪的好方法。）

制作方法

在碗中揉搓黄油和面粉，直到看起来像面包屑，你也可以用食品料理机搅拌。

加入奶酪，使整体成为一个均匀的、类似面团的混合物。如果太干，就加一点牛奶或一枚鸡蛋。

将它充分揉至光滑紧实。

将其揉成若干条约八英寸长的圆棍——如果太短了，处理起来比较烦琐，太长了则笨重不好操作。

将这些圆棍放入冰箱冷藏变硬（我知道你以前做过情趣玩具，但我们不是做那个）。

想吃奶酪脆片时，就把烤箱预热到180°C或随便多少度。要热。我用的是雅佳炉，所以我不太了解其他烤箱——噪音让我紧张——但我们可以想想办法。

如果你用的也是雅佳炉，很显然它是顶级烤箱。

给烤盘抹上薄薄一层油防止粘连。铺上烘焙纸也行（之后还可以用来做火引子）。

把圆棍切成薄片——想象一下你想吃的饼干是什么样——然后将它们推进烤箱烘烤十五分钟。

这些圆棍适合冷冻保存。

然后就完成了！就算你是准备给那些不知感恩的聚会客人做这款饼干，也留一些给自己和你的小猫小狗，以及那反思的时光吧。

狮子、独角兽和我

起初，一位天使让所有动物都排好队——每一种，每一只，因为这位天使有挪亚方舟上留下的完整名单。

绝大多数立刻就被淘汰了——蜘蛛、猴子、狗熊、鲸鱼、海象、蛇等。情况很快明了，要进入资格赛必须可以四肢同时着地。这让接下来的竞争非常激烈——马、老虎、一头鹿角分出枝杈犹如未知的森林的雄鹿，一匹像辩论般花纹黑白分明的斑马。

大象能用后背扛起整个世界。猫猫狗狗太小了，河马太不可控。有一头长颈鹿身上画着拼图一样的涂鸦。骆驼和牛需要去其他需要它们的地方。过了很久，只剩下我们三个了：狮子、独角兽和我。

狮子首先开口。当前职位：丛林之王。过往历史：曾与大力士赫拉克勒斯、参孙，以及狮子坑中的但以理①一起共事。特殊力量：力量特殊。弱点：未发现。天使把这些记了下来。

然后独角兽开口。当前职位：神兽。过往历史：在希伯来传说中我是莱姆②，是无法被驯服的生灵。特殊力量：以与童贞女相处融洽而闻名。弱点：容易消失。天使把这些记了下来。

然后轮到我了。

"它会让自己显得像头蠢驴③。"狮子悄声说。我会的。我就是。一头正常的驴。当前职位：驴的一种。特殊力量：可以扛任何东西去任何地方。弱点：不好看，出身差，不重要，不聪明，不引人注意，没有得过任何奖项……

天使把这些记了下来，记了又记，记了又记。然后天使提了一个决胜问题：我们是否可以用一句话说明，为什么我们能够胜任这份工作？

狮子先说话了："若他欲成为世界的王，他应驾百兽之王为其坐骑。"

独角兽说："若他欲成为世界神秘之所在，他应驾最神秘者为其坐骑。"

我说："呃，若他要承载世界上所有的负担，他最好由我

---

① Daniel，圣经中的先知。波斯帝国大流士朝中高官试图陷害但以理，求王下旨在30日内严禁人向王以外的任何神或人祷告祈求。但以理不理禁令仍向耶和华祷告，被扔进狮子坑。但耶和华派天使封住狮子的口。大流士王十分高兴见到但以理丝毫无损，后下旨要百姓畏惧但以理的上帝。
② Re'em，希伯来圣经中长有一只独角的牛。
③英文中的驴（ass）也有"蠢货，傻瓜"的意思。

来背。"

而这就是为何我现在一直安静地小跑着，蹄下是红色沙漠，头上天空铺展开来就像一块黑布，一个疲惫的女人在我的背上垂着脑袋打着盹，我跑向那个叫作伯利恒的小镇。

噢，但那个小镇就像一个长霉的、生锈的、发臭的布丁，等着一幕大戏上演，镇上的居民高谈大论，一切都是买卖和金钱，趁货物上路之前形势好的时候下手。每个人都得交税，而且都得在这一晚，所以连老鼠都在出租它们的鼠洞，有很多旅人挂在鸟巢外面，胡子上满是细树枝和老蚯蚓，蚁丘也挤满了，每个蜂巢里都挤了三家人，还有一个男人拍打着冻结的湖面求湖里的鱼让他进去。

每一张床和每一张床的下面，每一把椅子、垫子、窗帘和地毯，每一个壁架、角落、搁板、裂隙、空隙、支架、橱柜和马车里都塞得满满当当，还有挤出来的胳膊和腿。我们到达这家小旅馆的时候，门口两边各有一只大大的空罐子。

身为一头驴，我把头伸进一只罐子里，看看里面有没有什么可以吃。立刻，一张胡子拉碴的脸就从罐子里弹了出来，警告我们这家旅馆已经太挤，所以他和他的兄弟只能把门廊两边的橄榄树连根拔起。很显然，在另一只罐子里怒气冲冲的脑袋像个瓜的男人是他的兄弟。

我的主人约瑟是一个乐观的男人。

他去敲门。旅馆老板开了门，睡在信箱里的男孩摔了下来。

"没房了。"旅馆老板说。

"只为我的妻子找一间呢？"约瑟问道，"今晚她就要生下一个儿子了。"

"那她只能在星光下生了。"旅馆老板说着关上了门。约瑟把脚抵在门边。

"听着，"旅馆老板说，"你觉得我是在开玩笑吗？"他向上指指房梁，五只蜘蛛正沮丧地看着六个婴儿，婴儿的父亲把蜘蛛网缠成了一张吊床。

约瑟点了点头，正要转过身，这时旅馆老板说："不过绕到后院牲口棚那儿去，看看你能找到些什么。"现在，那晚动物们知道一些奇异的事情即将发生，因为奇异的事情要发生的时候动物们总是会知道。

它们开始窃窃私语：公牛看见一颗星星越来越亮，骆驼从它给国王干活的兄弟那儿得到消息，说国王们正于那晚前往伯利恒。

马利亚、约瑟和我奋力走进拥挤的马厩。马厩闻起来带着粪便和干草的甘甜和温暖。我饿了。马上，约瑟就扫了一些稻草堆成草垛，把一张从鞍囊里拿出来的毯子铺开。他走到外面从井里打水灌满了皮壶，而且因为他是一位好心人，他为热气腾腾的挤成一团的动物们也打来了清水。马利亚喜欢动物们的热气。她睡了一会儿。

给我卸下担子后，约瑟把我牵到院子里吃晚饭。这会儿天气寒冷、凛冽、刺骨。星星像铃铛一样闪亮。墨黑的天空上勾着一弯新月，而小镇外边的荒野在那弯月亮下清晰可见，不过如梦一般，只有睡着的人才看得见，而清醒的人却看不到。

"今晚有事情发生，"公牛说，"我的肩膀可以感觉到。"

"我可以闻到。"狗说。

"这让我的胡须发颤。"猫说。马竖起耳朵抬头看。我继续吃我的，因为我饿了。我吃着，就像一头驴那样吃，我看到蹄子前闪过一道光，马厩周围翻起来的、被人肆意践踏的灰色冻土块被这道光照亮了。我抬头看；小旅馆的后院破败漆黑，但马厩却发着光。两位衣着光亮的生灵正坐在屋脊摇摇欲坠的陶瓦上，赤着脚很干净，头发像湍急的河流一样飘逸，各自在背上背了一个长长的号角。

在他们上方有一颗星星，星星那么低，我觉得它会把屋顶切成两半，把亮光楔入虫蛀的屋檩，这样马厩和它的星星就能紧密结合在一起，甘草、粪便和另一个世界。

这时有一阵异乎寻常的喧闹声，三头饰有珠宝并被刷洗得干干净净的骆驼冒着热气站在院子里。一声令下，骆驼们俯身跪下，骑在骆驼上的国王们各自打开一只价值连城的珍贵盒子。

在这些光影动作之间，我安静地小跑穿过小门，挤过其他动物们进去，约瑟正跪坐在马利亚身边。她四肢着地，就像我们一样。一阵急促的声音，像是水，然后是哭声，像生命。

就是生命，血乎乎、嫩生生、湿漉漉，在严寒中冒着热气就像我们的喘息。这个婴儿脸上皱皱巴巴的，还闭着眼睛，约瑟的手掌比婴儿的后背还要大。突然间，响起了一阵号角声，马厩的正面被吹走了，我抬起头看见天使在倾斜的屋顶上迈着步子，他们的身体在屋脊上直挺挺的，宣告着某种开始与某种结束，我不知道用什么词语来表达，但开始和结束相互绞合、重叠，像百叶窗，像天使的翅膀。

我扬起头，不停嘶鸣以加入号角声中。我的鼻子抬得太高而屋顶太低，于是在我唱歌的时候天使的脚蹭到了我。

国王们到马厩里来了，虽然现在无所谓里面还是外面，因为我们被吹了个里朝外。时间流逝，未来在我们的身边如风般呼啸，永恒就在我们头顶，像天使，像星星。国王们跪着，其中最年轻的那位，开始哭泣。

然后，四名牧羊人，穿着羊皮祆，身上散发着绵羊药浴的味道，带着浸在汤里的热乎乎的羊肉来了，他们把羊肉汤倒进木碗，约瑟给倚在他怀中的马利亚喂了一些，那婴儿在她的披风下，他的身体照亮了她的身体。所以，即使有金光灿灿的天使和天空中银光闪烁的星星，这婴儿发出的亮光还是更加耀眼。他们给他擦干净。他们把他裹起来，放在马槽里。

夜里某刻，狮子用柔软的脚爪悄声爬进来并俯首鞠躬。夜里某刻，通过墙上一道不比脑中灵光更大的裂缝，独角兽用角轻抚了这婴儿。

早晨到了，这是一个累人的、哈欠连天的、充满着呼吸和鼻息声的、窸窸窣窣的早晨。我小跑着绕到小旅馆的前门，满面怒容的瓜脑袋坐在入口处的罐子里，喝着锡杯里的浓咖啡。

"看那头驴的鼻子。"一个人说。

"它是吃什么了？"另一个人说。

我眯起眼睛看向我光滑柔软的鼻梁，但没发现什么奇怪的。

四周，小镇正在醒来，商人和牧人，骑骆驼的人和银行家，人们窃窃私语，说发生了一些奇妙的事情。

旅馆老板从小旅馆里走出来。他是第一个宣布这则消息的：希律王正前来伯利恒——多高的荣誉，多大的褒奖，这一定是那颗星星的寓意，睡在空酒桶里说胡话的醉汉也是预兆之一——他说，马厩的屋顶上有天使。他看着我。

"你的鼻子怎么了？"

三位国王已经在黎明前离开，一个断断续续的梦警示他们从另外一条路线返回。我看着他们的单峰驼如音乐一样出没在田野中，在那里，牧羊人已点燃他们晨间的火把。

刚刚过去的一夜，并没有留下什么，除了三只装着珍宝的盒子、屋顶上的一个大洞——在那里，天使在时间尽头晃荡着腿——以及被吹掉的马厩的门。约瑟用盒子里的一块金子赔了门的钱，并给旅馆老板看了这男婴，他们谈论着东方出现的星星，旅馆老板给出了他的见解，大肆吹捧希律王，并说了一些关于天使的蠢话，然后我小跑绕回到角落里，是鼻子先进去的。

"啊，我得动身了。"约瑟说。

原来，我嘶鸣的时候，天使的脚碰到了我的鼻子，它就变成了与宣告另一个世界的号角一样的金色。

我们并没有等待希律王的到来。我们出发去了埃及，没有告诉任何人我们的目的地，我驮着马利亚和她的婴儿，历经许多日夜，直至安全。

有时，当天空非常寒冷而晴朗，我赶完了一天的路，在暖和的牲畜棚里半梦半醒地站着，我似乎看到了一个号角的喇叭口，以及它长长的管身，还有一只干净洁白的脚，在星星连成的脊线下晃动着，于是我提高声音嘶鸣不止，为了纪念，为了庆祝，为了警示，为了机遇，为了天空下此处的一切，也为了隐藏在别处的所有。干草，粪便，还有另外一个世界。

我的新年牛排三明治

我一直都不擅长许新年决心。

除夕夜，就像平安夜一样，对我来说是思考的时间。这是一个审视过去的好时机——不是抱着要把事情做得更好的目的，那只对实际的事务有效，比如练习泳姿或提高法语。不，重要的事情不是需要做得更好，而是要换一种方式去做。

也许是你对待配偶或小孩的方式。也许是要给你的生活带来更多欢乐。也许是要挤出时间。也许是要放下一些事情。

换一种方式做事很困难。我们喜欢习惯。我猜这是人们在新年决心改变习惯的原因。有人靠意志力做到了，而大多数人都失败了。行为和表现——习惯——只是表面。我们的某种行为举止通常有深层原因——除非我们改变了我们自身更加根本的东西，否则我们很难改变我们的行为。

我的犹太老友莫娜说，你带着两个包袱度过一生，你必须知道该把困难放进哪一个包袱。一个包袱是时间和金钱。另一个包袱是关乎生死的奋力拼搏。

关乎生死的奋力拼搏包括了满足物质需求以外的任何有意识的努力。其中包括如何面对死亡。

温特森太太以既阴郁又带有期望的态度庆祝新年。对于这位女士来说，生命只是死亡前的一段经历。在某处有一个更好的世界，但肯定不在公交线路上，而她始终没有学习驾驶。

她每一年都思索着——并大声地说出来——这是否是她的最后一个新年。她也思索着这一年是否会迎来世界末日。

我们的惯例是这样的：午夜，我在睡觉、爸爸在上夜班的时候，温特森太太站在楼梯脚下演奏她自己版本的《最后的号角》。我们没有军号，所以通常用口琴或梳子和纸。有时她直接用锅盖。

我只能跑下楼，钻进楼梯下面的橱柜，那里有两只凳子和一盏油灯，还有许多罐头食品。然后我们会读《圣经》并唱歌。当末日到来的时候，我们要在楼梯底下等待，直到天使将我们解救。我曾经疑惑楼梯下如何容纳得下天使的翅膀，但温特森太太说天使不用进来。

我不知道这个时候爸爸应该在何处，但他仍旧保留着他在战争时的锡盔，所以或许他可以戴着锡盔在屋外等候。

我们生活在末日临近之时。如此生活的话你会始终高度警惕。我以前是这样的。现在也这样。我们背负了太多过往。如果我们不能改变它，那我们能做的第二好的事就是意识到它。

至少这样你可以对此付之一笑，或者为自己做一些应对。

我们在家有一个仪式，在午夜钟声敲响时焚烧日历。我仍然这样做。我喜欢在房子里四处收集旧日历。我发现如今很少有人在家生明火，而碎纸机又不够有诗意。

我的一位朋友会在纸上写下后悔的事情，然后在厨房里用蜡烛将它点燃。其他朋友会放烟花，每人许下一个可能会实现的愿望。

火具有庆祝和反抗的意味。光和火一直以来都象征着对时间之残酷的反抗。

临近午夜时我打开收音机。收听英国广播公司大本钟报时有一种庄严和传统的感觉。

在大钟敲响第一下时，我打开后门让旧的一年出去，当她离去时我与她站在一起。再见！敲响最后一声时，我打开前门让新的一年进来，当她到来时致以欢迎。

这挺让人手忙脚乱的，因为我得从堆满了日历的火炉边挤过去。

通常来说，每个人都会在某些时候变得有点多愁善感，我会给自己背上一段丁尼生[①]：

响吧，狂野的钟，向着狂野的天空，

[①] Alfred Tennyson（1809-1892），华兹华斯之后的英国桂冠诗人。

向着乱云，向着寒光：

这一年将在今夜逝去；

响吧，狂野的钟，让他消逝。①

《悼念》是一部长长的诗，而这一节之外的其余部分几乎是可怕的擦泪布，所以我只背第一节。伟大的诗人写下的并不都是伟大的诗歌。

这件事本身就是新年的一课。

我们是人，不是机器。我们有艰难的时候。我们会精神状态不佳。我们有高光时刻，但我们仍会失败。我们并非直线前进。我们有会受伤的心和无所适从的灵魂。我们会杀戮和毁灭，但我们也会建设和创造可能。我们已经登上了月球，发明了计算机。我们大多数事情都可由别人代劳，但我们仍然得和自己相处。我们是相信一切都已经太迟的悲观主义者，但那又怎么样呢？我们是爱上第二次机会的卷土重来的孩子。每一个新年都是另一次机会。

那什么是新年？

直到一七五二年，英国和她的殖民地（抱歉了，美洲）每年有两个新年，因为法律上新的一年始于三月二十五日报喜节，

---

① 节选自挽诗《悼念》（*In Memoriam A. H. H.*），是丁尼生为纪念他不幸溺水身亡的剑桥挚友阿瑟·哈勒姆所作。

这是因为既然耶稣在十二月二十五日出生，那么马利亚必须在三月二十五日按时怀孕，这一天正好与三月二十一日春分接近，基督教出现前的祖先们正是在春分那天庆祝新年。新的生命，太阳的回归，一切都合情合理。

而英国人自十三世纪起，便在一月一日庆祝新年，因此直到十八世纪，三月二十五日的法定新年都强行制造出这相差近三个月的两种日期算法，而在这三个月内，一切都取决于你自己是否认为你是在新的一年。

让事情更有趣的是，在一五八二年，欧洲天主教弃用了儒略·恺撒①在公元前四十五年推行的儒略历，并开始用格里高利历法计算年份，这个历法沿用至今。

问题在于恺撒的太阳年每年会少计算十一分钟，这样的话每一百二十八年便需要在日历上增加一天。当我们来到一五〇〇年时，新钉在墙上的日历（好吧，那时没有这样的日历但你意会就好）已经和二分点或至点毫不相干了。教皇格里高利认为欧洲需要一个新的历法，这个历法当然由他的名字命名，而且因为他是教皇所以每个人都不得不同意。除了英格兰。

英格兰正忙于从罗马教会永远脱离出来——这是我们英国的第一次"脱欧"。自然，我们对他们每月的页面都印着教皇不同照片的日历并不买账。

所以我们继续过着和欧洲的其他地方有十一天之差的日子。

---

① Julius Caesar（公元前 100 – 前 44），又译尤利乌斯·恺撒。

而且不只英国这么做，美洲也如此，从清教徒踏上普利茅斯岩起，直到一七五二年。

你可以听听旧历对月份的命名：九月——第七个月，十月——第八个月，十一月——第九个月，十二月——第十个月[1]。

一七五二年，调整新历法就会"丢失"十一天。所以一七五二年九月二日之后紧跟着就是一七五二年九月十四日。

时间是神秘的。

以下是我的新年牛排三明治。

你需要

你能买到的最好的酸面包

西冷牛排。买一角肉，把它切得比平时薄一些——想想这是三明治不是大理石板。

冬天的绿色和红色生食蔬菜——红菊苣、菊苣、罗马生菜等

辣根

家庭自制蛋黄酱（见《苏茜的平安夜北欧风味腌渍三文鱼》）

制作方法

将面包切成不太薄的片。抹上蛋黄酱。不要黄油。

---

[1]英文的九月（September）、十月（October）、十一月（November）、十二月（December）的词根分别为拉丁语的七（septem）、八（octo）、九（novem）、十（decem）。

堆上绿色和红色蔬菜——两片面包上都要。

用你喜欢的方式煎或烤西冷牛排——带血的或烤焦的都可以——并在一片面包上放一两片牛排。

在牛排上涂抹辣根。

将第二片面包放在第一片面包上——生菜叶保持原位。

用一把锋利无比的刀将三明治一切为二。

立即食用。

在一天中包括早餐在内的任何时候，都可以搭配饮用一杯微微冰镇的佳美葡萄酒。这是新年，数百万人将会排毒、节食，并宣布度过一个"戒除酒精的一月"①。坚定你的立场。

如果我的客人里有素食主义者，我会给他们做一个煎蛋卷三明治，一样的面包，抹上 HP 调味酱②，不要黄油，并搭配一杯香槟或一杯浓茶。我只能做这些了。

新年快乐。

---

① Dry January，一项敦促人们在一月戒除酒精的公共健康运动，主要在英国进行。
② 一种源自英国伯明翰阿斯顿的调味料，一般用作咸点的调味酱汁，在主要成分麦醋中添加水果和香料而成。

萤火桃心

平安夜。

晚餐后，马蒂正要从他的朋友莎拉家离开。莎拉总是在平安夜办聚会，并像他们认识的所有犹太人一样，在圣诞节当天去一家中餐馆吃饭。马蒂是最晚离开的。他站在公寓的窗户边往外看。雪正安然落下。街道很安静。

"圣诞节耶诞节，"莎拉说着，放下摞在洗碗池里的一堆盘子，过来站在他旁边，微微靠在他身上，"耶稣是一名出生在伯利恒的犹太人。为什么这一天总是下雪？"

"好吧，是在下雪，对此没有争议，"马蒂说，"我喜欢白色圣诞节。宾·克罗斯比，朱迪·嘉兰，'自己度过一个愉快的小……'①什么的。"

①指歌曲《自己度过一个愉快的小圣诞》（*Have Yourself A Merry Little Christmas*），1944 年由朱迪·嘉兰演唱。

"别这么多愁善感。"莎拉说。

"伤感点怎么了？"马蒂说，"这是我们创造的。"

"我们创造了基督教，但它对我们有什么好处？数百年的迫害。"

"我们创造了它，但我们不信仰它——我们太讲究实际了；当故事来看，它也挺荒谬的，做木工的弥撒亚①从死者身上升起，天堂则在路的尽头。但想想看，我们要是保留了故事版权。"

"是啊，那是个糟心事，但你不能重写历史。"

"你以为我整天在办公室里干些什么？'嘿，我们能不能违反合同？''嘿，我们能不能阻止这些人违反合同？'"

"那只是工作。我在谈生活。我们所有人的生活。"

"等等——你不是精神科医生吗？还是我忘了什么事情？"

"不，你没有忘记任何事情。如果你想讨论心灵的发明创造，对我来说，那就是宗教，宗教是心灵的发明创造，然后犹太人发明了精神分析，因为每一个犹太人都想改变过去：哎呀天哪！她吃了那苹果……当然，那食物是好的，但你应该在洪水发生前在这里吃……你是说那里就是应许之地②？我们回埃及能共享一辆优步吗？也许每个人都想要改变过去，那些悔恨、失败、

---

① Messiah，即犹太教和基督教的救世主，基督教认为耶稣为弥撒亚，相传耶稣的父亲和耶稣是木匠。犹太教并不认为耶稣是弥撒亚。

② Promised Land，犹太教圣经《塔纳赫》中，上帝耶和华向犹太人的祖先亚伯拉罕的后裔和他的儿子以撒及以撒的儿子雅各，应许赐给他的后裔在中东从尼罗河至幼发拉底河的土地，相当于今日以色列国、巴勒斯坦国及黎巴嫩国的总和。

错误，但你无法改变。"

"但你可以改变过去，"马蒂说，"不是说大历史，而是小历史。作为普罗大众，我们承受劫数和失望，我同意你的观点。作为个人，事情可以改变。我知道你同意这点。"

"家让你头疼，"莎拉说，"圣诞节前后工作的事情很考验人。人们变得更糟了，而不是更好。不过你呢？你过得怎么样？我很抱歉我们今天晚上没有时间聊聊，人太多，又都那么吵。来一杯苏格兰威士忌吗？"

马蒂摇了摇头。"我该走了。"

"明天唐怡餐厅坐我旁边吧。"

"我不去了。我想和戴维一起。他喜欢圣诞节。"

"马蒂……这样不好……"

作为回应，马蒂吻了吻莎拉的脸，拿起了他的大衣。他忘了拿手套。

多么安静啊。大家都已经上床等圣诞老人了吗？圣诞节真是令人兴奋的一场混乱。圣诞老人、云杉树、精灵、礼物、彩灯、装饰、魔法，一个奇迹的诞生。白昼最短的一天——冬至——刚刚过去，而对某些事情比如希望的渴求，就在此刻。

马蒂开始唱起朱迪·嘉兰的歌，是《相逢圣路易》①的插曲吗？"马上有一天我们将在一起，如果命运允许。在那之前，我们不

---

① *Meet Me in St Louis*，朱迪·嘉兰主演的喜剧电影。

得不慌忙应付……"①

戴维去世了。这是他走后的第二个平安夜,马蒂要一个人从莎拉那儿走回家。

第一个平安夜,他整晚都和莎拉待在一起,在沙发上,盖着厚毯子,毯子可以抵御寒冷的空气,但不能驱逐他心中的严寒。

爱是悔恨,他想。最终极的"但愿"。在时间线上转一个诱人的弯而生活轨迹将有两次改变。一次是你们相遇。一次是你们分离。

戴维是那个不切实际的人,那个享受园艺的人,那个有运动细胞的人,那个热衷户外活动的人。马蒂更喜欢看部电影,和朋友们吃顿饭。戴维不吃热食,除非别人去做。他自己的话,就吃奶酪三明治或是罐头沙丁鱼,再加一瓶最好的葡萄酒。他吃一些沙拉和花园里种的生胡萝卜。马蒂提出抗议,想把农产品带进厨房试试新食谱。戴维觉得应该凭直觉做饭——"那是因为你从来不做饭。"马蒂说。

戴维相信信号。"寻找信号。"当需要做决定的时候,他都会这么说,而马蒂则叹着气,企图估量出概率。

"幸好我们不是通过约会网站找伴的,"马蒂说,"不然我们永远都不会相遇了。"

他们并非截然相反,而更像身处不同时区。马蒂晚上工作到很晚。戴维早上很早就起床去花园。戴维睡着了就不会醒。

———————————

①出自《自己度过一个愉快的小圣诞》。

马蒂每次都要在一片漆黑中盯着天花板至少两个小时。

马蒂喜欢准时。戴维总是会迟到。马蒂觉得，戴维体内有一个加速度。他的身体跟不上他的思维。他的思维冲在了前面，而他的身体没时间了。

这座城市的圣诞节倒计时终于结束了，仿佛每个人都是自己的专属航空火箭，而圣诞节是他们的专属星星。

那个下午，商店已经歇业。导购都已经回家去了。马蒂知道仍有上百万人在网上购物，但至少他们没有堵在他前面，他可以沿着街道散步了——即便不是心平气和，至少是安静的。他喜欢散步。他喜欢城中漫步。他不想为了散步非得到那个叫郊区的地方去。他想把手插在口袋里，将他体内的指南针大概定向东或南，然后漫无目地走，直到他太累，得坐公交车回家。自从戴维死后，他经常这么做。这是一种和他在一起的方式。

马蒂憎恨死亡是因为你几乎所有时间都会想着另外那个人——那种感觉来势汹汹而且肆意蔓延，让人精疲力竭。你不会再约到晚上六点见面，然后尝试一家新餐厅。你不会再急匆匆地忙完工作，好早点下班去共度周末。从来都没有那种彻底忘记某人的欣喜的迷乱——因为你享有过那种奢侈——抬头看钟，体会由情欲和情感上的期待引发的震动，知道你即将拥有它们，放下工作，和成千上万人一起涌向街道，但心里确定地知道你们俩在一起。

然后永远都是那相同的微笑、问好、亲吻，他的手放在你的肩上，感慨这天过得怎么样，你们要做什么，哦，看见你真好。晚些时候也不用各自回家。在夜晚的寂静之中，他翻身面向你，酣睡着，你摸着他光光的后背，这张床是你的时间之筏。

　　他们曾一起散步穿过伦敦，而现在对马蒂来说，散步是和爱人共处的一种方式。

　　就好像他也在那里。在门口，在家里，马蒂会说再见——有时他在公交车站告别他死去的戴维，吻他，向前走，不回头。

　　然后，他回到房子里，倒上一杯饮料或沏一杯茶或拿一本书坐下来，然后有小小片刻，他感觉好些了。但即便如此，他仍然在太多的夜晚孤枕难眠，在空荡荡的床上辗转反侧。

　　"你应该试着见见其他人。"莎拉说。

　　"我还没有准备好。"

　　莎拉住在卡姆登镇①。马蒂住在位于肖迪奇②的一幢佐治亚风格的老房子里，房子以前是他父母的。他们没有卖过这幢房子——这房子在那时也值不了多少钱。他们只是搬了出去，离开坑坑洼洼的城市街道去到郊区，然后将这幢房子出租，一个房间一个房间地租给学生，所有房间都共用一个洗手间。

---

① Camden Town，位于英国伦敦市中心的一个地区，在行政区划上属于卡姆登区。
② Shoreditch，英国伦敦的一个地区，历史上曾是伦敦东区，现在属于伦敦市中心地区。

马蒂继承了这幢房子，继续将房间出租，自己则住在只有一个冷水龙头的地下室，直到他不再需要靠房客收租金。

他年年都翻新这房子，大部分的活儿都自己干。

他一个人住是因为他喜欢。他有过男人，但没有确定关系。戴维是他爱上的第一个人。

戴维一直没有搬过来和他一起住。房子里的房间绰绰有余，但戴维喜欢他在国王十字车站租的小而敞亮的单间公寓。

马蒂怀疑戴维和其他男人幽会，但他没有问。戴维喜欢泡夜店。他更勇敢，更惹眼。"手拉手到底有什么惹眼的？"他这样问过马蒂，夜里走路回家的时候，马蒂会为此紧张，白天则感到尴尬。

戴维经常锻炼，满意自己的身材，打了一个耳洞。马蒂在见面后不久就给他买了一颗钻石。

"这才叫绚烂夺目，"戴维说，"这个词的意思是像跳跃的火焰一般波动起伏，瞧瞧现在我身上的光！"

马蒂曾在一个晚上偷偷守在戴维的公寓外面。他看到一个年长些的男人和戴维一起进了屋。大约一小时之后，男人出来了。马蒂那晚本来要和戴维看夜场电影。他给戴维发了条信息取消约会。没有理由。他从来没告诉过戴维他做了什么，但那个晚上，他意识到要么继续监视他的爱人，要么就立即停止。

戴维就是戴维。为什么我们因某些人身上的闪光点而爱上他们，然后又立马想改变他们呢？

戴维去世后，马蒂又开始经常出没于他住的那栋楼。他至少一周一次路过它，这让他又生气又难过。这对他没有好处，丝毫不能使他释然，但他仍然这样做。

　　他现在正走过这栋楼。戴维的窗帘仍然挂在窗户上，半掩着，他喜欢这样拉窗帘。今晚，窗户那里还有圣诞节灯饰。戴维在的话会点一支蜡烛。单独一支蜡烛。

　　他们初次见面时，戴维把马蒂带回公寓，点燃了那支蜡烛。他们在冰箱前接吻，马蒂从此对冰箱产生了一种诗意的感觉。有时他在经过某台冰箱时会拍拍它，仿佛各处的冰箱都在他们的爱情故事中扮演一个善意的角色。

　　但马蒂很腼腆，在那晚之后，他花了一个星期的时间才重新和戴维联系。

　　戴维刚跑完步回到家，看到信息之后，把手机一丢就又跑出去了。他一路跑到马蒂家旁边的哥伦比亚路花卉市场。

　　马蒂在那个星期天的清晨穿着晨衣打开门，发现戴维穿着短裤和跑鞋，抱着一大捧花束倚在门铃上，粉色的牡丹花球照亮了狭窄的门厅。

　　"我不喜欢切花。"马蒂说。

　　"这是一个信号。"戴维说。

　　很快，戴维就把马蒂狭长的后花园变成了一块应许之地，种满了攀爬的豆藤和紫藤，还有老英国月季和薰衣草，窗户是朝街开的，生命就像音乐一样流进屋子，流淌在每一个房间里。

"谢谢你让我高兴。"

马蒂对着那支蜡烛大声说。戴维喜欢小小的一闪一闪的亮光。第一年夏天，他为马蒂建花园，他在夏至那天晚上带马蒂去一家酒吧吃饭，并且坚持要到黄昏时分再回家——那天晚上的黄昏接近十一点钟，而马蒂第二天还得去上班。但戴维不知为什么感到很兴奋。他们回到家的时候，他跑在前面，门都没关，大声喊道："别开灯！"

走过狭长的门厅，进入狭长的花园，那里有一道晃动的亮光。马蒂跟着它。他站在花园里。这里被一些像中国灯笼一样的东西照亮了——不过是长的，而不是圆的——在所有地方，在墙的最高处，在月季花之间，在闪着奇异绿光的如同火星蔬菜的生菜中。

"萤火虫，"戴维说，"因为今天太阳一直停留在天上——那就是夏至（solstice）的含义。来自拉丁语的 sol，太阳，还有动词 sistere，停留。我希望我们的太阳停留，此地，此刻。就让这成为我们无止境、不停歇的世界吧。"

他们在工具棚下的沙发床上亲热。

马蒂抬头看窗户里已经不见的蜡烛。然后他转过身从克勒肯维尔①穿过，背着沉重的包袱，这包袱就是他的心。

---

① Clerkenwell，英国伦敦的一个地区，在行政区划上属于伊斯林顿伦敦自治市，是一个意大利人聚居区。

在最后一刻，戴维攥着他的手轻轻说："我会给你发送信号。"

但没有信号。从来都没有，不是吗？

马蒂不相信阴世。戴维相信。"这个没什么意思，"马蒂辩驳，"为什么我们还要讨论这个？"

戴维说："五五开。我们中有一个对，一个错。我们死了之后，在意识尚存的那个临界时刻，我们其中一个会说，'哦，该死。'"

阴世，马蒂思索着，然后对着空气大声说了出来，因为街上没人，马蒂说："于是我对他说，那么你也相信圣诞老人吗？"

白雪皑皑，明亮耀眼。落雪深深，嘎吱作响，表面平整，映照着街灯。但马蒂在空寂中环顾四周为他的问题寻找答案时，察觉到光线的变化，一个巨大的阴影让白色暗了下来。他抬头看过去。

在白色的雪花纷飞的天空里，他头顶正上方飘浮着一个巨大的、慈祥的圣诞老人，有飞艇般大小，在他的身后留下一串"嘀嘀嘀"声。马蒂可以清楚地看到他的黑色靴子和红色帽子，还有挎在肩膀上的大口袋。他是从某个高档写字楼起锚的吗？他是圣诞节的宣传噱头吗？他安静地飞过安静的城市上方是要做什么？

马蒂站在那里看圣诞老人在午夜冻结的气流中盘旋。圣诞老人似乎在向马蒂招手致意。马蒂没有任何理由招手回应，但他这么做了。而当他挥手的时候，圣诞老人似乎改变了方向，他不再往西飞了。

他在往东飞，跟着马蒂。

马蒂把手更深地插进衣兜里，然后加快了脚步。他喜欢圣诞节，他真的喜欢，但难道这就意味着自己得被一个充气圣诞老人一路跟到家吗？

"嘿，"戴维曾经说，"你喜不喜欢在同一张圣诞贺卡上看到骆驼和知更鸟？"

"圣诞贺卡是什么时候发明的？"马蒂说，"维多利亚时期，是吗？一定是的。"

"邮政服务和廉价印刷，"戴维说，"是的，你是对的。亨利·科尔一八四三年在英格兰发明的，他在新成立的邮局工作，负责便士邮递。在美国，第一张市售圣诞贺卡出现在一八七四年，终于有一次，我们占了先机。"

"我喜欢你给我讲这些事。"马蒂说。

戴维亲自画画，并手写了他们的圣诞贺卡。他在最后一个圣诞节时太疲惫了，但他让马蒂出门去买五十枚那种纤薄的圆形手表电池，然后他花了一天的时间在床上裁纸。他的一个朋友过来探望，于是戴维让马蒂去买香槟给大家喝。

当马蒂拿着酒瓶回来的时候，他上楼去找戴维。床上空荡荡的。他慌了神，跑着穿过整幢房子，大声喊着戴维！戴维！那位朋友已经走了——通向后院的门敞开着。马蒂听见朱迪·嘉兰的歌声——"明年我们所有的困难都将远离……"①

马蒂走进院子里。点亮了的桃心剪纸挂在棚架和挂钩上，串成一串穿过门眼，固定在每个花盆和苗床上，有白色，红色，和淡绿色。

戴维在闪闪发光的黑暗之中，裹得严严实实地坐在轮椅里。他微笑着，为他自己和他准备的惊喜感到十分满意。

"你喜欢我们相识的那个夏天我为你准备的萤火虫。所以我为你做了这些。我把它们叫作萤火桃心。它们是我的，也是你的，我爱你。"

马蒂跪在戴维的轮椅旁边，把头埋在戴维膝盖上的毯子里，他把憋住的眼泪全都哭了出来。戴维也哭了，打湿了马蒂的头发。戴维说："有一位公主生活在冬天，那里从来没有夏天，她因为她所失去的东西哭得太厉害，所有的眼泪都冻成了珍珠，而小鸟们把这些珍珠搬走装饰它们的鸟巢去了。一位王子骑马经过，就像童话里的王子们所做的那样，看到了饰满珍珠的鸟巢，便询问小鸟它们是在哪里发现这些珍宝的，然后小鸟和他一起飞到公主那里，公主哭得太厉害，身边围满了珍珠。然后他亲吻了她，故事就此结束，当然，从那一天起，冬天也不复存在。"

"这是我听过的最深情的故事。"马蒂含着泪说。

"多么美好啊！"戴维说，然后他们开始放声大笑，马蒂打开了香槟，他们一起坐在让整个圣诞节都焕发生机的萤火桃心

---

①出自《自己度过一个愉快的小圣诞》。

之中。除了一枚。马蒂偷偷把它的电池摘掉拿走了，这样它对他来说就永远代表戴维了。

戴维知道马蒂在想什么。他把马蒂紧紧搂住。"这是为了当下，"戴维说，今夜，今时，"'应许之地'从不属于未来，也不属于过去——它永远只属于现在。"

"不要离开我。"马蒂说。

"寻找信号。"戴维说。

马蒂到家了。两个躺在门口的醉汉正往天上指。马蒂给了他们钱，并没有抬头看。他知道充氦气的圣诞老人就在头顶。现在它正在他的房子上空盘旋，就像故事中的星星一样。

马蒂进屋后直接上床了。这时约是凌晨两点差一刻。他睡着了，睡得很沉，但过了一会儿，他醒了，听见戴维说："我告诉过你，寻找信号。"

马蒂起身了。他可以看到发光的钟表指针——仍然是两点差一刻，一定是钟停了。街灯隐约照亮了卧室。而戴维正盘着腿坐在床上。他穿着睡裤和一件粗花呢夹克。他的双脚和胸膛裸露着。

"我没有随身带衣服，"他说，"人死了就不用带了。这些是你的。"

"我在做梦，"马蒂说，"但不要把我弄醒。"

"你喜不喜欢我派的圣诞老人？"

"你派的？"

"我都快绝望了，这是我最后的机会。"

"平安夜，难道不会有点老套？"

"你太难接近了！我没法联系上你！"

"我一直在想你！"

"那就是问题所在——你总是在想我，死去的那部分我，所以我没法联系上你。我已经发了那么多的信号。"

"比如说？"

"去年夏天沙滩上的两颗彗星，还记得吗？"

马蒂的确记得，但他并不想被哄骗。"彗星是天象，不是信号。"

"第一年夏天，夏至之后，我们在法国看见了两颗彗星，我对你说，'那是为了我们出现的。'"

马蒂记得。他喜欢戴维的这个说法，似乎整个宇宙都在为他们的爱情喝彩。但他必须抗议。"浪漫，但并不对！"

"所以我又发送了一次，好提醒你。还有在大英图书馆那天，那位女士直接走到你跟前说，'你好戴维。'"

"我以前从来没有见过她。她是个疯子。"

"她是我的姨妈，"戴维说，"她是一位先知。她看见我就走在你的身旁。"

"我怎么会知道她是你的先知姨妈？她为什么不说？"

"你已经大步走到人群中去了，她来不及说！我派她一路从米尔顿凯恩斯①乘火车过来的。"

"好吧，为什么不是你来告诉我？"

"我告诉了！你那天本来没打算去大英图书馆，是我让你去的。我站在你身后大喊去那该死的图书馆！当然，我不能喊，因为我没有喉咙，但你感知到了那个想法。"

马蒂感到懊悔。他忽略了他的爱人，而且对他爱人从米尔顿凯恩斯来的先知姨妈野蛮无理。

"我应该给你的姨妈寄一张圣诞贺卡吗？"

"那太好了；她的地址在我的 iPhone 里，存在 PA 下面——通灵姨妈②。你还留着我的 iPhone 吧？"

马蒂点了点头。他以前翻过一次那些地址，然后停下不看了，里面有太多他没见过的男人。

"不要愧疚。"戴维说，仿佛他可以读懂马蒂的心思。

马蒂有一个想法。"如果你没有喉咙，你是怎么和我说话的？"

"我有你的全部注意力。我们在通过思维交流。"

"这不可能。"

"只有不可能的事情才值得努力。"

马蒂伸出手去碰戴维。但某个东西像是一道轻盈的屏障隔在他们之间。他的手发着光。他收回手，擦了擦眼睛。他突然

---

① Milton Keynes，英国英格兰白金汉郡的一座新市镇，距离伦敦约 80 公里。
② PA，"通灵姨妈"（Psychic Auntie）的缩写。

间既害怕又疲惫。

"我不能没有你，戴维。这样活着就像是一个影子。你是我的太阳。"

"这就是我在这里的原因。对了，你竟然连上周那个汤的信号都没收到。你在'亨利之家'和丹一起，丹点了我最喜欢的汤，而侍应生过来时，他误把汤端给了你。当时是我调包的。"

"你一直都在吗？"

"不是，但我会来看你。"

"抱抱我。"

"我做不到，这是因为爱因斯坦的那个理论，$E=mc^2$[①]。所有的物质都是能量，但能量并不都是物质。你是物质形态的。我是能量形态的。我没有损耗，没有衰弱，但我没法抱住你。不过我可以让你暖和起来。感觉一下，这里，重新拿出你的手。"

马蒂拿出了手，伸向戴维的胸膛。没有任何固态的东西。他曾经有那么多肌肉，直到肌肉开始日渐衰弱——但或许它没有衰弱，或许它成了它需要成为的东西。能量而不是物质。

马蒂感觉到他的手指刺痛，他的手也暖和起来了。他伸出另外一只手，就像戴维是床上点的一团火。他开始哭泣。

"不要哭，公主，"戴维说，"这就是我来这里的原因。为了我们俩，你不能再这样了。我得离开而你得留下。我会永远在

---

①即质能守恒定律，该等式揭示了物质质量与能量的关系。E 代表物体静止时所含有的能量，m 代表它的质量，c 代表光速。

你身边，但我希望你重新开始生活。生活美好而短暂。不要虚度生活。"

"我忘不了你，"马蒂说，"我不想忘掉。"

"你不会忘记我——你会缅怀我们曾拥有的东西、曾做过的事情。爱情不是监狱。你不能把自己困在对我的爱里。带上我们的爱情，它与你同在；你不会忘记我，或是丢开过去，或是任何类似的胡说八道，你会把我带在你的身旁。"

"把我带在你的身旁，"马蒂说，"我不想独自留在这里。"

戴维望着他，眼里充满了无限爱意。"你得信任我，就像一直以来那样，好吗？"

一阵长久的沉默。然后马蒂说："我应该做什么？"

"早上起床，在院子里喝咖啡，我会在那里。你会知道我在那里。等等看。然后我们午餐的时候一起步行到唐怡餐厅，我会在餐厅外面和你道别；我现在不吃东西了，因为没有胃。"

马蒂笑出了声，但他并不想笑。

"然后，"戴维说，"我希望你重新开始。"

马蒂睡着了。当他再一次醒来的时候，正好刚过早上八点，雪已经停了。他向窗外看过去。没有任何充气圣诞老人的迹象。他揉了揉脑袋。

那么戴维呢？一个梦。

他叹了口气然后去淋浴，刮脸，给自己裹上晨衣。咖啡。在后院里。那是戴维在梦里告诉他的。在后院里？那里冷透了。

马蒂煮了咖啡，热气腾腾的黑咖啡，一脚蹬进靴子，没系鞋带，然后拔掉门闩走进院子。空气中有冰粒，一串猫爪印穿过雪地。他可以看到黄杨粗糙的锥形轮廓，还有工具棚如同娃娃屋一般的外形。

然后他看见了。

萤火桃心。

在苹果树上，从挂链上垂下来，是马蒂在他们共度的最后一个圣诞节留下来的最后那颗萤火桃心。

戴维？

那颗萤火桃心在风中稍稍摆动了一下，但没有风。

马蒂从树上取下那颗心挂在脖子上。从那颗桃心上传来轻轻的一股暖意涌向他的胸口。

晚些时候，他到达了餐厅，他比过去更加轻快，至少看起来是这样。莎拉正要进去，她张开了双臂。

"我必须先和某人道别，"马蒂说，"我马上就进来。给我在你旁边留一个座位。"

莎拉看起来有些惊讶，但她进去了。

"再见，戴维，"马蒂大声说，"谢谢你陪我一起来。"

马蒂打开门。"他们似乎在播你的歌。"莎拉说。

"现在，自己度过一个愉快的小圣诞……"

我的主显节煎鱼饼

主显节是一个奇怪的日子。一月五日或六日。这时要把装饰取下来，并结束这个节日季。

主显节纪念的是三位国王前来拜访圣婴耶稣的这一天。在爱尔兰以及意大利的一些地区，三位国王的模型会在主显节这一天摆在耶稣诞生的马槽旁。

国王们在马厩里跪在婴儿面前，遵循了基督教出现前庆祝仲冬节日的颠倒模式。

罗马人的农神节和凯尔特人的萨温节都尊崇一位失序之王。节日期间，一般情况下严格的阶级、财富和性别秩序被翻转。意大利人在狂欢节时称之为 il mondo reverso——颠倒的世界。高成为低，低成为高，女人告诉男人要做什么，还有很多易装。

天主教会在把自己的宗教节日嫁接到已存在的非基督教节日这一方面可谓天赋异禀，而主显节也有一部分算是翻新改造。

在莎士比亚时代，主显节是重要的节日。莎士比亚的喜剧《第十二夜①》用戏剧表现了地位颠倒的传统——一个女孩打扮成男孩，一个仆人幻想自己和一位出身高贵的小姐结合，一场将过往一扫而光的海难。黑屋里上演了一出混乱童话剧。

而圣诞节的主要娱乐活动——童话剧中，永远都有一个女扮男装的女人，一个会变成王子或公主的普通小伙子或姑娘，外加几个注定受辱的恶人。

T. S. 艾略特②有一首优美的诗叫《圣贤之旅》，讲述了那三位国王前往拜访圣婴——途中发生了什么——而他们见证了什么？是诞生，还是死亡？

圣婴的诞生宣告了现有秩序的死亡。

这是关于颠倒的故事，你在所有童话故事中也可以发现这个规律，财富或境况颠倒了，潦倒变富有，富有变潦倒，结尾实际上是开端，一个美丽新世界只是一处活墓地，失去某些珍贵的东西让我们得以发现仍然存在的珍宝。

对任何既定情况的颠倒使新的可能得以显现。

主显节又叫作显现节③。显现节意味着"显示"。一些事情显露出来。显露出来的事情将成为对旧秩序的挑战。

---

① "第十二夜"也有主显节的意思。
② T. S. Eliot（1888－1965），20世纪最重要的诗人之一，出生于美国，后加入英国国籍。
③ Epiphany，这个词也有"顿悟"的意思。

我们听过许多关于具破坏性的新兴企业的事，比如优步①或爱彼迎②，它们都挑战着现存的秩序。我们被告知这是创新而且是必要的。也许吧。

我感觉，我们的外在生活可以更加稳定，这样可以稍稍冒险搅动我们的内在生活，如我们的思想、感受，以及想象中的生活。

如果我们像动物一样，只关注食物、领地、生存、交配、成为群体的首领，那作为人类的意义是什么？

悲哀的是没有政治体制（资本主义是一种政治体制）能满足绝大多数人的基本需求，好让我们可以用未被开发的百分之九十八的大脑去探索会发生些什么。

我似乎失败了。

显现节是一个振奋人心的翻转，权力结构和等级制度、阶级体系和现状颠倒过来，这提示我们，生活方式如同命题，我们以某种方式塑造了它，也可以用另一种方式重建。

国王们屈膝于某些高于权威的东西——他们屈膝于一个可能的未来，一个基于爱而非畏惧的未来，一个满是富足没有贫困的未来。

---

① Uber，一家交通网络公司，开发移动应用程序联结乘客和司机，提供载客车辆租赁和实时共乘的经济交通服务。
② Airbnb，一个大众可以出租民宿的网站。

我们知道，在圣经故事中，接下来是希律王对所有两岁以下男婴的屠戮。他双手沾满鲜血，只为抓住权力，强硬地推行现有秩序，扼杀新的未来。

但他要找的那个孩子已经离开了，由他母亲的双臂呵护着，小跑着穿越沙漠，直抵天命。

总会有下一个机会。

那么我们呢？

我们有了"跟随你的星星"的代用版。但如果那颗星星将我们引向一个破旧小镇里满是臭虫、肮脏不堪的马厩，我们穿着我们最好的衣服期待掌声，结果却不得不跪在稻草上，为某些我们并不理解的东西呈上礼物（我们最好的礼物），那么会发生什么呢？

宗教探险故事和游戏使一切看起来十分简单——挑战、怪兽、挫折，然后成功。麻烦在于真正的探险没有终点或大团圆结局，也没有可以追寻的步伐。承诺保持清醒，富有创造力——不管那对于你来说意味着什么——承诺去爱，渴望改变；这是一生的功课。

星星将我们引向它们要去的地方。而当我们抵达不期而遇之地后，要做些什么由我们自己决定。

旅行需要食物。我喜欢鱼，简单的煎鱼饼可以晾凉以后做午餐便当或野餐晚饭。或者趁热食用，配上家庭自制的蛋黄酱或你自己做的番茄酱。

我不在鱼饼里放土豆，因为我喜欢配薯片吃。如果你想要清淡营养的一餐，试试挤点柠檬汁或青柠汁搭配鱼饼，再来一大碗时令蔬菜沙拉，或一盘热腾腾的黄油圆白菜。

你需要

大量混合鱼肉——这取决于你想做多少鱼饼。我用的是新鲜鳕鱼和三文鱼，还有约百分之二十的烟熏黑线鳕鱼。如果你不喜欢烟熏黑线鳕鱼，就将它省略。我试过用鳕鱼和小虾，非常不错。

切细碎的洋葱——不要太多，足够提味就可以了

鸡蛋。因为不用土豆，将鸡蛋作为黏合剂使用。

用旧面包做的面包屑

面粉

平叶欧芹

盐和胡椒

制作方法

这里的关键是鱼饼很小——太大太鼓的话，鱼肉无法熟透。大一些的加了土豆的鱼饼需要提前把土豆和鱼煮熟——我们不那样做。所以要做小。

将鱼肉剁碎，洋葱切得更碎一些。

在一只大碗里混合，然后加入一枚或几枚鸡蛋，由此得到一碗黏稠的混合物。加入欧芹和调味料。

在案板上撒一些面粉。用双手捏出小而扁平的鱼饼，将每面都放入面粉里拍一下以定型，再把每一面都放进面包屑里拍一下。

做好一个鱼饼后，将其放到一个大盘子里备用。确保每一个小鱼饼都定好型。

可以的话放进冰箱冷藏一小时。如果不能……

在平底锅里加热葵花籽油。充分加热后，将鱼饼依次滑入，约四分钟后翻面。

如果你想做番茄酱，需要提前制作。下面的食谱非常简单，而且同样适合搭配意大利面或米饭，正如适合搭配鱼饼一样。

取一些味道好的个头很大的西红柿，将其放入热水里约半小时后去除外皮。

在厚底锅中将橄榄油烧热，然后加入一点大蒜。我会放洋葱，但你不一定要这么做。我有时也会放一些新鲜的辣椒，这要看我当时的心情，以及我是否有辣椒。

当大蒜、洋葱和辣椒变软后，加入已经去皮并切成大块的西红柿，然后将其均匀搅拌。在这个阶段，我有时候放一支花园里摘的迷迭香。

把锅盖盖上，中火烹饪约30分钟。不要烧煳了。

如果所有原料都融合到一起，而且尝起来味道不错的话，取出那支迷迭香（如果你放了的话），加入调味料，并将酱汁收干到需要的黏稠度。

如果你喜欢的话，可以在最后扔进新鲜罗勒。这份食谱十分简单多变，还快手。请享用！

来自作者的圣诞祝福

光阴并非似箭，而是如同一支回飞镖。

我的养父母是五旬节教会①教徒和邮戳上的传教士。

圣诞节在传教士的日历上具有重要意义。从十一月初开始，我们不是在准备包裹寄往异国他乡，就是在准备包裹送给那些从炎热地带回到大后方的人们。

可能是因为我父母经历了第二次世界大战。也可能是因为这时代已经临近世界末日，就等着善恶大决战。总之，我们有一套圣诞节流程，从制作百果馅饼的百果肉馅，到给阿克灵顿②没有得到拯救的人们吟唱颂歌，更确切地说，是专门站在他们面前吟唱颂歌。不过，温特森太太喜爱圣诞节。一年中唯有这段时间，她会参与到外面的生活中去，仿佛世界不再只是

①基督教新教教派的一支，特别强调说方言是领受圣灵的首个外显的凭据。
② Accrington，位于英国兰开夏郡西北部的小型前工业城市。

泪之谷①。

她是一个闷闷不乐的女人，因此在我们家中，这段快乐的时光尤为珍贵。我能肯定我喜欢圣诞节是因为她喜欢。

在每年的十二月二十一日，我的母亲戴着帽子、穿着大衣外出，而我的父亲和我把我做的彩纸链悬挂起来，从客厅的檐脚挂到主灯的灯泡。

最后我的母亲回到家，就像刚刚经历了一场恶劣的冰雹天气，虽然那可能是她个人的天气。她拎着一只鹅，身子一半在购物袋里面，一半在外面，松垂的脑袋耷拉在一旁，就像一个无人能记起的梦。她把它递给我——鹅和梦——然后我把鹅毛拔下来扔进桶里。我们留着鹅毛来填充需要重新填充的各种东西，我们还留着从这大鸟体内沥出的厚厚鹅油，以便在一整个冬天里烤土豆用。除了温特森太太有甲状腺方面的问题，我们认识的所有人都像雪貂一样瘦。我们需要鹅油。

我离开了家，再之后去牛津大学读本科，在第一个圣诞节假期，我回到老房子里。我的母亲早就给我下了离家的最后通牒，那时我爱上一个女孩，而在一个如此笃信宗教的家庭里，我还不如去和一头山羊结婚。自那时起我们就再没说过话。我先是在一辆迷你车里住了一小段时间，然后寄宿在一位老师那里，最终离开了小镇。

---

① Vale of tears，基督教说法，指生活的苦难，基督教教义认为生活的苦难只有在离开了人世进入天堂后才得以结束。

我在牛津的第一学期收到了一张明信片——这是一张在上方印着蓝色的"明信片"的明信片。在下方，写着她整洁的印刷体一般的文字：今年圣诞节你是否回家？爱你的母亲。

当我抵达我们在街道尽头的有露台的小房子时，我可以听到最悦耳的音乐声，对那声音最贴切的表述是巴萨诺瓦①版本的《萧瑟仲冬》。我的母亲已经扔掉了老旧的立式钢琴，买了一架有双排键盘、独奏、鼓点和低音的电子琴。

她已经有两年没有见过我了。一句话也没有说。接下来的一个小时我们都在欣赏《天使报信》中的小鼓和小号独奏的效果。

我在牛津认识的来自圣卢西亚的朋友要来家里看我，这对她来说可谓勇气之举，不过在我试着解释我的家庭时，她认为我小题大做了。

起初，这次拜访十分成功。温特森太太自顾自地将这位黑人朋友当作她的传教使命。她挨个拜访了教堂里退休的传教士们并询问："他们吃什么？"得到的答案是菠萝。

薇姬抵达时，我的母亲给了她一块自己织的羊毛毯，这样薇姬就不会冷了。"他们怕冷。"她告诉我。

温特森太太有强迫症，她一年到头都在为耶稣做编织工作。圣诞树上有编织的装饰品，而小狗被困在一件有白色雪花图案

---

① Bossa Nova，一种起源于巴西的融合巴西桑巴舞曲和美国酷派爵士的"新派爵士乐"，风格轻松柔和、慵懒甜美。

的红色羊毛圣诞外套里。家里有一座编织的耶稣诞生场景，牧羊人还系着小小的围巾，因为这个伯利恒在阿克灵顿可以乘公交车抵达的地方。

我的父亲穿着编织马甲、系着配套的编织领带打开了门。整个房子都重新"编织"了一遍。

温特森太太心情愉快。"你想来点熏腿肉和菠萝吗，薇姬？奶酪吐司配菠萝？奶油菠萝？翻转菠萝蛋糕？油炸菠萝馅饼？"

这样的伙食持续了几天后，最终，薇姬说："我不喜欢菠萝。"

温特森太太的情绪急转直下。她这一天接下来的时间里没有对我们说一句话，还碾碎了一只知更鸟纸雕。第二天早上，在早饭的时候，餐桌上摆了一座用未开封的菠萝罐头堆成的金字塔，还有一张维多利亚时代风格的明信片，上面绘有两只后腿站立的猫，打扮得像一对夫妇。配图文字是——没人爱我们。

那天晚上，薇姬上床的时候，发现她的枕芯被人从枕套里拿出来了，而枕套里填满了具有警告意味的关于世界末日的小册子。她考虑着是否应该回家，但我见过更糟糕的情况，我认为事情可能会有转机。

平安夜那天，我们家接待了一批教堂来的传唱颂歌的人。温特森太太的确看起来高兴点儿了。她逼我和薇姬把一些切半的圆白菜用铝箔纸包起来，和各种切达奶酪条串在一起，上面摆一些遭到嫌弃的菠萝块。

她管这个叫斯普特尼克①。这和冷战有关。铝箔纸？天线？这难道是关于克格勃在奶酪里隐藏窃听器的恐怖暗示吗？

不要紧。惹了麻烦的菠萝已经找到了用武之地，而我们都十分快乐地唱着颂歌，这时响起了敲门声。原来，救世军②也在唱颂歌。

合情合理。这是圣诞节。但温特森太太完全不接受。她打开了前门，大声喊道："耶稣在这里。滚！"

砰。

过完圣诞节离开之后，我再也没有回去过。我再也没有见过温特森太太。不久后她对我的处女作《橘子不是唯一的水果》（一九八五年）勃然大怒。援引她的话："这是我头一次不得不用假名字订购一本书。"

她在一九九〇年去世。

年纪越来越大，你在圣诞节的时候会想起去世的人。凯尔特人在他们的冬节萨温节期盼逝者会加入到生者之中。许多文化都对此有共鸣，但我们不会。

这是一个遗憾，也是一个损失。如果时光是一只回飞镖，而非一支箭，那么过去总是会回归并重复。记忆作为一项具有

---

① Sputnik，苏联于 1957 年发射升空的第一颗进入行星轨道的人造卫星。
② The Salvation Army，一个于英国伦敦成立、以军队形式作为其架构和行政方针，并以基督教作为信仰之基的国际性宗教及慈善公益组织，以街头布道和慈善活动、社会服务著称。

创造性的活动，让我们得以唤醒逝去的人们，或者在某些情况下让他们得以安息，因为我们终将理解过去。

去年圣诞节，我独自一人在厨房里，生着炉火——我喜欢在厨房里生火。我正给自己倒饮料时，收音机里传来朱迪·嘉兰唱的《自己度过一个愉快的小圣诞》。我记起温特森太太如何在钢琴上弹奏那首歌。那是我们都知道的一段时光，混合着悲伤和甜蜜。遗憾吗？是的，对我们发生分歧的每件事，我都感到遗憾。但也有认可，因为她是一位出色的女人。应该出现一个奇迹把她从没有希望、没有钱、没有任何改变可能的牢笼生活中解救出来。

幸运的是，她得到了奇迹。不幸的是，奇迹是我。我是那张幸运金卡[①]。我本可以带她去任何地方。她本可以得到自由……

关于圣婴的圣诞故事错综复杂。下面是它告诉我们的有关奇迹的事。

奇迹从来都不是唾手可得的（不管旅馆是否有房间，婴儿都要出生，然而没有房间）。

奇迹不同于我们的期待（卑微的男人和女人发现他们成了救世主的父母）。

---

① Golden Ticket，出自英国作家罗尔德·达尔 1964 年的作品《查理与巧克力工厂》，古怪糖果制造商威利·旺卡将幸运金卡藏在五块旺卡巧克力中，获得幸运金卡的小孩能带一名家人进入工厂参观，幸运金卡成为贵重与特别物品的代名词。

奇迹引爆了现状，而爆炸和冲击意味着有人会受伤。

什么是奇迹？奇迹是一次干扰——它打破了时空的连续性。奇迹是无法纯粹用理性解释的一种干扰。机会和命运掺杂其中。奇迹是有益的干扰，是的，但奇迹就像瓶子里的精灵——放他们出来，之后会发生骚乱。你会实现三个愿望，但还有其他许多事情随之而来。

温特森太太想要一个小孩。她无法拥有。这时我来了，但正如她经常挂在嘴边的，"魔鬼领我们找错了婴儿床。"撒旦是一颗靠不住的星星。

这就是这个故事里具有童话色彩的部分。

有时，我们期待的东西、我们需要的东西、我们想要的奇迹就在我们面前，而我们视若无睹，或者我们跑向其他方向，再或者，最悲哀的莫过于此，面对它我们不知道该如何做。想想有多少人得到了他们想要的成功、他们想要的伴侣、他们想要的钱财等等，却将它们化作尘与土——就像童话里的金币，无人能用。

所以在圣诞节，我想到圣婴诞生的故事，以及此后所有的圣诞故事。作为一名作家，我知道如果生活中没有想象和思考的空间，我们会过得很糟糕。宗教节日旨在成为跳脱于时间之外的时间。普通时间让位于重要时间。我们记起了什么。我们创造了什么。

所以，为逝者点亮一支蜡烛。

为奇迹点亮一支蜡烛，不管可能性有多小，祈求你将发现属于你的奇迹。

为生者点亮一支蜡烛，拥有友谊和家庭的世界意义重大。

为未来点亮一支蜡烛，因为它可能发生，并且不被黑暗吞噬。

为爱点亮一支蜡烛。

幸运的爱。

致谢

感谢和我一起将此书编纂成册的所有人。感谢我在伦敦和纽约的编辑，瑞秋·柯诺妮和伊丽莎白·施密茨。感谢维塔奇出版社的爱内·穆尔金、安娜·弗莱彻、马特·布劳顿和尼尔·布拉德福。感谢劳拉·伊凡斯的编辑和校对。感谢莎士比亚书店的卡米拉·夏姆斯和西尔维娅·惠特曼。以及我出色的经纪人卡洛琳·米歇尔，她和我一样喜爱圣诞节。

以及离开的朋友们：凯西·阿克和露丝·伦德尔。当然还有，温特森太太和爸爸。

图书在版编目（CIP）数据

　　十二个圣诞故事 ／（英）珍妮特·温特森著 ；涂艾
米译 . —— 北京 ：北京联合出版公司，2019.1（2023.12 重印）
　　ISBN 978-7-5596-1856-6

　　Ⅰ . ①十… Ⅱ . ①珍… ②涂… Ⅲ . ①短篇小说-小
说集-英国-现代 Ⅳ . ① I561.45

　　中国版本图书馆 CIP 数据核字（2018）第 272697 号

著作权合同登记 图字：01-2017-6761号
For the Work entitled CHRISTMAS DAYS: 12 STORIES AND 12 FEASTS FOR
12 DAYS
Copyright © Jeanette Winterson 2016
Translation copyright © 2019 by ThinKingdom Media Group Ltd

十二个圣诞故事

作　　者：[英] 珍妮特·温特森 著
　　　　　涂艾米 译
责任编辑：楼淑敏
特邀编辑：陈 蒙 曹 蕾
营销编辑：李 珊 王 玥
封面设计：韩 笑
版式设计：王春雪

- -

北京联合出版公司出版
（北京市西城区德外大街83号楼9层　100088）
新经典发行有限公司发行
电话（010）68423599　　邮箱 editor@readinglife.com
北京盛通印刷股份有限公司印刷　新华书店经销
字数210千字　850毫米×1168毫米　1/32　11印张
2019年1月第1版　2023年12月第4次印刷
ISBN 978-7-5596-1856-6
定价：58.00元

- -

.